新宿《しんじゅく》花園《はなぞの》裏《うら》交番 坂下《さかした》巡査

香納諒一

祥伝社文庫

目次

冬

1

十二月二十四日、今夜はクリスマス・イブという昼過ぎ、坂下浩介《さかしたこうすけ》巡査はトイレ掃除をしていた。特に師走《しわす》のこの時期は、正体をなくした酔っぱらいを事情聴取《ちょうしゅ》に引っ張ってくると、必ず何人かにひとり、交番で胃の内容物をぶちまけてしまう不心得者《ふこころえ》がいる。

浩介たちのほうでも心得ていて、こいつ危ないな、と思った相手は、早めにトイレに連れていくのだが、うまく便器に収まりきれなかったり、そのまま便器を抱いて眠りこけたりする。ついさっきも、昼日中《ひるひなか》から仲間内で飲んで、泥酔し、タクシーの運転手ともめ事になった会社員風の男を連行してきて住所を訊《き》いている最中に、真っ青になって両手で口を押さえたものだから、あわててトイレへ引っ張っていったが遅かった。

浩介が勤務するのは、新宿花園《しんじゅくはなぞの》神社の真裏にある《花園裏交番》で、新宿ゴールデン街や区役所通りなどが近いため、どうしても酒がらみのトラブルが多くなる。同じ交番勤務でも、新宿駅の東口や西口の交番は、地理案内や遺失物等の届け出が多く、いかにも「表口」担当の雰囲気がある。一方、歌舞伎町《かぶきちょう》や大久保《おおくぼ》の交番は窃盗《せっとう》、売春、暴力団員同士の喧嘩《けんか》など、多忙でハードだが、検挙率の高い花形だ。それに引き換《か》え、ここは……。

この《花園裏交番》の通称は、「裏ジャンボ交番」。ふたり勤務という交番が多い中で、常時六人から八人の警官が交代で配備されているため、確かに「ジャンボ」ではあるわけだが、わざわざ「裏」とつける必要などあるまいに。

トイレブラシとバケツを両手に腰を上げたちょうどそのとき、表から自分を呼ぶ声が聞こえ、浩介はあわててトイレから飛び出した。掃除道具を用具入れに押し込んで走り出ると、サンタが道に伸びていた。

なんとも中途半端《ちゅうとはんぱ》なサンタだった。赤い帽子をかぶり、同じく真っ赤な服を着ているのに、下は普通のスラックスだ。

先輩の警官がふたりがかりでなんとか引きずり起こそうとしているが、なにしろこのサンタは優に百キロを超えそうな巨漢で、ちょっとやそっとじゃ持ち上がらない。しかも、完全にでき上がってしまっているらしく、体が干《ほ》したての布団《ふとん》みたいにふにゃふにゃしていた。

「おお、浩介。手を貸せ。重たくってどうにもならねえや」

所長の重森周作《しげもりしゅうさく》が、苦しげに顔をゆがめて浩介を呼んだ。いくらふたりがかりでも、今にも押しつぶされそうな雰囲気だ。

重森はすでに六十近いヴェテランで、浩介たちのシフトの所長（班長）だ。男、女、男と、三人の子持ちで、二年前、長男が就職した。交番勤務は、大概《たいがい》は二、三年で勤務先が替わるが、重森だけはこの「裏ジャンボ交番」勤務が二十年以上におよぶ。もう少し若い頃には、異動で何度かここを離れたが、そのたびになぜだか本人が希望して戻ってきた。五十が近づいた頃からは、上がひとところに落ち着けたほうが得策だと考えたらしく、ずっとこの交番一筋だった。

浩介はあわてて走り寄って、手を貸した。肉のかたまりみたいなサンタを、とりあえず所内に運ぶ。デスクと椅子《いす》があるだけの見張所に寝かせるわけにもいかず、さらに奥の休憩室《コミュニティルーム》にまで運び入れた。

休憩室は、給湯室《きゅうとうしつ》とトイレ、それに裏口に抜ける通路のほかは、畳《たたみ》敷《じ》きの小上がりになっている。奥の壁には押入れもあって、夜間勤務の間、そこから布団を出して交代で眠るのだ。サンタを畳に寝かせたとたん、汗がどっと噴《ふ》き出してきた。

ハンカチを出して首筋《くびすじ》をぬぐう浩介の隣で、所長の重森が顔をしかめて腰を伸ばし、主任の山口勉《やまぐちつとむ》のほうは、サンタのすぐ隣にへたり込んでしまった。そして、

「ああ、重たい。このサンタは、毎日、いったいどれだけ食ってるんですかね」

横目で太った男を見下ろし、声をひそめた。

「表の道を、ゴールデン街のほうからふらふらと歩いてきたのさ。ちらちらこっちを見てる気がしたんで、何か用なのかと思ったんだが、そのまま通り過ぎ、ちょっと歩いたところで倒れたんだよ」

重森が、浩介と同様にハンカチで汗をぬぐいながらそう説明する。

「昼過ぎから、この格好でほろ酔いとは、いい御身分ですね」

山口が体をそらし、両手を畳について背中を伸ばした。そろそろ三十歳になるこの男のモットーは、いつも決して無理をせずで、酒を飲むといつも、一生、このまま交番勤務をつづけたいと、しごく真面目《まじめ》な顔で宣言する。上の子が私立の小学校に入ってからは、マイペースのマイホーム主義がいよいよ徹底した。

「あれ、山さん。それって血じゃないですか」

浩介がふと気づいて指摘し、山口はあわてて右手を持ち上げた。

「あれ、ほんとだ……、血だ……」

ハンカチでぬぐい、首筋や頰《ほお》を撫《な》で回す。

「どこも怪我《けが》してないけどな……」

解《げ》せない顔で自分の体を眺《なが》め回していたが、はっとして、畳に横たわるサンタに目をやった。

「班長……これって……」

重森の動きは、素早かった。太った男の体に屈《かが》み込み、右手を首筋に差し込んで持ち上げ、サンタの赤い帽子をそっと脱がせる。そこにべったりと血がついていることは、浩介のところからでもすぐに見て取れた。

「山口、救急車だ。浩介、おまえは救急箱を持ってこい」

てきぱきと命じる重森の右手が、鮮血で赤く染まっていた。

「くそ、全然アルコール臭くねえや。どうしてもっと早くに気づかなかったんだ」

浩介が救急箱を持って戻ると、重森はそう言いながら、太った男の口元に鼻を寄せていた。

「頭の怪我は危ないぞ。ガーゼと包帯だ」

浩介は畳に置いた救急箱を開け、命じられるままに中からガーゼと包帯を取り出した。重森が、サンタの後頭部にガーゼを押し当てる。呼吸が苦しくならないようにと、頭部をやや仰向《あおむ》ける。

出血はそれほど多くはなかったが、それがいいことなのかどうか、浩介には今ひとつ判断がつかなかった。脳内出血していたら、危険ではないのか。

「大丈夫ですか――？　聞こえますか――？」

重森が、上半身を屈めてサンタの耳元に口をよせ、大声ではないがはっきりと言葉を発音する、こういった場合に独特の喋《しゃべ》り方で呼びかける。

だが、何の反応もなかった。

サンタの呼吸に、厚紙を力任《まか》せに擦《す》り合わせるような雑音が混じり始め、重森と浩介は顔を見合わせた。

「ちきしょう……、まずいな……。おい、山口。表に行って、救急車を見てこい！」

重森は低くつぶやき、見張所と休憩室とを結ぶドア口に立つ山口に命じた。

そのとき、三人の肩にとめてある署活系無線機《SW》が一斉《いっせい》に鳴った。

「自分が」浩介が言い、通話スイッチを押した。

「はい、こちら花園裏、坂下」

「こちら内藤《ないとう》です。参ったっす……。応援、頼みます。女たちが猛烈に喧嘩してましてね……。自分ひとりじゃ、どうにもならないんで……」

連絡は、自転車で巡回中の内藤からだった。内藤章助《しょうすけ》は、今年、二十歳《はたち》になったばかりで、浩介からすると弟分みたいな存在だ。公務中の連絡に甘ったれた声を出すのはやめろ、と、横っ面《つら》を引っぱたきたくなる。

——とはいえ、大学を出たあと二年間、一般企業に勤めてから警察官採用試験を受けた浩介と、高校卒業後すぐに警察官になった内藤とは、年次ではわずかに一年しか違わない。ちょっと間違えば、同じ年次か、最悪のめぐり合わせとしては、内藤のほうが一期上だった可能性だってあるのだ。警察は、徹底した縦《たて》社会なので、たとえ年下ではあっても、年次が上の先輩のことは立てねばならない。

「何やってるんだ⁉　こっちは今、大変なんだ。ひとりで何とかできないのか」

浩介が声を荒らげると、

「待て待て」

重森がそれを制した。

「正確に報告しろ。人数は？　女たちは、凶器の類《たぐい》は持ってるのか？」

サンタを抱《かか》えたままで自分のSWを操作し、マイクスピーカーに口を寄せて訊く。

「ふたりです……。凶器は持ってませんけど……。引っ掻《か》かれちゃって、大変なんすよ……」

「喧嘩の原因は？」

「男の取り合いみたいですけど……、片方は金を盗まれたって喚《わめ》いてますし。どうしましょう……。とにかく、応援お願いできませんか……？」

「盗まれた金額は？」

「さあ、わかりません」

「盗まれたことは、確かなんだな？」

「ええ、たぶん……。でも、よくわからないんですよ……。もう、しっちゃかめっちゃかです。浩介さん、来てくださいって。どうぞ」

何が「どうぞ」だ、と喚きたい浩介に、

「行ってやれ、浩介」

重森が命じた。

「しかし……」

「ここは、俺と山口で大丈夫だ。もう、救急が来るさ。ほんとに何か盗まれてるなら、盗難事件だぞ」


ラブホテルが密集した地域を、浩介は警邏《けいら》用の自転車で走った。東京に出てきたとき、こういう類のホテルを「ファッションホテル」とか「カップルズホテル」と呼ぶことに、違和感を感じたものだった。浩介が生まれ育った信州の町では、今でもちゃんとラブホテルと呼んでいる。

無線で聞いた住所に該当《がいとう》するマンションが遠目に見えたときにはもう、女たちの甲高《かんだか》い喚き声が聞こえていた。ふたりが口々に相手をののしり、今にも摑《つか》みかかろうとするのを、間に割って入った内藤が必死に食いとめているところだった。

ペダルをこぐ足に力を込めてスピードを上げる。この一帯のマンションの住人は夜の商売の女が多いが、言い争っている女たちは、ふたりそろってそんな雰囲気がぷんぷんしていた。片方はまだ二十代だが、もう片方は四十になっているだろう。夜の間は化粧やふるまいで隠されているものが、昼の陽光に情け容赦《ようしゃ》なくさらけ出されていた。

「浩介さん、こっちです」

後輩の内藤が、浩介を見つけて大声を上げた。女たちに手を焼き、彼女たちの注意をそらそうとする狙《ねら》いもあったのかもしれない。女たちは、つられて一瞬、浩介を見たが、あっという間にまた言い争いに戻ってしまった。

「ちょっと、あなたたち。やめてください。いったい、何があったんですか。話を聞くので、とにかく落ち着いて」

浩介はあわてて自転車から降り、スタンドを立てて女たちに駆け寄った。だが、制止の声など耳に入る様子もなく、言い争いがつづくばかり。

「とにかく、あいつの居場所を教えなさいよ」

「だから、私は何も知らないって言ってるでしょ。私はトオルなんかとは無関係なんだから」

やはり言い争いの原因は、男の取り合いか。

「とにかく、落ち着いて……」

言いかけた目の前で、女たちの鋭い爪《つめ》が一閃《いっせん》し、浩介は左手の甲に鋭い痛みを感じた。

くそ、とんだとばっちりだ。

「いい加減《かげん》にしろ！　ふたりとも、逮捕するぞ！」

先輩の重森をまねて胴間声《どうまごえ》を上げると、女たちは一瞬気圧《けお》され、口を閉じた。浩介は、ここがチャンスと話し始めた。

「何があったんです⁉　我々がきちんと聞きますから、とにかく、ふたりとも落ち着いて。いいですね。さ、もう言い争いはなしですよ。綺麗《きれい》な女性が、こんなところで言い争いをしてるなんて、みっともないでしょ。周《まわ》りをよく見てください」

こういうときは、相手に何か言わせないよう、できるだけこっちが喋《しゃべ》っているべきだ。その間に、相手だって段々、落ち着いてくる。これもまた重森のやり方をまねてやってみたが、さすがに「綺麗な女性が」うんぬんを言うときには、背中がちょっとむずむずした。女にお世辞《せじ》を言うのは、柄《がら》じゃない。

「さあ、話して。いったい何があったんです？」

ひとつ息をついてから尋《たず》ねると、ふたり一緒に話し出そうとするので、

「その前に、まずお名前は？」

とうながすと、「マリよ」「早苗《さなえ》」と、順番に答える。苗字《みょうじ》を訊くのはあとにして、まずは「マリ」と名乗った若いほうを向いた。

「それじゃあ、マリさん。まずはあなたから。何があったんです。話してください」

マリは小柄で丸顔で、両目がぱっちりし、可愛《かわい》らしい感じの女だった。

「どうもこうもないわよ。この人が私に言いがかりをつけてるだけ。私、トオルが何をしたのかなんて知らないし。私は何も関係ないわ！」

「トオルさんというのは、あなたの彼氏さんですか？」

と訊くと、「違うわ」「そうよ」という答えが同時に戻った。

浩介は、早苗という四十女のほうに顔を向けた。「そうよ」と断言したのは、彼女だった。

「トオルさんが、どうしたんです？　喧嘩の原因は、何なんですか？」

「私のお金を盗んだのよ。全財産。一千二百七十万と飛んで五千円。あいつが盗《と》っちゃったの。おまわりさん、お願いだから、あいつをすぐに捕まえてよ！　私の全財産なのよ。

一千二百七十万と飛んで五千円」

浩介は驚き、内藤に目配《めくば》せした。内藤は、首を左右に小刻《こきざ》みに振った。喧嘩の仲裁《ちゅうさい》に大わらわで、争いの原因については深く聞いていないらしい。

「トオルって男のフルネームは？」

「彦根沢徹《ひこねざわとおる》。彦根城の彦根に、簡単な沢、それに徹夜の徹よ」

「それで、その彦根沢との関係は？」

「十以上も歳《とし》が違うってのに、この女、徹とつきあってたのよ」

マリのほうが言うのを、浩介は手振りで押しとどめた。

「あなたは、しばらく黙っていてください。彦根沢徹と早苗さんとの関係は?」

「昔の男よ。でも、もう別れてるわ。だけど、そんなことどうでもいいでしょ。あいつ、あちこちから借金してるから、ぼやぼやしてたら、私のお金を使っちゃうかもしれない。おまわりさん、お願いよ。あいつを早く捕まえて」

「どうやってあなたのお金を盗んだんですか?」

「私の部屋の窓ガラスを割って忍び込んだのよ」

「ちょっと待って。まさか、一千万以上もの大金を、全部、部屋に隠してたんですか?」

「そうよ、悪い?」

「この女は、お金フェチだからよ。毎晩、素っ裸になってお金の上で寝転ぶのが好きでしようがないの。ね、早苗さん、そうでしょ」

また口を開くマリを、浩介はきつく睨《にら》みつけた。

「ちょっと、あんた——」と、再び殴《なぐ》りかかりそうな早苗をあわてておとめる。

「部屋のどこに隠してたんです?」

「クローゼットの奥。そこの金庫に、ちゃんと入れておいたの」

「その金庫が、開いてたんですか?」

「そうよ」

「徹は、開け方を知ってたんですか?」

「知ってたんでしょ。開いてたんだから」

「それは、どんな金庫なんです?」

「もう、だから警察って嫌いよ。そんなふうにここであれこれ訊いてるよりも、とにかく一刻も早く徹を捕まえてくれたらいいじゃないのさ。あいつがお金を使っちゃったら、どうするのよ。警察が弁償《べんしょう》してくれるの? くれないでしょ⁉」

「いや、だから——」

携帯電話が鳴って、話が中断された。早苗のけばけばしいコートのポケットだった。取り出し、ディスプレイを見て、表情をぽっと明るくした。

「ちょっと待ってて、おまわりさん。友達からよ。私の用心棒。徹の行く先がわかったかもしれないから」

早口に説明する間も惜しんで通話ボタンを押し、早速《さっそく》、耳に押し当てる。

「はい、そうよ。私……。連絡を待ってたわよ、ツルちゃん」

と、甘え声を出してシナを作るのは、たぶん、いつでも誰かにやってる習慣なのだ。

「どうなの、それで、見つかったの……?」

そう尋ねるときには顔に残っていた微笑《ほほえ》みが、相手の答えを聞き、火を吹き消すみたいに掻き消えた。そうね……。それじゃ、お願い……。ええ……、何かわかったらまた連絡をして……、と応じる口調には、疲労が色濃くにじんでいた。

気《け》だるげに携帯をポケットに戻す動作が、外見の年齢よりもずっと老《ふ》けて見えた。あるいは、見かけよりも年上なのかもしれない。

「徹のヤサやダチの間を捜《さが》し回ってもらってるんだけれど、まだ、どこにも見つからないそうよ。ねえ、やっぱりあんたがどっかに徹を匿《かくま》ってるんじゃないの?」

と、マリを睨む。浩介は、再び割って入った。

「とにかく、盗まれた現場を見せてください」

「そんなことより、徹を捜してったら」

「現場を見れば何かわかるかもしれないし、一緒に盗難現場を確認してみましょうよ。大丈夫だから、警察を信じてください。住んでるのは、このマンションですか?」

「ここはこの子のマンションよ。私はもっと向こう」

と、道の先を指差す。それほど離れてはいないらしい。浩介は無線で重森に報告をし、ついでにサンタのことを尋ねた。山口が救急につき添《そ》って病院へ向かったとのことだった。マリのほうは内藤に託し、ちゃんと住所とフルネームを控えておくようにと命じた上で、早苗と一緒に歩き出した。

2

クリスマスよりも、師走の雰囲気が強い路地だった。どこからか冷たい風に乗って、煮物の匂いがしていた。明治通りを経て靖国《やすくに》通りを市谷《いちがや》方面に左折し、新宿五丁目から富《とみ》久町《ひさちょう》に入ってじきの辺《あた》りだった。マリという女が暮らすマンションから徒歩で十分ほどの距離だが、ここらは静かな住宅地だ。

バブルの頃にあちこちで地上げが行なわれ、一時期は虫食い状態になってしまったが、今なお古き良き民家やアパートが点在している。ただし、そのどこからでも、地上五十五階の巨大なマンションが見える。数年前に建った巨大タワーマンションが、辺りを睥睨《へいげい》しているのだ。

早苗が暮らすマンションのほうは、いかにも賃貸風の三階建て。一階の奥から二番目が彼女の部屋だった。入口脇には錆《さび》の浮いた自転車が並び、集合ポストも錆《さ》びていた。早苗の苗字は、中村《なかむら》だった。

「どうして一千万以上の大金を、部屋に隠しておいたんです?」

玄関を入った浩介は、気になっていたことをさり気《げ》なく尋ねた。さっき、その話を聞いたとき、早苗が暮らすのはセキュリティがしっかりしたマンションだとばかり想像したのだ。この賃貸マンションを目《ま》の当たりにして、ますますそんな疑問が大きくなっていた。

ここならば、その気になれば、誰でもたやすく侵入できてしまう。

早苗は、浩介をすごい顔で睨みつけた。

「だって、誰かが盗むなんて思わないじゃないの。金庫にだってちゃんと入れておいたし」

顎《あご》を引き、睨む先を自分の手元へと下げ、また別の答えも探す顔になる。そんなふうにすると、下顎に肉があまった。

「それに、こんな部屋に住んでる人間が、まさか部屋にお金を隠してるなんて、誰も考えないと思ったし……。それに、だいいち、男を呼ぶわけでもないんだから、ちゃらちゃらした部屋に暮らすのなんか馬鹿《ばか》らしいし……。部屋にはどうせ、寝に帰るだけなんだし……」

もっと何か考えているような間をわずかにあけたが、

「とにかく、大丈夫だと思ったのよ。銀行なんか、信用できないでしょ」

と、断言した。

浩介は、これ以上、この点に触《ふ》れるのはやめにした。

「割られたガラスは、どこですか?」

「ベランダのほうよ」

「ちょっと、失礼します」

　1LDKで、手前には合計六畳ぐらいの広さのダイニング・キッチン、その奥には同じぐらいの広さのリビング。浩介はそのふたつを横切り、ベランダに面したサッシの引き戸に近づいた。遮光《しゃこう》カーテンは開いていて、レースのカーテンのみが閉まっている。その足元に、ガラスの破片が散乱していた。

　レースのカーテンを開けると、留《と》め金付近のガラスが割られていた。外は狭いベランダで、その向こうには隣家の裏側が迫っていた。間がブロック塀《べい》で仕切られている。

　浩介は、ハンカチで手をおおってガラス戸を開けた。さっき女たちが争うのをとめたときに引っかかれた手の甲が、まだひりひりと痛んでいた。ガラスの破片を踏まないように注意して、ベランダに下りる。すぐ左側を、細い路地が延びていた。そことの間にもコンクリート塀があるが、大人ならば容易《たやす》く乗り越えられる高さだった。隣家との狭い隙間《すきま》の地面を凝視《ぎょうし》するが、肉眼ではゲソ痕《こん》（足跡）はわからない。

「金庫は、そのクローゼットですか？」

　部屋に戻り、真剣な顔で見つめる早苗に訊いた。ダイニング・キッチンにつづく部屋の出口の横が、半間《はんげん》（九十センチ）の幅のクローゼットになっていた。

　早苗がクローゼットの扉を開けると、奥行きも半間ほどあった。ずらっとぶら下がった服を分けた奥には、プラスチックの衣装ケースが見えた。

早苗は、様子を見守る浩介をチラッと見てから、クローゼットに入ってしゃがみ込み、ちょっともったいぶった態度で衣装ケースの蓋《ふた》を開けた。

そこに、金庫が納まっていた。暗証番号を押した上で、鍵《かぎ》を使って開けるタイプらしい。

「上蓋式なのよ。珍しいでしょ。耐火性だし。ネットで探したの」

確かに素晴らしい隠し場所ではあるだろうけれど……。

「あ、触《さわ》らないで」

早苗が金庫に触れようとするのを、あわててとめた。

「あとで鑑識が調べると思うので、触らないでください。金庫に入ってたのは、お金だけですか？」

「そうよ」

「金庫の中身がなくなってるのに、気づいたのは？」

「今から一時間ちょっと前。いえ、そろそろ一時間半ぐらいかしら。なくなってるのに気づいて、すぐに徹の部屋に飛んで行ったの。だけど留守だったので、居そうな場所を捜したり、電話したりして。それからマリのマンションを訪ねたのよ。そしたら、マリがちょうど帰って来たところに出くわしたってわけ」

「最後にお金を確かめたのは？」

「昨日の朝、というか、明け方、五時頃だった。そのあとちょっと寝て、お昼過ぎに店の女の子たちと待ち合わせて、泊まりがけで温泉に行ったの。親しい社長さんが伊豆《いず》に別荘を持ってて、遊びに来ていいって言うから」

「じゃ、昨日の昼頃からずっと留守にしていて、部屋に帰ってなかったんですね?」

「そうよ。伊豆から今日の午前中に戻ったところ」

「彦根沢徹が盗ったと考える理由は、何なんです?」

「あいつ、あそこに金庫があることに気づいたのよ。先週、ここに泊めてやったことがあるの。借金取りに追われてて、行き場がないって言って逃げ込んできたから、可哀想《かわいそう》になっちゃって。だけど、私がシャワーを浴びて出てきたら、なんか様子が変だったの。あわてててクローゼットの扉を閉めた感じもしたし。クローゼットの裏側が浴室だから、扉が動くと、それっぽい音が聞こえるのよね。ただ、もしも私の思い過ごしなら、逆に注意を引くことになっちゃうと思って、何も訊かなかったんだけれど、今から思うと、その日は帰るまで、何か様子が変だった気がする。それに、あいつは、私が昨日一日部屋をあけることを知ってたのよ。私が伊豆に行くって話したの。だけど、まさかこんなことをするなんて……。私たち、前はつきあってたのよ……。ひどいじゃない……」

「ちょっと待って。まだ、彦根沢が犯人と決まったわけじゃないし。たとえ金庫がここにあることに気づいても、開け方はわからないでしょ。犯人が徹だとしたら、どうやって金庫を開けたんでしょう？」

「そんなこと、わからないけれど……」

「この金庫は、暗証番号を押して、鍵を開けるタイプですか？」

「そうよ」

「番号は、何ケタ？」

浩介がそう尋ねると、早苗は警戒した様子で睨んできた。

「それだけ訊いたって、開けられないし」

「四ケタよ」

「その番号は、部屋のどこかにメモしてあるとか？」

「いいえ、メモなんかしてないわよ。そんなことして、それが見つかったら、開けられちゃうじゃない。私がちゃんと覚えてる。それに、一週間ごとに、暗証番号を変えてるの。例《たと》えば今週は実家の電話番号を頭からだけれど、翌週は反対にして、その翌週は最初に働いたお店の番地にしたりして。いくつかのパターンがあって、それを順番に回してるのよ。それなら、別にメモを取らなくても覚えていられるでしょ。でも、私以外には、絶対にわからない」

絶対に、とは言えないかもしれないが、正しい番号を見つけだすのは非常に困難だろう。それとも、何か専用の工具でも使ったのだろうか。

「鍵は、どこに?」

「ちゃんと身に着けてるわ」

早苗はコートのポケットからキーホルダーを出し、部屋の鍵と一緒になっている一回り小さな鍵を見せた。

「――じゃあ、犯人はどうやって金庫を?」

「だから、そんなことはわからないって言ってるじゃないの!」

不機嫌そうに声を荒らげる。だが、

「ちょっと、金庫をよく見せて」

浩介が頼むと、案外と素直に場所を譲った。わからないことに出くわすと、腹を立てることでやり過ごしてきたタイプなのかもしれない。

浩介は、小型のペンライトを出した。夜間の巡回には懐中電灯を携帯することが義務づけられているが、いつでもこうした小型のライトを持ち歩いているのは、浩介自身の工夫だった。大型のライトでは、使い勝手が悪いシチュエーションもあると思ったのだ。とりあえずはそれが役立った。

だが、いくら金庫を照らしても、何がわかるわけでもなかった。熱心にこっちを見つめる早苗の視線を背中に感じつつ、あきらめて動きかけたとき、光の先がふっと何かを捉《とら》えた。

上蓋式の金庫の、その上蓋の部分だった。最初はただ蓋についた染《し》みか汚れの類に思えたが、妙に気になる。

浩介はハンカチを出し、そっとその端《はし》をぬぐってみた。顔に近づけ、ポケットライトで照らすと、細かな真っ黒い粉だった。

「何なの、それ？」

早苗が中腰で顔を寄せてきた。

「わかりません。前に、金庫についてるのを見たことは？」

「ないわよ」

「旅行から戻り、金庫の中身を確かめたときには気づかなかった？」

「気づかなかったわ。でも、そのときは金庫の蓋なんかちゃんと見なかったし、中身がなくなってるのに気づいて、パニックになっちゃったし……。何か、誰かが金庫を開けたのと関係あるの？」

「わかりません……。とにかく、鑑識に頼んで、調べてもらいます。捜査員が来るまで、ここはもう決して触らないで。いいですね」

「わかった」

「念のため、管理人さんに話を聞いてみましょう。ここは、管理人は？」

「すぐ隣に大家《おおや》さんがいるけど……」

答える途中で、早苗はへたり込んだ。

「ああ、やだ……。私のお金、なくなっちゃったのね……。もしも徹が盗んだんじゃないのなら、きっともう捕まらないわ……。そうでしょ……。もう、お金は戻らないんだわ……」

浩介は、さめざめと泣き出す彼女を前に、ただ手をこまねいて見ていることしかできなかった。気を落とさずに。とにかく、すぐに手配をしますから……と、そんな言葉をかけてみるが、耳に入っているかどうかもわからない。

「報告を入れるので、ちょっと待っていてください……」

そう言い置くと、逃げるようにして玄関口に歩き、ＳＷで重森に連絡した。

「わかった。それじゃ、窃盗事件だな。本署にすぐ報告を上げる」

重森は、淡々と応じた。その事務的な口調が頼もしい。本署とは、この地域を管轄《かんかつ》とする四谷《よつや》中央署のことだ。浩介が勤務する花園裏交番も四谷中央署の管内にある。

少し落ち着きを取り戻した早苗とふたりで、賃貸マンションの大家を訪ねた。ちょっと前に、重森のほうから折り返し無線連絡があり、年末で空き巣《あす》狙いが頻発《ひんぱつ》して四谷中央署の窃盗係も大わらわで、到着にしばらく時間がかかると告げられていた。

大家は、上品そうな老人だった。編み目のゆったりとした厚手の白いカーディガンを着て、ズボンにはきちんと折り目が通っている。短く刈《か》り上げた白髪交《しらがま》じりの髪は清潔そうで、現在の格好もさることながら、背広がいっそう似合いそうな雰囲気だ。押塚《おしづか》という苗字だった。年齢は、七十前後だろう。早苗がする話を静かに聞く落ち着いた態度や、ゆったりとした表情などからは、どこかのしっかりした企業で定年まで勤め上げたような感じがする。

「そうでしたか……。それは、大変でしたね」

押塚は、同情を込めた優しい目をしていた。

「それにしても、どうして部屋にそんな大金を……」

そう問う押塚を、早苗は黙って悲しそうに見つめた。

「昨日、中村さんが留守の間に、マンションで何か気になることはありませんでしたか?」

浩介が訊くと、すまなさそうに首を振った。

「いやあ、特にそういったことは……。泥棒が入ったのが、だいたい何時ぐらいのことだったとかは、わからないんでしょうか?」

「いえ、それはまだ。マンションの隣人に話を聞けば何かわかるかもしれませんが、まずは大家さんにと思い、こちらに伺《うかが》ったんです」

「そうでしたか……。それは、お力になれずに申し訳ありません」

「中村さんの両隣は、どんな方がお住まいなんですか?」

「手前はOLで、奥は会社員の男性ですよ」

「若い方ですか?」

「OLさんは、二十代ですね。会社員の男性のほうは、四十過ぎです」

「OLさんのほうは、大晦日《おおみそか》近くまで留守よ。彼氏とグアム旅行だって言ってた。お正月休みに入って高くなる前に、行っちゃうんだって」

早苗が言ったとき、浩介の胸ポケットで無線受令機がピーピーと鳴った。警視庁の通信指令センターからの指令だ。

「ちょっと失礼します」

早苗と押塚に断わってイヤホンを装着した浩介は、無線の内容を聞いて思わず息を呑《の》み、早苗に顔を向けた。

「彦根沢徹の現住所は、荒木町《あらきちょう》ですか?」

続報が入る可能性がある。イヤホンを耳に差したままで、訊いた。

「ええ、そうだけれど。どうして?　それがどうかしたの?」

浩介は、答えの告げ方を考えた。考える必要のある事柄だった。

3

早苗がいるため、自転車で移動というわけにもいかない。無線でパトカーに連絡を取って送ってもらうと、現場はすでに捜査員であふれ返っていた。車がすれ違うのに苦労する幅しかない路地には黄色い標識テープが張られて規制線がもうけられ、制服警官が立ち入りを制限していた。その奥に、五、六階建てのマンションがある。彦根沢徹の死体が発見された自宅は、そのマンションの四階だった。

パトカーを降りた浩介は周囲を見回したが、重森の姿は見つからなかった。浩介たちのほうが先に着いてしまったらしい。不安そうな早苗をうながし、規制線を守る警官に近づいた。挨拶《あいさつ》し、捜査の責任者に会いたいと告げて通らせてもらった。早苗は今なお真っ青な顔をしたままで、さっきからずっと一言も口を利《き》こうとしなかった。

大して広くないロビーに入ると、ちょうどエレベーターが着き、鑑識の人間が飛び出してきたところだった。浩介はロビーを横切ってエレベーターに走り、入れ替わりに乗った。

四階でエレベーターを降りると、外廊下の先に一カ所、数人の男がたむろする場所があった。早苗とふたり、そこへと急いだ。ストッパーをかけて閉まらない状態に固定した玄関ドアの前で、目つきの鋭い刑事たちが三人、顔を寄せ合い、怖《こわ》い顔で何やら相談をしているところだった。

浩介は廊下の手前に立つ制服警官に敬礼してから、刑事たちに近づいた。

「お話し中、申し訳ありません。捜査の責任者の方は、どなたでしょうか？」

三人がそろってこっちを見た。

「私だよ。四谷中央署の各務《かがみ》だが。きみは？」

「自分は花園裏交番の坂下です。こちらは、中村早苗さんといいます。彦根沢徹さんの知り合いです」

「それで、何だね？」

「じつは今日、中村さんはおよそ一千三百万のお金を盗難に遭《あ》いまして、その犯人が、亡《な》くなった彦根沢徹ではないかと仰《おつしや》ってるんです」

刑事たちの顔つきが変わった。互いに目配せし、顔を見合わせる。各務という刑事が口を開きかけたが、早苗が訊くほうが早かった。

「部屋で死んでるのは、ほんとに徹なの？　あいつの部屋に、お金がなかった？　あったと言って、刑事さん。それ、私のお金なのよ」

各務が、早苗を両手で押しとどめた。痩身《そうしん》で背の高い男だった。軽くウエーブのかかった猫っ毛の頭髪を、整髪料で後ろに撫でつけている。どちらかといえば甘いマスクで、優しげな印象が漂う顔だが、目つきがそれを裏切っていた。

「ま、ま、落ち着いて。お金を、彦根沢さんに盗まれたというのは確かなんですか？」

話しながら手振りで早苗をうながし、部屋の玄関口から少し離れた。事件現場を見せない配慮らしい。

「この部屋にお金があったでしょ。それが証拠よ」

各務は唇を引き結び、一重瞼《ひとえまぶた》の鋭い目を手元に落とし、何か考え込んでいる様子だった。やがて、証拠保存用のビニール袋に収められた数枚の紙幣《しへい》を、ポケットから出して提示した。

「なに、これ……？」

「これらの紙幣が、部屋から見つかりました。テレビラックの抽斗《ひきだし》に、剝《む》き出しで押し込んであったんです」

「だってこれ、十枚ぐらいしかないじゃない……。これ以外は？　たったこれだけなの……？」

「まあまあ。まだ、これが盗難に遭ったあなたのお金だと決まったわけじゃありません。今、指紋を照合しているところです。よろしければ、中村さんの指紋も確認させていただけませんか？」

「いいわ、もちろん協力する。すぐに調べて。きっと、私のよ。ほかのお金も、どこかにあるはず。捜して、お願い、刑事さん」

「とにかく落ち着いて。盗まれたときの状況を、詳《くわ》しくお聞かせ願えますか」

「また話さなけりゃいけないの――？　もう、こっちのおまわりさんに話したのだけれど」

「殺人事件と関係があるなら、我々が責任を持って捜査します。これが被害者の免許証です。あなたが仰る彦根沢徹というのは、この男性に間違いありませんか？」

浩介は、各務が早苗に提示して見せる免許証を覗《のぞ》き込んだ。彦根沢徹は、整った顔立ちのイケメンだった。年齢は、今年、三十二。

「そうよ、これが徹よ」

早苗が、しんみりした。

「じゃあ、ほんとに死んじゃったのね……。誰が徹を殺したの？」

「捜査をしなければ何とも言えませんが、例えば彦根沢徹が誰かと共謀してあなたの大切な一千三百万を奪った末、仲間割れをして殺された可能性もあります」

「そんな……」

「ですから、もう一度、詳しく状況を聞かせてほしいんです」

刑事にうながされ、話し出す早苗の声に耳を傾けつつ、浩介は少しずつ立つ位置を変えて、彦根沢徹の部屋の玄関口へと近づいた。そっと中を覗き込み、湧《わ》いてきた唾《つば》を飲み下す。奥の部屋に、男の死体が転がっていた。

近づきたい代物《しろもの》ではなかった。それなのに、なんだか足が無意識に動き、浩介は玄関から中へと入った。手前のダイニング・キッチンの床にはブルーシートが敷いてあり、靴のままで上がり込めた。

奥の部屋では、鑑識が死体を取り囲み、それぞれの作業に没頭していた。死体の首筋に、黒いひもが巻きついていた。いや、あれは電気のコードだ。俯《うつぶ》せで横たわった死体は、どす黒くうっ血した顔を、浩介のほうに向けていた。唇が薄く開き、舌の先端が覗いていた。顔全体の歪《ゆが》んだ表情が、死ぬ前の苦しみを窺《うかが》わせた。両目は開いたままで、少し先の床を見つめていたが、浩介は段々と自分が睨まれているような気分になった。

死体を初めて目にしたのは、去年、花園裏交番に配属されてひと月目のことだった。それは行き倒れのホームレスで、冬に季節を巻き戻したような寒い四月の朝に、ラブホテルのごみ出し口近くの暗がりで冷たくなっていた。血の気の失《う》せた顔は艶《つや》がなくかさかさで、どこか植物的な感じがした。生物というより、枯れ木のようだった。

およそ半年後、夏の終わりに、今度は初めて他殺体を見た。区役所通りの韓国料理店だった。店の従業員の韓国人と客の暴力団員が喧嘩になり、従業員が調理場の包丁を持ち出して、その暴力団員を刺したのだった。暴力団員の男は、内縁の妻とふたりの子供たちと一緒に、家族で食事に来ていたところだった。

無線を受けて浩介たちが駆けつけたとき、店の中は血の海だった。店は区役所通りに面して大きなガラス窓になっており、表から現場を覗けないようにと、ブルーシートでその窓をふさぐ必要があった。その作業中、血の海の中に横たわる男の姿が、嫌《いや》でも目に入ってきた。

共に、警官にならなければ、目にせずに済んだはずのものだった。

肩を叩《たた》かれて、はっとした。ぼうっとしていたらしい。叱《しか》られることを覚悟して振り返ると、重森周作が浩介を見ていた。一瞬だけ、その目に険《けわ》しい表情があるように見えたが、すぐにそれはいつもの温和な光のなかに掻き消えた。

「ここで何をしている？　俺たちの持ち場は、ここじゃないぜ」

浩介は、重森にうながされて玄関口へと戻った。

そこではまだ早苗が、各務という刑事たちから質問を受けていた。重森と浩介は、その傍《かたわ》らに立って各務の指示を待った。

じきに部屋から鑑識の人間が出て来た。各務に合図を寄越す。早苗に断わって各務が近づくと、その耳元に口を寄せた。

「部屋から該当指紋が出ました。鶴田昌夫《つるたまさお》、年齢二十七。仁英会《じんえいかい》の準構成員で、通称ツル。傷害事件で、現在、執行猶予《ゆうよ》中です。指紋は、どれもごく最近ついた新しいものでした」

「ねえ、今、ツルって言わなかった？」

早苗が、訊いた。各務への報告が聞こえたのだ。

「鶴田昌夫を知ってるんですか？」

「ええ……。だって、私のお金を捜してくれてるんだもの」

各務の顔つきが、変わった。

「彼は、あなたに頼まれてここに来たんですか？」

「来たけれど、徹を見つけられなかったと言ってたわよ」

「ここに来たのは、何時頃？」

「さあ、何時頃かしら。電話をくれたのは、一時間ぐらい前だけれど、あっちこっち捜してくれてるから。それは、本人に確かめてみないと――」

「しかし、いずれにしろ彦根沢徹は留守だったと言ってた？」

「そうよ」

「そうすると、鶴田は部屋には入ってないはずですね？」

「そうだけれど……。いったい、何なの……？　ツルちゃんが徹を殺したとでも言うの？」

「いや、そうとはまだ。彼からまた連絡が来る約束ですか？」

「そうだけれど――」

「わかりました。そうしたら、もう少しさっきのつづきを聞かせてください」

各務はそう言っていったん話を切り上げてしまうと、

「じゃあ、あとは我々のほうでやりますので」

と、重森に告げた。捜査員からこう告げられた時点で、その現場における制服警官の仕事は終わりだ。

「それじゃあ、あとは刑事さんたちによく話してください」

早苗は、挨拶して引き揚《あ》げる浩介に名残《なご》り惜しそうな顔を向けた。事件はこうして何人もの人間たちの手から手へと委《ゆだ》ねられていく。だが、虎の子の金を失った痛みだけは、ずっと自分ひとりに残り、そして、失った金はきっと戻らない……。そんなふうに感じている人間の顔だった。

「そうだ。一点、報告があります。中村さんの部屋の金庫に、おかしな黒い粉がついていたんです。盗難事件と何か関係があるかもしれません。確認をお願いします」

そう報告する浩介へ、刑事はちらっと視線を移した。一重瞼の冷たげな目が、出しゃばるなと言っていた。

4

マンション周辺に張られた規制線を越えて歩き出して間もなく、浩介は口の中に声の塊《かたまり》を籠《こ》もらせた。

そこにはテレビ局の中継車や新聞社の旗を立てた黒塗りの車なども我が物顔で出張《でば》っており、路地はかなり遠くまで人だかりがしていた。重森がマンションの壁に寄せて駐《と》めた自転車を動かすのを待って、浩介たちは移動を始めたところだった。浩介の自転車は、早苗の賃貸マンションの大家に頼み、家の前に置かせてもらったままだ。

「冷えてきたな。雪でも来るんじゃねえかな」

三時を過ぎ、空全体からぬぐい取ったように陽《ひ》の色が薄くなっていた。重森が言って、冬空を見上げた。

「そうですね……」

と同じく顔を上げかけたときだった。視線がひとりの男を捉え、身体を電流のような衝撃が駆け抜けていた。

「ちょっと失礼します……」

「あ」

重森に言い置く声が、我知らずかすれてしまった。浩介は、人込みを縫《ぬ》って走った。群がっていた野次馬たちが、急に駆け出した制服姿の浩介に驚き、何事か、と振り返る。

学生や若いサラリーマンを相手にしているような、古びた小さなコインランドリーが、T字路の角に建っていた。正確にいえば、浩介がいた路地に対して、もう一本の路地が斜めにぶつかる角だった。この界隈《かいわい》は、靖国通りと外苑《がいえん》東通りと新宿通りに三方を囲まれていて、そして、その三本の大通りが、それぞれに微妙なカーブを描いているため、路地同士が斜めにぶつかったり、折れ曲がったりしている。

その角にたどり着き、浩介は左右を眺め回した。だが、見当たらない。

（きっと、向こうでも俺に気づき、避けたのだ）

だとすれば、右か……、左か……。右に行けば左右に軽くうねった路地が、靖国通りまでつづいている。左は、ちょっと先が外苑東通りだ。

浩介は、外苑東通りへと走り出た。左右を見渡す。やはり、いない。だが、あれは西沖《にしおき》達哉《たつや》にちがいないとの確信が、ますます強まっていた。

西沖達哉を見かけるのは、新宿で勤務を始めてこれで二度目。いや、もしや、と思ったときも数に入れれば、三度目だった。最初は、今年の四月に花園裏交番に配属になり、巡回地域の地理に段々と慣れ始めた梅雨《つゆ》どきのこと。霧雨《きりさめ》のなか、レインコートを着て、自転車で区役所通りを走っていた浩介は、あるビルの前に駐車した車へと乗り込む男を見て、ドキッとしたのだ。

まさか、と思いつつ、ペダルをこぐ足に力を込めた。しかし、車はすぐに走り出し、そのまま走り去ってしまった。

あれは西沖だったのか……、という半信半疑の思いは、じきに疑いのみに塗り込められた。車の後部シートへと納まって消えたその男は、濃い色の背広に黒いシャツ、そして、どぎつい真っ赤なネクタイをしていた。男のすぐ隣には、露出の多い服を着た若い女が寄り添っていて、周囲には、派手でけばけばしい服を着た男たちが控えていた。それは、浩介の知る西沖とは、あまりにかけ離れた姿だった。西沖達哉のわけがない。

夏の暑い盛りに、もう一度、その男を見かけたときにもそう思った。その日は公休で、浩介は大学時代の友人と待ち合わせ、JRの新宿駅に向かっているところだった。東口のスクランブル交差点で信号待ちをしていたら、車が激しく往来する通りの向こう側に、あの男が立っていた。そのときは、男はひとりだった。目を完全に隠す黒いサングラスをしていたが、それでも目が合ったことはわかるものだ。あのとき、男のほうでも浩介に気づいたはずだ。

男は、信号が変わるのをじりじりと待つ浩介の前でくるりと体の向きを変え、足早に駅のほうへと遠ざかった。

西沖のわけがない。もしもあれが西沖だったら、そんなふうにして浩介を避けるわけがないからだ。

しかし、浩介の気持ちは、今や完全に翻《ひるがえ》っていた。あれは、間違いなく西沖だった。夏の盛りに、新宿駅前のスクランブル交差点にいたのもそうだし、ちょっと前にコインランドリーの前に立ち、浩介のほうを見ていたのだってそうだったのだ。

西沖達哉だったからこそ、浩介の姿を見て遠ざかったのだ。

「どうしたんだ。何があった――？」

自転車であとを追ってきた重森が、心配そうに浩介の顔を覗き込み、自転車を降りる。

「何でもないんです。すみませんでした。ちょっと、知り合いを見たように思ったんですが、違いました」

さっきの路地を反対方向へと走ってみれば、もしかして西沖を見つけられるだろうか……。そんな考えが、ちらっと脳裏《のうり》をよぎったが、浩介はすぐにそれを否定した。

黙って浩介を見ていた重森は、自転車に再びまたがった。

「じゃ、俺は先に帰ってるぜ」

浩介のほうは、徒歩で早苗の賃貸マンションまで戻り、大家に頼んで置かせてもらった自分の自転車を取っていかなければならない。さっきは早苗が一緒だったのでパトカーに連絡を取ったが、ここから早苗のマンションがある富久町まで、男の足ならば徒歩でもせいぜい十五分かそこらのはずだ。

「そういえば、サンタのほうは、どうなりましたか？」

浩介は思いついて、訊いた。もう少し、重森と話していたい気分でもあった。

「やはり鈍器《どんき》のようなもので殴られて、脳震盪《のうしんとう》を起こしたらしい。治療が済んで安静にしてるが、まだ質問ができる状態じゃない」

「身元は？」

「問題は、そこなのさ。財布も何も身に着けてなかった。サンタの服は貸衣装かと思って調べてみたが、それも違った。未《いま》だにわからないままだ。状況を考えると、何らかの犯罪に巻き込まれた可能性もある。山口たちに言って、付近の防犯カメラの映像を取り寄せ、あの人が映っていないか確かめているところだ。戻ったら、おまえも手伝ってくれ」

インターフォンを押すと、押塚はすぐに出てきた。様子を気にしてくれていたらしい。

「ああ、御苦労様です。中村さんは一緒じゃないんですか――？」

浩介に頭を下げ、目でマンションのほうを差して訊いた。玄関先まで出てきて、後ろ手にドアを閉めた。厚手のカーディガンの肩に、温かそうなドカジャンを引っかけていた。

「いえ、彼女はまだ事件現場です。捜査員たちから、詳しく話を聞かれているところです。状況によっては、四谷中央署に移動したかもしれません」

「――中村さんの友人は、やはり、亡くなっていたんですか？」

「ええ、亡くなってました」

「どうしてまた？　犯人の目星《めぼし》は？」

「いやあ、それはまだ何とも言えません。ここにも捜査員がやって来るかもしれませんが、御協力をお願いいたします」

「承知しました。どうせ暇《ひま》をしてる身ですし、私にできることでしたら、何でもいたしますので」

まだ何か話を聞きたがっている様子の押塚にもう一度礼を述《の》べ、浩介は玄関先に置かせてもらっていた自転車の鍵をはずした。事件について、一般の人にあまり話してはならないのだ。

スタンドを倒して、歩き出したときだった。道をこちらに近づいてくるマリに気がついた。マリのほうではもっと前から気づいていたらしく、浩介と目が合うと小走りで寄ってきた。

「ああ、どうも。おじさん」

と、家に入りかけている押塚に挨拶し、押塚が人の好《よ》さそうな笑みで頭を下げ返す。二《ふた》言《こと》三《み》言《こと》、マリと親しげに言葉を交《か》わしてから玄関に消えた。

「親切な大家さんよね」

「知り合いなんですね」

「そうよ、早苗さんのところに来たときに、何度か会ってるもの。マンションの部屋に空きができたとき、家賃を安くするから越してこないかって、誘ってくれたこともあるの。だけどさ、その部屋、自殺した人が住んでたから、ちょっと遠慮したんだけどね。それに、大家さんはいい人なんだけれど、ときどき出入りしてる甥《おい》っ子ってのが、嫌らしい目つきでいつもこっちを見るの。早苗さんもそう感じてるわよ」

「自殺したって、じゃ、事故物件ってこと――？」

「正確には違うんだけれどね。このマンションの三階に住んでたOLが、海に飛び込んで自殺しちゃったらしいわ。どこか千葉《ちば》のほうだったみたい。住人が部屋で死んだときには、次の借主《かりぬし》に言わなければいけないけど、ほかで死んだのならばいいんでしょ。私は早苗さんから聞いて知ったけれど、今そこに住んでる人は何も知らないんじゃないかしら。早苗さんは、ちゃっかり大家さんと交渉して、少し部屋代を下げてもらったみたいよ。あの人、そういうとこは抜け目がないの。彼女、部屋かしら？」

どうやらさっきはただ喧嘩をしただけで、ほんとは親しい間柄らしい。

「彼女はまだ帰ってないんだ。四谷中央署の捜査員たちに、詳しく話を聞かれているところです」

「――それって、徹が殺されたことで？　知り合いから聞いたわ。徹、部屋で殺されてたんでしょ」

「そうです。中村さんの部屋から現金が盗まれた件と関係があるかどうか、四谷中央署の捜査員が調べてる」

「ふうん、そうなんだ。ねえ、おまわりさん、花園神社のほうに帰るんでしょ。私も今から仕事なの。一緒に歩きながら話そうよ」

そういえば、彼女はコートの下に、いかにも仕事向きっぽいドレスを着ていた。香水もつけているが、濃い香りは好みじゃないのだろう、冬の風の中ではわずかに感じられる程度だった。

「構わないけれど……」

（制服警官と一緒に歩いていて構わないのかい……）

と言いかけたのを飲み込んで、

「ずいぶん早い出勤なんだね」

浩介は、そう言った。

「お得意さんとのおつきあい。昨日一日、温泉に遊びに行ってて休んじゃったから、稼《かせ》がなくっちゃ」

「それって、早苗さんと一緒に行ったの？」

「そうよ。同じお客さんの御招待。休日だったのに、お店は一応やってたから、オーナーはいい顔しなかったけれどね。お客さんの手前、しょうがなかったんでしょ。私たちは、いい息抜きになったわ。師走って、こっちもほんとに大変なの」

浩介たちは靖国通りに出た。日暮れの闇がすでに色濃くはびこり出していた。通りは特に新宿方面が混雑しており、団子状態の車が、ほとんど動いていなかった。

「早苗さんとは、ほんとは仲がいいんだね？」

浩介は、そう言ってみた。

「喧嘩友達よ。歳がもっと近かったら、仲がよくなったりはしなかったろうけどね」

微笑みをあいまいにしたままで息を吐き、赤いテールランプがつづく通りの先へと視線をやる。冬の乾いた空気のなか、その赤は非常に鮮明だった。

「早苗さんって、惚《ほ》れっぽいのよ。元は向島《むこうじま》のほうの料亭の娘さんだったんですって。でも、男に惚れて、夢中になって貢《みつ》いで、親のお店をつぶしちゃったって。酔っぱらうと、すぐにその話をするの。同じ店で働き出してからの間にも、ちょっといい男がいると、すぐに惚れて貢いじゃうんだもの。あれじゃ、仕事になんかならないわ。そういうホステスが、一千万以上のお金を貯《た》めてたなんて、驚きよ。すごいなって思う……。おまわりさんだって、そう思うでしょ？」

「きみは、そんなに貯めてないのか？」

「まさか。私は男に貢いだりはしないけど、あるだけ使っちゃうわよ。まだ若いんだもの。そういえば、おまわりさんはいくつ？」

「二十七」

「なんだ、それじゃ私と同い歳じゃない」

マリは、何がおかしいのかクックと笑った。そんなふうにすると、浩介よりもずっと幼く感じさせる笑顔だった。だが、相手は相手で、制服警官の浩介の立ち居振る舞いや話し方を、自分よりも年下に感じていたのだろうか。

どうも、会話の主導権を握られている気がする。

「きみも、彦根沢徹が早苗さんのお金を盗んだと思ってるのか？」

「どうなのかしら……」

「徹というのは、どんな男だった？」

「ダメ男よ。働くのが嫌いで、楽して生きていられればいいって思ってるタイプ。でも、場持《ばも》ちがよくて、一緒にいると楽しいから、なんだかんだで仕事にありついてきたわ」

「仕事は、何を？」

「クラブやキャバクラをあちこち転々としてたわよ。いつか自分でバーをやるなんて言ってたけれど、そういうのを本気で考えるタイプではなかった。自分で店をやろうって人は、なんとなくわかるもの。それに、あの人、ダメよ。賭《か》け事《ごと》から抜けられなかったクチ。借金があるって話は、早苗さんからも聞いたでしょ。それは、賭け事のせいなの。競馬や競輪だけじゃなく、裏の賭博場《カジノ》にも出入りしてたみたい」

「それは、どこの賭博場？」

マリは、浩介の視線を跳《は》ね返すように睨んできた。

「ダメダメ。それはダメよ。私、知らない。もしも知ってたって、言えないわ」

どこか幼さを残す顔が、急に大人っぽくなった。

「ただ、もしも徹が早苗さんのお金を盗んだんだとしたら、きっとあいつひとりの仕業《しわざ》じゃないわ。ひとりで、そんなことをする頭や度胸がある男じゃなかったもの」

「ツルちゃんというほうは、どんな男なんです？」

「ツルちゃんは、いいやつよ」

「鶴田昌夫というんだろ？」

「フルネームを調べたの？　ツルちゃんを疑ってるんなら、お門違いよ。あの子の前科のことを気にしてるのかもしれないけれど、警察って、人をそうやって表面的に判断するから、嫌よ。あいつ、悪いやつじゃないわ。早苗さんだって、信用できると思ったからツルちゃんに秘密を打ち明けて、徹を捜してくれって頼んだんでしょ」

「だけど、早苗さんの部屋から盗まれた現金を鶴田が発見し、取り戻そうとして彦根沢と争いになってしまった可能性だってあるだろ？」

「それで、ツルちゃんが徹を殺したというの？」

「可能性の話さ」

「そうしたら、お金はツルちゃんが持って逃げたってこと？」

「まあ、その場合はね。鶴田は、仁英会の準構成員なんだろ？」

「だから、何よ？」

機嫌を損《そこ》ねてしまったらしい。新宿五丁目の交差点を渡り、もうちょっと先を右に曲がると、浩介が勤務する花園裏交番だった。花園神社自体は、この交差点を右折した先の明治通りに参道が面している。

「早苗さんが部屋にお金を貯め込んでることは、いったいどれぐらいの人が知っていたんだろう？　きみは、いつ頃、どうやって知ったんだ？」

「やだ、私だって何も知らなかったわよ」

「でも、早苗さんはお金フェチで、毎晩、裸でお金の上に寝転んでるって……」

「いやね、もう。真《ま》に受けたの。早苗さんが冗談で言ってたのよ。もしもお金ができたら、裸で毎晩、その上を転げ回るって。だから、売り言葉に買い言葉で、さっきはそう言っただけ。私だって、まさかあの人が部屋にそんなに貯め込んでたなんて、さっき、怒鳴《どな》り込まれるまで知らなかったわよ。なんで銀行に預けなかったのかしら。預けてたって、カードでいつでも下ろせるんだから、不便もなかったはずなのに」

「そうすると、彼女が部屋に大金を持ってることは、お店じゃ誰も知らなかった？」

「私が知る限りじゃ、そうね。そんなこと、言いふらすバカはいないでしょ」

ごもっとも。

そうしたら、金を盗んだ人間は、どうやってそれを知ったのだろう。早苗が言ったように、先週、部屋に泊まった彦根沢徹が、クローゼットに金庫があるのをたまたま見つけ、中身に興味を持った。そういうことなのか。しかし、たとえそうだとしても、いったいどうやって金庫を開けたのだろう。

5

浩介が花園裏交番に帰り着くと、巨大な男と痩身の女が並んで立ち、重森たちと何か話をしているところだった。男のほうは、昼頃、この交番で倒れたサンタと同じ肉襦袢《にくじゅばん》を着たような体形で、女のほうは、三十過ぎぐらい。清楚《せいそ》な感じの人だった。目が合って浩介が会釈《えしゃく》すると、

「ああ、おまわりさん。ほんとに、お世話になりました」

太った男が愛想《あいそ》よく言い、女とともに礼儀正しく頭を下げた。男のほうには、仕事で人の心をそらさないことに長《た》けた人間の空気があった。

浩介は男の身体の大きさに気圧されるものを感じつつ、女のほうに目をやった。ほとんど化粧をしていないが、目鼻立ちのはっきりした美しい人だ。

「今、こちらのおふたりが訪ねていらして、サンタの服を着ていた男性の身元がわかった。長峰安男《ながみねやすお》さんといって、西新宿で児童養護施設を運営されている方だった」

　重森がそう説明し、

「《みずいろ園》の見延《みのべ》と申します」

　彼女は名刺入れから名刺を出した。一枚を重森に渡したあと、ほかの警官にも渡すべきかどうかを迷っているようだった。事務所にはほかに、内藤もいた。交番の正面には、現在「立番《りつばん》」の藤波《ふじなみ》が立っている。山口と庄司《しょうじ》の姿が見えないのは、巡回中なのだろう。所長の重森周作を筆頭に、主任の山口勉以下、年次順に藤波新一郎《しんいちろう》、庄司肇《はじめ》、坂下浩介、内藤章助。この六人が「重森班」のメンバーだった。

　浩介は、重森が手にした名刺を見た。「みずいろ」はひらがなで、彼女のフルネームは見延京子《きょうこ》。肩書きには、事務長とあった。

「待ち合わせの場所にいらっしゃらないし、携帯に電話をしても出ないので、どうしたんだろうって心配してたんです。そうしたら、サンタの服を着た男性がこの交番の前で倒れて、救急車を呼んでもらったというふうに、こちらの宗雄《むねお》さんから聞いたものですから」

　京子が言い、「宗雄」と呼ばれた大きな男がすぐにあとを引き取った。

「私は渡辺《わたなべ》宗雄。ムネちゃんでいいわ。二丁目でバーをやってるんですよ。私たちの業界は耳が早いから。ええと、飲食業界ってことですけれどね。で、ゴールデン街のダチから、サンタクロースがこの裏ジャンボで倒れて、人だかりができてたって聞いたんですよ。そのときは私も笑ってただけなんだけれど、こちらの見延さんから連絡をもらって、もしやって思ったわけ。だって、園長さんが私のところに来たのは昼前で、もうずいぶん時間が経《た》ってましたしね。そのゴールデン街のダチに、サンタはどんな男だったかわかるかってメールで訊き直したら、太っちょの、すごくおっきなサンタだったって言うじゃないの。だからさ、いよいよこりゃあ、もしかしたらって」

「おふたりから写真を見せてもらった。間違いない。サンタの格好をして倒れたのは、こちらの長峰さんだった」

重森がそう説明を加えた。

「それにしても、どうしてサンタの服を？」

交番で最若手の内藤が、誰もが答えを知りたい質問をした。

「今夜のクリスマスパーティーのためなんですが、入院してひとり、パーティーに出られない子がいるんです。その子のところに、代表者がお見舞いに行くことになって、そしたら、園長先生が、それじゃ自分が昼間からサンタの格好をするって」

京子が言い、

「毎年、パーティーのためにね、長峰さんには衣装を貸してるんですよ」

渡辺が言った。

「うちの店用のやつなんだけれど。こういう体形の人間が着られるサンタの服って、なかなか貸衣装屋にもないもんだから……。あ、でも、勘違《かんちが》いしないで。園長さんが、私たちのお店の常連ってわけじゃないんですよ。こう見えても、私、バンドをやっててね。老人ホームとか養護施設とかを回って演奏してるんです。園長さんとも、その御縁で知り合ったのよ」

「なるほど」

重森は、ふたりにスチール椅子を勧《すす》めた。

「もう二、三伺いたいんです。それが済んだら、病院のほうへ御案内しますので、御協力くださいますか」

「協力はいいんだけれどさ。園長さんは大丈夫なの？」

「治療が済み、病院で安静にしていますので、それは大丈夫です。ただ、鈍器のようなもので、頭部を殴られてるんです。倒れたとき、何も持っていらっしゃらなかったのですが、園長さんは園を出たときは、鞄《かばん》とか財布《さいふ》はどうされてましたか？」

京子が顔色を変えた。

「まあ、大変――。園長先生は、銀行に寄ってお金を下ろしてるはずなんです」

「それは、いくらぐらい？」

「クリスマス会の費用のほかに、ちょうど園の壁の塗り直しとか、タイルの貼り替えとか、いくつか業者さんへのお支払いもあったものですから、たぶん四十万とか五十万は……」

「どちらの銀行をお使いになってるか、わかりますか?」

「はい、園の関係についてなら」

京子は都市銀行の名前を答えた。

「長峰さんは、御家族は?」

「いえ、園長は独身です。故郷に御両親がいらっしゃいますが」

「財布には、現金以外に、カード類も入ってたと思うんです。できるだけ早く、すべての銀行やカード会社に連絡したほうがいいのですが、そうすると、御本人じゃないとおわかりにならないでしょうか?」

「そうですね。そういったことはおそらく、園長本人じゃないと――」

「なるほど、わかりました」

重森はうなずき、渡辺のほうに顔を向けた。ムネちゃんこと渡辺宗雄が、女っぽい仕草《しぐさ》で居住《いず》まいを正《ただ》す。

「長峰さんがサンタの衣装を借りにきたのは昼前だとおっしゃいましたが、正確には、何時頃です?」

「十一時よ。その時間に約束して、正確に来たわ。園長さんって、几帳面《きちょうめん》な人なの」

「お店で会ったんですか?」

「昼間だもの。自宅よ」

「自宅の場所は?」

「お店の近くよ。やっぱり二丁目にあるマンションに住んでるの。なんで?」

「長峰さんの足取りを押さえれば、どこで襲われたのかを知る手がかりになります。渡辺さんのお宅を出たのは、何時頃でしたか?」

「ちょっと話して、十一時二十分前後だったかしら。半にはなってなかったと思うわ」

「お宅を出るとき、サンタの服を羽織《はお》ってたんですか?」

「上だけはね。防寒着替わりとか言って。ズボンは紙袋に入れて渡したけど、帽子もかぶって帰ったわね」

「紙袋以外に、持ち物は? 長峰さんは、ほかに何か持ってましたか?」

「ああ、黒い革の鞄《かわ》を」

「それは、いつも園長先生が使ってる鞄です。たぶん、銀行で下ろしたお金も、その鞄に入っていたのだと思います」

見延京子がそうつけたした。重森は、革の鞄と紙袋の特徴を聞いて確かめたのち、

「長峰さんとは、どこで待ち合わせたんですか?」

「新宿駅の京王《けいおう》線の改札です。病院が笹塚《ささづか》なものですから」

「あら、変ね」宗雄がオネエ言葉で言った。「京王線なら、地下鉄が乗り入れてるから、長峰さんは新宿三丁目から乗ればよかったのに。それって、新線の新宿駅だったんでしょ」

「そうですけれど――。たぶん、銀行に寄る関係じゃないでしょうか」

浩介は、不審を覚えた。新宿三丁目と新宿とはたったの一駅なので、銀行に寄るついでに歩いたとは考えられるかもしれないが、それでは説明のつかないことがある。新宿二丁目から新宿駅へは新宿通りか靖国通りを歩こうとするはずだ。靖国通りからこの花園裏交番がある路地へと曲がったのは、なぜだろう。

浩介が疑問をぶつけてみると、重森がすぐに首を振った。

「いや、それも違うのさ。長峰さんは、靖国通りの方角から来たのじゃなく、逆のゴールデン街の方向から歩いてきたんだ」

そう説明し、京子と渡辺に改めて訊いた。

「長峰さんは、銀行以外にも、ほかにどこか寄るようには言っておられませんでしたか?」

ふたりとも、何も聞いてはいなかった。

そのときだった。交番の奥の休憩室から、山口と庄司のふたりが興奮した面持《おもも》ちで飛び出してきた。

「見つかりましたよ。防犯カメラに、該当する映像がありました」

ふたりを代表するようにして、主任の山口が重森に報告する。巡回に出ていたわけではなく、付近の防犯カメラの映像を奥で確認中だったのだ。

「一緒に来てください」

重森がうながし、立番の藤波だけを残して、全員で奥へと移動した。

休憩室の座卓に、二台のパソコンが並んで置かれていた。重森の合図で、庄司が動画をスタートさせた。

ゴールデン街に沿《そ》って、「新宿遊歩道公園　四季の道」が延びている。その北側のはずれ付近を捉えた映像だった。この交番前の路地を真《ま》っ直《す》ぐに歩いた先でもある。遊歩道は、交番の前の路地と平行にゴールデン街の西側を延びているが、途中からカーブを切り、ゴールデン街の先でこの路地とぶつかるのだ。

防犯カメラの映像が、サンタの赤い服を羽織った長峰が襲われる瞬間を捉えていた。犯人は単独犯で、野球帽を目深《まぶか》にかぶり、マスクで顔を隠していた。ジャンパーにジーンズ。体つきや動きからして、二十代かせいぜい三十代前半ぐらいの感じで、背丈《せたけ》は長峰よりもかなり小柄だった。

だが、不意打ちを食らった長峰は、男に押されて簡単に地面に倒れてしまった。男は鞄を奪って逃げようとするが、長峰は懸命に放さない。両手で必死に鞄を押さえている。体重差がものをいい、男は長峰に引きずり戻され、なかなか鞄を引ったくることができなかった。たぶん、そのことがさらなる不幸を招いた。

男が鞄から片手を放し、ジャンパーのポケットに右手を突っ込んだ。抜き出した手の先で、黒い武器が伸びる。特殊警棒もどきの武器だった。ネットで簡単に手に入る。それを振り上げ、長峰の頭に振り下ろした。二度、三度。頭をかばい、耐え切れなくなった長峰が、ついには鞄から両手を放すと、男は鞄を奪い、風林《ふうりん》会館の方角へと逃げ去った。

「ひどい……」

京子が小さな言葉を漏《も》らす。男たちはみな、顔をしかめた。

だが、唯一《ゆいいつ》、浩介だけは、防犯カメラの端に映った別の男に注意を奪われていた。

（まさか……）

胸の中でつぶやいたが、見間違えようがなかった。白昼の引ったくり事件に立ちすくむ通行人たちの中にいた、背の高い男。特殊警棒で殴打《おうだ》され、大事に持っていた黒い鞄を奪われる長峰のことを、ただ悠然《ゆうぜん》と眺めていた黒いサングラスの男は、西沖達哉に間違いなかった。

（どういうことだ……）

（引ったくり事件と、何か関係があるのだろうか……）

画像に映る西沖は、ただふてぶてしく立っていた。襲われた長峰を助けようともしないし、それに驚いた様子もない。それが妙だった。ほかの通行人たちが、皆一様にぎょっとし、長峰を遠巻きにしているのとは対照的に、超然とした感じすらする。

西沖のことを重森に告げるべきだ。――そう思うのに、しかし、舌が硬直して動かなかった。

「これは、長峰さんですね？」

しばらく待ってから、重森が訊いた。京子と渡辺が、無言でうなずく。ふたりとも顔を強張《こわば》らせ、庄司が動画をオフにしたモニター画面から、今なお目を離せずにいた。

「どうです。鞄を盗んだ男に、見覚えはありませんか？　顔を隠していますが、着衣とか動きなど、何でもいいんです。誰か、顔見知りの男ではありませんか？」

京子たちはまだショックが抜けきれない顔を見合わせてから、首を振った。

「申し訳ありません。わかりませんが――」

「知らない男です――」

「わかりました」

重森は、あくまでも落ち着いていた。

「そうしたら、恐れ入りますが園に連絡をして、誰か長峰さんの家族の連絡先を御存じかどうかも確かめていただけますか」

そう告げた上で、主任の山口に、京子たちを病院に案内するようにと命じたときだった。固定電話が鳴り、近くにいた庄司が受話器を取った。

庄司は二言三言やりとりすると、驚いた顔で受話器を重森に向けて差し出した。

「本署からです。引ったくり事件の犯人が捕まったそうです」

重森が、半信半疑の顔つきで受話器を受け取る。

「はい、お電話代わりました。なるほど。はい、はい」

生真面目《きまじめ》な姿勢で話を聞き、受話器を置くと、主に京子と渡辺のふたりを見ながら話し始めた。

「西早稲田《にしわせだ》に住む、三十二歳のフリーターでした。タレ込みがあり、本署の警官が自宅に駆けつけたところ、何者かに縛《しば》られて猿ぐつわを噛《か》まされた状態で見つかったそうです。部屋の中には、長峰さんのものと思われる黒鞄があって、本人が、自分がやったと認めたため、その場で逮捕に至ったとのことでした。どうやら現金は無事のようですよ。鞄の中には、五十万前後の現金が残っていたそうです。詳しい聴取は無論、これからですが、仕事を馘《くび》になり、部屋代にも食費にも事欠《ことか》く有様《ありさま》で、あてもなく街をふらふらしていたところ、街金《まちきん》の自動契約機から出てきた長峰さんが鞄にお札を入れているのが見えたので、あとを尾《つ》けて襲ったみたいです」

「ちょっと待ってください」京子が言った。「銀行じゃなく、街金と言ったんですか?」

「はい、街金の自動契約機と」

重森は、見延京子の顔から目を離さなかった。彼女の顔に、戸惑《とまど》いが広がる。

「どういうことなんでしょう――」

「黒い鞄には、長峰さんの札入《さついれ》れや手帳の類も入っていたとのことなので、銀行や街金の明細もそこにあるかもしれません。御本人の意識が戻れば、直接、確認することも可能でしょう。恐れ入りますが、病院に向かう前に、一緒に本署のほうにおいでいただけるでしょうか」

6

本署から一課の刑事がふたり出張ってきて、防犯カメラの映像をコピーして持っていった。裏付け捜査のため、事件現場周辺の聞き込みを行なうので手が欲《ほ》しいと言われ、藤波と庄司が駆り出された。

交番の仕事は、「立番」「在所活動」「在外活動」の三つを交代で繰《く》り返すのが基本だ。これには一応のシフトがあるが、何か事件が起こった場合には、所長の重森の判断によって、臨機応変《りんきおうへん》に任務が割り当てられる。内藤が立番、重森が在所、浩介には在外の任務が割り振られた。

「中村早苗の様子を見てきてやれ」

重森は浩介にそう命じた。

中村早苗は、虎の子のおよそ一千三百万――彼女自身が連呼《れんこ》したところによれば、一千二百七十万と飛んで五千円を盗まれた、気の毒な被害者だ。

彼女が部屋に戻っているかどうかわからなかったし、戻ったあと、すでに勤めに出て留守かもしれない。それならそれでよかったが、とにかく様子を見ておくべきだ。捜査員たちは事件の捜査をしてくれるが、被害者の様子を気にかけるのは、地域課の警察官である交番巡査の務《つと》めなのだ。

部屋の窓には灯《あか》りがあった。それを確かめた浩介は、自転車を入口付近の壁際《かべぎわ》に寄せて駐め、賃貸マンションのエントランスを入った。気温が下がっており、鼻の頭がつららみたいに冷えていた。外廊下を通り、一階の一番奥から二番目の早苗の部屋を訪ねた。手袋を脱ぐと、中に溜《た》まった温《ぬく》もりがすぐに消え去って、指の股《また》がすうすうした。

玄関ドアの前に立ち、およそどんなやりとりをするかを頭でおさらいし直してから、インターフォンを押した。

「はい」

と早苗が応対するまで、少し待たねばならなかった。

「早苗さん、私です。花園裏交番の坂下です。どうしてるかと思って、ちょっと寄ってみました」

浩介はインターフォンのマイクに顔を寄せ、できるだけ朗《ほが》らかな声で言った。

「ああ、おまわりさん――。わざわざありがとう。私ならば、大丈夫よ。忙しいのに、悪いわね。気にしてくれなくたって、いいのに……」

疲労と落胆《らくたん》のせいだろう、そう応《こた》える声がなんとなく平板《へいばん》で、心の乱れを押し込めているように聞こえた。

浩介は、ちょっとドアを開けてほしいと頼んでみた。心配して様子を見に行ったときには、必ず相手の顔を見てから帰れ。相手の様子がわかると同時に、相手も警官の顔を直接目にすることで、落ち着くのだと、重森からそう教わっていた。

だが、すぐには返事がなかった。

「――ごめんなさい。もう、出かけるところなのよ。私は大丈夫だから」

「出勤ですか?」

「そうそう。お金、なくなっちゃったんだから、頑張《がんば》って働かないとね」

無理をして明るい声を出しているのがわかる。

「ちょっとでいいんです。顔を見たら、帰りますので」

「――何よ。しつっこいわね。別段、見て楽しい顔じゃないでしょ」

浩介は、ふっと表情を硬くした。早苗の口調が、どうも全体にぎごちないものに感じられたのだ。何か別に気にすることがあって、それを隠しつつやりとりをしている。そうではないか……。

「――早苗さん。どうかしたんですか？」

「どうかって、何よ……？」

「なんでもないなら、ちょっと開けてもらえませんか。顔を見たら、帰るので」

じっと耳に注意を集めていると、ドアのすぐ向こうで人の動く気配がした。何をしているのかわからない。じきにロックがはずれ、玄関ドアを開けた早苗が隙間から顔を出した。

「ああ、ありがとう、おまわりさん。今日はお世話になったわね」

顔が少し強張っている。出勤するところだと言ったくせに、彼女は普段着のままだった。

「さっき、マリさんに会いましたよ。ほんとは彼女と親しかったんですね。心配してましたよ」

浩介はそう言いながら、早苗の背後に注意を払った。奥の部屋でテレビがついていた。座卓に缶ビールが立っていた。二本。それだけならばまだしも、グラスもふたつ……。

誰か来ているのだ。三和土《たたき》を見た。早苗のものと思われる靴が一足あるきりだ。彼女はドアを開ける前に、誰かの靴を隠したのだ。

「誰かいるんですね？　どうして隠す必要があるんです？」

早苗の顔から血の気が引いた。

浩介がそう訊いた瞬間、部屋の死角から、男がひとり飛び出した。ごつい、大きな男だった。部屋の奥のアルミサッシの引き戸へと走る。スポーツ刈り、太い首。顔は見えなかったが、

「鶴田！　鶴田だな、おまえは」

浩介は呼びかけ、靴を脱いだ。だが、部屋の中へ飛び込もうとしたら、早苗に行く手を阻《はば》まれてしまった。両手を広げて立ち塞《ふさ》がり、すごい顔で浩介を睨んでくる。

「ごめん、ツルちゃん。逃げて！」

「鶴田、逃げるな！　おまえがやったのか？　おまえが、徹を殺したのか⁉」

鶴田昌夫はサッシの引き戸を開けてベランダに出ようとしていたが、上半身をひねって浩介を睨みつけた。その目には、どこか拗《す》ねたような光があった。警察とかこの社会の様々なものに、裏切られつづけてきた人間の目だった。

「俺じゃない！　俺は徹の部屋に入ってない。俺が行ったとき、やつの部屋は鍵がかかってたんだ」

「おまえが犯人じゃないなら、逃げるな！　警察に出頭して、きちんと説明するんだ」

鶴田がベランダに飛び出すのを見て、浩介は早苗を押しのけようとした。しかし、男の

力で思い切り押すわけにもいかずに躊躇《ちゅうちょ》したら、背後から早苗に抱きつかれてしまった。

「待って、おまわりさん。ツルちゃんはやってないから。それは、私が保証するから」

「それならなおさら、警察に行かなくちゃ。放してくれ、早苗さん」

振り切ろうとして体を左右に振るが、意外にすごい力でままならない。鶴田は自分の身体を、ベランダの柵へと押し上げた。

「警察なんか、信じられるか！」

吐き捨てるように言って、向こう側に飛び降りた。

「待て、待つんだ！」

なんとか早苗を押しのけてベランダへと走る。柵から身を乗り出して行方《ゆくえ》を捜すと、鶴田はもうマンションの塀を越えようとしていた。くそ、逃げて、それでどうなるというのだ。

踵《きびす》を返して玄関へと向かおうとする浩介の前に、再び早苗が立ち塞がる。早苗は玄関ドアを閉め、ぴたりとそこに背中をつけ、てこでも動かないという顔で浩介を睨みつけていた。

「いいのよ、おまわりさん。私のお金は、もういいんだから……。だから、ツルちゃんを追ったりしないで……」

「落ち着いてくれ、早苗さん、これは殺人事件なんですよ。あなたのお金だけの問題じゃない。ひとり、人が殺されてるんです」

「ツルちゃんがやったんじゃないわ……。あの子、怯《おび》えてるの。私、ここに、部屋を調べにきた警察の連中と一緒に戻ったのね。刑事さんのほかに、鑑識の人も一緒だった。ついさっきまで、みんなで部屋を調べてくれてたのよ。それで、その連中が引き揚げたら、あの子がふらりと現れたの。表の暗がりに隠れて、私がひとりになるのを待ってたんだって。警察から疑われてる。組や店に警察が来て、自分を引き渡せと脅《おど》してるって……。何がどうなってるのか、私から聞きたいから来たって言ってたけれど、ほんとは逃げ場がなくて、匿《かくま》ってほしくてやって来たのよ。ツルちゃんったら、すっかり怯えて動転しちゃってた……。あの子、ああしてごついからすぐに誤解されるんだけど、人を殺したりできるような子じゃないの。ツルちゃんは今、執行猶予中なのよ。私が無理やり頼んだりしたから、こんなことになっちゃったの。おまわりさん、お願いよ。ツルちゃんを助けてあげて——」

必死で言い立てる早苗を見ているうちに、浩介は力《りき》みかえっていた自分の体から力が抜けるのを感じた。

「わかったから——。だから、坐《すわ》って話しましょう。僕も、鶴田が犯人だというのは、どうも納得がいかない気がしてるんです」

「ほんと？　口から出任せを言ってるんじゃないでしょうね——？」

「ほんとです。そもそも、徹がどうやってあなたの金庫からお金を盗んだのかが、はっきりしません。力任せに開けられるものじゃない。誰か頭のいい人間が計画を立てて盗んだんです」

「そうよね。きっと犯人は別にいるのよね。そうよ、そうに決まってる。死んだ徹もツルちゃんも、馬鹿よ。ふたりとも大馬鹿と言っていいわ。私が保証する」

真剣な顔で力説した早苗は、ドアの前を離れて浩介に寄って来た。

「――でも、徹の部屋には、私の指紋がついたお金があったんでしょ。どういうことなのかしら？」

「真犯人が、徹が犯人だと見せかけるために置いたのかもしれない。あるいは、徹と誰かが共犯で、早苗さんのお金を盗んだ末に、その共犯者が徹を殺害してお金を独《ひと》り占《じ》めにしたのかもしれない。紙幣には、ツルの指紋はあったんですか？」

「いえ、それはなかったのよ。ついてたのは、私の指紋と徹の指紋。さっきツルちゃんから聞いたんだけれど、徹の部屋に自分の指紋があったのは、最近、ツケの取り立てに行ったときに、部屋に上がり込んだからなんだって」

「ツケって――？」

「ここだけの話だけれど、ツルちゃんは裏賭博場《カジノ》の用心棒をしながら、ツケの取り立てとかもしてるのよ」

「なるほど。金庫の蓋についていた黒い粉の正体は、わかりましたか？」

「ああ、それは刑事さんから聞いた。プリンターのトナーの粉だって」

「トナーの粉？」

「そう」

「早苗さんは、プリンターは？」

「一応、小型のを持ってるわ。写真とかも、今はそれでプリントアウトしちゃうから。だけど、うちのはインクジェット式よ。どうしてトナーの粉があったのかしら……？　あそこで何かプリントしたとか……？　刑事さんに訊いても、何も答えてくれなかったのだけれど、何か見当つかない？」

すぐにうなずければ格好いいが、何がなんだかわからない。

ただ、微《かす》かなひらめきが、頭のどこかをよぎった気がした。トナーの粉は、鑑識が指紋検出に使うアルミニウム粉末の代用品になる。そう習ったことがあるのを思い出していた。

しかし、ひらめきの先を見定めることはできなかった。ノックの音がし、早苗が体を硬くした。

「誰か来る約束だったんですか？」

浩介の問いに、あいまいな表情でただ見つめ返してくる。

「俺だ。いないのか、ツル」

ドアの向こうから呼びかける声を聞き、浩介は体が震えるのを感じた。

二年ちょっとの間、聞きつづけてきた声だった。辛《つら》いとき、もうこれ以上は無理だと思ったとき、この声に背中を押され、この声に励《はげ》まされてきたのだ。

早苗ではなく、浩介が動いた。なんとなくふわふわとして、雲の中を歩くような足取りで進む制服巡査に、早苗は奇妙なものを見る目を向けた。

ノブに手を伸ばして開けると、玄関前に、一瞬、昔のままの西沖がいた。記憶のままの、温かい目をした男だった。

しかし、ドアを開けたのが誰かを知ると、あっという間に表情が硬い殻《から》におおわれた。警戒し、心を閉ざしたヤクザ者の顔になった。みずからのうちに秘めた何かに四六時中、胸の内を掻きむしられ、日常に平安を見いだせず、人生そのものを痛めつけようとする犯罪者の顔だった。

違う。そんなはずはない……。浩介は、目の前の男に呼びかけた。

「監督――」

7

「監督――」

それは、十年の間、胸の中に留《とど》まり、様々な思いを積み重ねながら熟《じゅく》してきた言葉だった。この人相手に、あの頃の気持ちのままで口にすることなど、二度とないと思っていた。

しかし、目の前の男にそう呼びかけた瞬間、浩介の胸に迫る実感があった。

(俺の中で、この人はまだずっと「監督」のままなのだ……)

西沖達哉は、両目を見開いた。何か懐《なつ》かしいものが、顔の奥から湧《わ》き上がってくるかに見えたが、それは西沖本人の意志でせきとめられてしまった。

今の西沖は、今日の午後に彦根沢徹のマンションの傍《そば》で見かけたときとも、新宿東口の交差点で出くわしたときとも違い、サングラスをしていなかった。剝き出しの目で浩介と対峙《たいじ》することが気まずそうに瞬《まばた》きし、やがて、気弱げに目をそらした。

何も言わずに体を翻し、マンションの外廊下を急ぎ足で遠ざかる。

浩介は、すぐにはあとを追えなかった。あわてて靴を履《は》き、外廊下に駆け出したときにはもう、西沖の痩《や》せた背中は自転車置き場を横切って、表の路地に出ようとしていた。

「監督――」

声がかすれた。

「監督、待ってください。監督――」

繰り返しそう呼びかけるうちに、やっとちゃんと声を出せるようになった。

浩介は外廊下から自転車置き場へと下る段差を跳《と》び下り、西沖を追って表の路地に駆け出した。賃貸マンションの正面に、街灯の光をあびて、黒塗りの車が駐まっていた。西沖を追って来た制服警官の姿に驚いて、運転席にいた男が車を降りかけたが、西沖はそれを手で制した。

「待ってください、西沖さん。鶴田昌夫とは、どんな関係なんです?」

浩介の言葉を無視し、西沖は後部ドアを開けた。

「あなたの舎弟《しやてい》ってことですか?」

無視し、後部シートへと滑《すべ》り込もうとした。

「逃げるんですか、監督。また、何も言わずに俺の前から消えるつもりなのか!?」

首をひねり、浩介のほうを見つめてきたが、相変わらず何も言おうとはしなかった。それはふてぶてしいヤクザ者の姿であり、あの頃の西沖の面影はもうどこにも見つからない。ポケットからサングラスを出してかけると、ますますただのヤクザ者になった。

「ツルは何もしちゃいない」

「………」

「それだけだ」

車の中へ消えかけたが、動きをとめた。体を起こし、ちらっと道の先へと目をやってから、再び浩介を向いた。

「このマンションの三階に住んでた女が、一昨年《おととし》、自殺したのは知ってるか？」

なぜそんなことを訊かれるのか、わからなかった。

「話だけは……」

「その女のことを調べてみろ」

「なぜです？」

答えが返ることはなかった。西沖を乗せた車は人気《ひとけ》のない路地を遠ざかり、すぐに見えなくなった。


酔客《すいかく》たちが行き来するのをぼんやりと眺《なが》めた。中村早苗の事件絡《がら》みで、今日は外回りが多かった浩介は、交番に戻ると立番を割り当てられたのだ。

立番は決して気を抜いてはならない。だが、気を張りつめてばかりでは務まらない。気持ちをニュートラルに保っているのがコツだという意味のことを、警察学校で教えられた。それは決して、ぼんやりすることとは違う。注意を四方に払いながら、あくまでも気持ちを静かに保った状態だと。

そうするようにいくら心掛けても、今夜はどうにも果たせなかった。少しでも気を緩《ゆる》めると、西沖達哉の姿が瞼《まぶた》に浮かんだ。ベンチで浩介たちを見つめるユニフォーム姿の西沖に、浩介が新宿に来てから出くわした姿が重なり、決して混じり合うことなく幾重《いくえ》にも折り重なっていた。

本当は去年、飲食店から女連れで出てきて車に乗り込む男を見たときに、あれが西沖だとわかっていたのだ。ただ、認めたくなかっただけだ。今日、彦根沢徹のマンションから出てきて見かけたときだって、そうだった。高校野球の熱血監督が、この新宿でヤクザ者になり果てていたなど、なんとも醜悪《しゅうあく》な笑い話じゃないか。それを、この自分が目の当たりにしてしまうなんて……。

西沖は突然、高校を辞《や》めた。夏の地方大会が間近に迫る、梅雨《つゆ》のある日のことだった。いつもは誰よりも先に来ている監督が、その日に限っては練習時間になっても現れなかった。アップが終わり、ノックが始まった。西沖みずからがバットを握るのが常だったが、その日はOBコーチのひとりが代わってノックした。そして、練習開始から一時間以上経った頃、副校長がグラウンドに姿を見せ、コーチを呼んで何か耳打ちした。それだけだった。二、三日後には、西沖監督は一身上の都合によって学校を辞めたとの報告がなされ、後任の監督が決まらないまま、OBコーチのひとりが監督代行を務めた。監督がなぜチームを辞めたのか、浩介たちがいくら尋ねて回っても、コーチたちも、学校の関係者も、そして、父兄たちも、誰からもきちんとした答えを聞くことはできなかった。本当に何も知らないと感じさせる人から、何かを知っていると感じさせる人まで様々だったが、誰も明確な答えを持たなかったのだ。そして、浩介たちは地方大会の二回戦で敗れ、最後の夏があっけなく終わった。

……物思いから我に返るまでに、かなりの間《ま》があったらしい。それは、こっちを睨む重森の顔つきでわかった。

「どうしたんだ。立番でぼんやりするなど、おまえらしくないぞ」

重森は厳《きび》しい顔でそう言ってから、

「今、本署から連絡があった。仁英会の鶴田昌夫の身柄を確保したそうだ」

事務的な口調で告げたものの、その後、妙に静かな顔で浩介を見つめてきた。早苗の部屋でツルと出くわしたことは、そこで交わした会話の内容もふくめて、交番に戻ってすぐに詳しく重森に報告していた。

「しかしな、鶴田って男は、取調官からいくら訊かれても、ただ俺はやってないの一点張りで、それ以外は何も話さないそうだ」

8

重森に許可を取って四谷中央署へと急いだ浩介が、相談窓口の担当者を訪ね当てたとき、時間はすでに午後九時近かった。

中村早苗と同じマンションの住人で、一昨年、自殺した女のフルネームが藤木奈美《ふじきなみ》であることは、早苗のもとから引き揚げる前に教えてもらっていた。藤木奈美は、福岡《ふくおか》県出身。地元の短大を卒業後、東京のデパートに就職した。それから三年後の一昨年、彼女は外房《そとぼう》の人気のない駐車場にお気に入りのバイクを駐め、付近の岩場から海に身を投げたのだった。

さらには、立番を終えた浩介が警視庁の端末にアクセスして調べたところ、藤木奈美は亡くなる半年ほど前から、何度か四谷中央署のストーカー相談窓口に相談に来ており、その記録が残っていた。

《一年ほどつきあった男に対して、性格の不一致を理由に別れることを望んだが、拒否され、ずっとその男につきまとわれている》

《勤め帰りをマンションの前で待ち伏せされたり、携帯電話に何度も電話が来て、出ないと留守電に延々《えんえん》と罵倒《ばとう》の言葉が録音されていたりして、恐ろしい》

そうしたストーカー行為の訴えとともに、

《どうしても別れるなら、つきあっていた頃に撮った写真をネットに公開すると脅された》

と、リベンジ・ポルノの被害を窺わせる訴えも記録されていた。

彼女がかつてつきあった相手は、木沼智久《きぬまともひさ》といった。四谷中央署はその都度《つど》、この木沼に警告したが、その甲斐《かい》もなく、最後に相談に訪れてから三月《みつき》後の六月中旬に、藤木奈美はみずからの命を絶《た》ってしまったのだった。

藤木奈美の相談を受けたのは、生活安全課に属する伊東忠司《いとうただし》という警部補だった。浩介が訪ねたとき、伊東はちょうど帰宅するところで、すでにコートに袖《そで》を通していた。家族へのプレゼントと想像できる綺麗に包装された包みを、紙袋に入れて持っていた。定時の帰宅時間はとっくに過ぎている。それでもなんとかあわてて家族のもとへ帰り、一緒にクリスマス・イブを祝うつもりなのだ。

だが、いきなり訪ねてきた制服巡査の口から用件を聞くと、オフになりかけていた顔の筋を引き締めて紙袋を足元に下ろした。

「ま、そこに坐れ」

と、すでに帰宅した隣の同僚の椅子を示し、自分も腰を下ろした。同僚はみな引き揚げたあとで、生活安全課の部屋には浩介たちふたりだけだった。

「どうしてこの件を調べてるんだ?」

との質問に、浩介は今日の出来事を手短に話した末、なぜ彼女の事件を調べろと言われたのか、理由に見当がつかないことまで正直に告げた。ただし、西沖との個人的な関係だけは伏せて言わなかった。

伊東は、浩介の話を静かに聞いた。話の途中で、着ていたコートを脱ぎ、ふたつに折って机に載せた。

浩介が話し終えてもなお、まだ話を聞きつづけているかのようにしばらく黙り込んでから、やがて、ゆっくりと口を開いた。

「彼女は、気の毒なことをしたよ……。もう少し詳しく事情を話してくれていたなら、何か手の打ちようもあったんだろうが、ああいうケースの場合、被害を受けた本人が恥ずかしがって、隠してしまうことが多いんだ」

「ストーカーだった木沼という男が、やはり彼女が人目に触れさせたくないような写真を公《おおやけ》にしたんですか？」

「その通りだ」

浩介が端末で記録を読んだときに推測したことを訊くと、伊東はうなずいた。

「ふたりで絡んでる写真だけじゃなく、裸の彼女がカメラに向かってピースサインをしてるものや、もっとひどい写真まで、ネットに一斉にアップしやがった。それに、動画もな。その一週間後ぐらいに、彼女はみずから命を絶ったんだ」

「木沼智久は、どうなったんです？」

「藤木奈美の遺族が民事で係争中だが、警察には何もできないよ。遺書はあったが、それは家族に申し訳ないと詫《わ》びる内容で、木沼の名前は一言もなかった。彼女の家は旧家で、親に内緒で交際することすら許されていなかったらしい。ストーカー行為を受け、挙句《あげく》にリベンジ・ポルノの被害にまで遭ったのに、彼女はそんな男とつきあったみずからを責め、それを親に詫びて、そして、命を絶ってしまったんだ……」

伊東は一度、言葉を切ったが、浩介が何と言おうか言葉を探していると、

「命を絶つ前に、もう一度、我々に相談してほしかった……」

と無念そうなつぶやきを漏らした。

「そういった写真や動画は、どうなったんです？」

「法的に削除できるものはしたが、完全には不可能だ。ネットに出回るってのは、そういうことなんだ」

「その当時のことで、何か気になる点はありませんでしたか？」

浩介はしばらく頭をめぐらせたが、結局、そんな漠然《ばくぜん》とした訊き方しかできなかった。

亡くなった藤木奈美という女性には同情するし、木沼智久という男に怒りを覚えもするが、なぜ西沖がこの件を調べてみろと言ったのか、理由は相変わらずわからなかった。

「そう言われてもな……」

「中村早苗や彦根沢徹といった名前を耳にしたことは？」

「そのマンションの一階に暮らす女性と、今日、殺害された被害者か？」

同じ管内で起こった事件なので、さすがに知っていた。

「そうです」

「いや、聞いたことはないな。一昨年の自殺が、今度の事件とどう関係しているのか、俺

にもさっぱり見当がつかないよ……」

伊東はしんみりと言い、足元に置いたクリスマス・プレゼントにちらっと目をやった。

「木沼というのは、どんな男なんです？」

「ある大手ＩＴ企業の社員さ。仕事においても、人づきあいにおいても、評判は上々。警察に調べられるのはプライバシーの侵害だとぬかして、抗議を受けたよ」

伊東はコートを手にして、腰を上げた。

「すまないな。俺が話せるのは、それぐらいだ」

と、コートに袖を通した。警察官として誠実に仕事をするつもりはあるが、今夜はクリスマス・イブであり、自分を待つ家族のもとへと帰らなければならない時間なのだ。

「いえ、お時間を取っていただいて、ありがとうございました」

浩介は、丁寧《ていねい》に礼を述べて頭を下げた。

部屋の出口へと歩いた伊東が足をとめ、ふと何かを思いついた様子で浩介を振り向いた。

「気になることといえば、ひとつだけあるな。木沼智久は、写真をネットにアップしたのは素直に認めたが、動画については認めなかったんだ。自分がアップしたんじゃないと、ずっと否定しつづけていた」

「それじゃ、動画は誰か別の人間が？」

「おいおい、それはないさ。部屋が盗撮されてたとでも言うのかい？　彼女が自殺し、リベンジ・ポルノの映像が見つかったあと、すぐに部屋を捜索したが、何も見つからなかった。撮影に使ったカメラは、すでに木沼が持ち去ったと考えるのが妥当《だとう》だ。念のために侵入者の有無も調べたが、ピッキング等の形跡は何もなかった」

「写真と動画について、発信元は特定できたんですか？」

「いや、海外のプロバイダーをいくつも経由していて、今のサイバーポリスでもできなかった。木沼は、一流ＩＴ企業の社員だと言ったろ。しかも、コンピューターの専門家なんだ。発信元をごまかすぐらい、お手の物だった」

「しかし、そうすると、動画を誰か別の人間がアップした可能性は、完全に否定されたわけではないんですね……？」

一応、言葉を選んで言ったつもりだったが、伊東は一瞬、嫌な顔をした。たとえ善良な捜査員でも、自分のした捜査に瑕疵《かし》があったような言い方は決して好まない。

「どんな動画だったのか、実物を見られますか？」

だが、浩介が遠慮がちに頼むと、その嫌な表情を押し殺し、「一緒に来い」と手招きしてくれた。

もうしばらく、警察官としての務めを果たすことにしてくれたのだ。

9

ここにはここのクリスマス・イブがあった。見方によっては、この国のあるタイプの男たちにとっては、もっともしっくりくるイブの風景かもしれない。店内はお祭り騒ぎの賑《にぎ》やかさで、浩介が遠慮して立つ入口から見える範囲だけでも、互いにもつれ合うようにして坐った大勢の男と女たちが口々に何か話し、囁《ささや》き合い、笑い合い、次々にグラスをあけていた。

制服警官にこんなところに立たれて嬉《うれ》しい店はない。店の場所を探し当てたあと、裏口に回ろうとしたのだが、店はビルの三階で、裏口らしきものが見つからなかった。

「あら、いったいどうしたの？」

黒服に早苗を呼んでもらったのだが、なかなかやって来ないので焦《じ》れていたところ、フロアを横切ったマリが浩介に気づいて寄ってきた。

「制服でこういうところに立ってると、ものすごい違和感ね」

と言ってけらけら笑うマリは、大分《だいぶ》酔っているようだった。

「至急の用件で、早苗さんを訪ねたんだ」

胸の谷間がはっきりと見えて、浩介は吸い寄せられそうになる視線を必死で引きはがした。

「そうなんだ。もう、誰かに言ったの？」

「ああ、ちょっと前にね」

答えたとき、テーブルの間をこちらに近づいてくる早苗が見えた。彼女はマリ以上に酔っているらしく、足取りがふらふらしている。

「メリー・クリスマス、浩介ちゃん、マリちゃん。私は元気よ。ごめんね、お客さんと飲み比《くら》べしてるところだったから、ちょっと時間かかっちゃった。でも、ほら、チップをせしめたわよ。私、お酒、強いの」

と、手の中の一万円札を開いてひらひら振る。

「もう、早苗さん。夜はまだ長いんだから、この時間からそんなに飛ばさないでよ」

「大丈夫。言ったでしょ、私、お酒、強いのよ。それで、どうしたの？　制服のおまわりさんが、こんなところに来るなんて？」

尋ねてくる早苗の目はとろんとして、顔全体もアルコールでとろけたみたいになっていた。

「お願いがあるんですが、今すぐに、部屋に入らせてもらえませんか？」

浩介は周囲を見渡したあと、早苗に顔を寄せ、低めた声で切り出した。

「私の部屋に、なんで？」

「驚かないで聞いてください。もしかしたら、盗聴器とか隠しカメラとかがどこかに仕込まれているかもしれません」

気を使って告げる浩介の顔を、早苗は相変わらずのとろんとした目で見つめた。酔いの陽気さが薄れると、やつれ疲れた感じが浮かんでくる。それを、化粧でごまかしているのだ。

「どうして……？　なぜそんなふうに思うの？」

「誰がどうやって金庫を開けたのかを考えると、そうひらめきました」

「何、どういうこと？　金庫の開け方が、わかったの？」

「はい」と、応じたとき、酔客が近づいてきて、浩介たちの立つ近くにあるトイレの入口を入った。それと反対側の壁にはスタッフ・オンリーのドアがあって、さっきから黒服たちが忙《せわ》しなく出入りしている。

「ちょっといいですか」

浩介が早苗をうながして店の外に出ると、マリも一緒についてきた。廊下の両側に、クラブとスナックが並び、それぞれの店に充満した客たちのざわめきが厚いドア越しに漏れている。

「この子はいいの。気にしないで、先をつづけて」

早苗が言った。その口調は、案外としっかりしたものだった。たぶん、見かけほどは酔っていないのだ。浩介は説明を頭で整理してから、改めて口を開いた。

「金庫の蓋に、トナーの粉が落ちてましたね。犯人はやはりあれを使って、金庫の暗証番号を見つけたんだと思うんです」

「どうやって？」

「鑑識が指紋を検出するときは、アルミ粉を使うんですが、トナーの粉はそれの代用品になります」

「だから――？」

「例えば、誰かがあの金庫のボタンについた指紋を、あらかじめ全部拭《ふ》き取っておいたとしたら、どうでしょう。早苗さんが4ケタの暗証番号を押したら、その押したボタンにだけ指紋が残ります。つまり、どのボタンを押したか確かめられるんです。4ケタの番号ってことは、4×3×2×1で、24通りの中のどれかが答えです。すべてのキーによる天文学的な組み合わせと比べれば、楽なものです。早苗さんは、昨日から伊豆《いず》に行っていて、丸々部屋を留守にしていました。その間に忍び込めば、難なく開けられます」

早苗が驚いた顔をする。マリがその横で、声を上げた。

「坂下さん、あなたって、頭がいいのね！」

胸の谷間が迫ってきて、浩介はあわてて視線を持ち上げた。

「でも、それだけじゃ金庫は開かないわ。鍵がなければ。だけど、金庫の鍵は、いつでも私が身に着けてたのよ。昨日だって、旅行先に持っていったもの」

　早苗が言った。

「だけど、四六時中、ずっと身に着けてたわけではないでしょ。たまたま家に置いて出かけたこともあったかもしれないし、そもそも自分が家にいる間は、身に着けてるわけじゃなく、どこかに置いて眠ってるんですよね。犯人は、早苗さんの目を盗んで鍵を持ち出し、複製を作ったんだと思うんです」

「でも、どうしてそんなことができたの……」

　マリは浩介と早苗の顔にきょろきょろ視線をやっていたが、はっとして答えを口にした。

「誰かが、早苗さんの部屋の合鍵を作り、それで自由に出入りしてたって言うのね。それに、盗聴や盗撮も――」

「嫌な想像ですけれど、そんな人間ならば、早苗さんの鍵をこっそりと持ち出して複製を作ることができます。そもそも、クローゼットに金庫があるのを知ることだって簡単です。しかし、クローゼットの中に上手《うま》くカメラを忍ばせて、金庫の暗証番号を撮影することまではできなかった。手元を写すには、大分近くに据《す》えねばならないでしょうが、それでは見つかる危険も大きい。それで、トナーの粉を使うアイデアを思いついたんじゃないでしょうか」

「なるほど……。そうか、そうかもね……。ちきしょう、腹の立つ話だわ。早苗さん、すぐに警察に部屋を調べてもらいましょうよ。一刻も早く犯人を捕まえなくちゃ。そしたら、お金が戻ってくるかもしれないでしょ」

マリが顔を輝かせて言い立てるが、早苗のほうは冷静だった。すっかり酔いが醒《さ》めてしまったらしい。そして、しきりと何かを考えている。

「部屋を調べるのは、それは坂下さんひとりでってこと？」

と、なぜか早苗の口が重くなった。

「いえ……、これから、上司に相談します。どうですか、何か盗聴や盗撮をされていると感じるようなことはなかったですか？」

「そうね……。それは感じなかったけれど……。でも、坂下さんひとりなら構わないけれど、ちょっと、ほかのおまわりさんや刑事さんが来るのは、困るかな」

「なぜです……？」

そう訊き返しながら、浩介は、彼女が盗聴や盗撮をされていると聞いても、なぜだかマリほどには驚かなかったことに気がついた。なぜなのだろう……。

「さっき、ある人が、あなたと同じような説明をして、私の部屋の鍵を預かっていったのよ――。その人、あんまり警察が好きじゃないの……」

10

部屋のドアを開けた西沖達哉は、戸口に立つ浩介を見ても驚かなかった。早苗から連絡が行ったのだろうか。こっちだって、狼狽《うろた》えたりはするものか……。そう念じる浩介にくるりと背中を向けると、西沖は何事もなかったように部屋の奥へと引き返した。そして、電気もついておらず、暖房も入っていない、冷え冷えとした聖夜の部屋に胡坐《あぐら》をかいて坐った。

あろうことか、そうして暗闇に坐る西沖の姿を目にした途端、高校時代のクリスマスの記憶が浩介の胸に押し寄せ、よみがえった。クリスマスにしろ、正月にしろ、野球しかない日々だった。それでいいと思っていたし、そうしていることが幸せだった。あの日も、暗い校庭の片隅《かたすみ》にひとり残り、黙々と素振りをつづけていたのだ。努力だけが、自分を高みへ押し上げてくれると信じたがっていた。

ふと気がつくと、グラウンドの端っこに立った西沖が、そんな浩介のことをにやにやしながら見ていた。おいおい、クリスマス・イブぐらい、彼女と過ごすか、家族と過ごすかしたらどうだ……。

「何をしてるんだ。そこに立ってるだけなら、迷惑だ」

浩介は西沖に言われ、あわてて玄関に滑り込んだ。音を立てないようにそっとドアを閉め、靴をぬぎ、ダイニング・キッチンを横切り、西沖のいる奥の部屋へと近づいた。

部屋を見渡してから、失礼しますと断わり、腰を下ろした。西沖は何も応えなかった。ベランダへと出るサッシの引き戸には遮光《しゃこう》カーテンが閉められていた。その隙間から、わずかに表の灯りが忍び込むだけで、部屋は濃い闇の中に沈んでいた。西沖の顔も、ぼんやりとしか見えない。

「盗聴器とか隠しカメラは見つかりましたか？」

浩介は、訊いた。警官として訊くべきことと告げるべきこと以外は口にしない。そう決心を固めていた。

西沖は浩介のほうに顔を向けたが、何も応えようとはしなかった。何か問いたげな表情を浮かべた気がするが、濃い闇とサングラスとがその表情をおおい隠してしまっていてよくわからない。

軽い苛立《いらだ》ちとともに、再び口を開きかけたとき、浩介はふっと気がついた。どうして西沖は、こんな暗い中に、ただじっと坐っているのだ。盗聴器や隠しカメラは、見つからなかったのだろうか。

「この部屋に、まだそんなものが残っていると思ってたのか？」

「…………」

西沖は、軽く苦笑を漏らしたようだった。

「大金を盗んだんだぞ。盗聴器やカメラの類は、そのとき、一緒に持ち去ったに決まってる」

「しかし、それじゃあ……」

「隣の部屋のOLは、昨日から彼氏と旅行で、大晦日近くまで帰らないそうじゃないか。だが、これだけ騒ぎになったんだ。ホシは何日も待てないはずだ。警察だってバカじゃない。必ず盗聴や盗撮のことに気づかれる。そう心配し、おそらく今夜、隣の部屋の盗聴器や隠しカメラを回収しに来るはずだ」

「隣の部屋にも、盗聴器が……」

浩介が驚いて問いかけると、西沖はサングラスをはずした。目が、可笑《おか》しそうに細められていた。

「なんだ、おまえはそう踏んで、ここに張り込みに来たんじゃなかったのか？　三階の住人で自殺してしまった女のことは調べたんだろ？」

「ええ……」

「その女の部屋でも盗聴と盗撮がされていたし、早苗の部屋だってされていた。隣のOLだって、餌食《えじき》になっていて当然だ。この賃貸マンションには、ほかには女がふたりいる。彼女たちの部屋も、すぐに調べたほうがいい」

なるほど、確かにそうだ――。

「ホシは、大家の押塚という男だ。そうですね？」

「大家の甥は、調べたか？」

「いえ、まだ」

「三枝実《さえぐさみのる》って男だ。自殺した藤木奈美という女の盗撮画像は、闇サイトに流されたものなんだ。出所《でどころ》は、この三枝って男だった」

「それを、どうやって……」

「ふふん、蛇《じゃ》の道は蛇《へび》だよ」

「でも、それじゃあ……」

「いや、大家の押塚も絡んでるさ。俺たちにゃ、警察みたいに令状が必要ねえからな。今日、うちのものを使って、押塚の留守中にやつの家を覗いてみた。二階の奥の部屋だ。録音録画機材、それに無論、盗聴機材とともに、几帳面に整理されたコレクションが並んでた」

「――――」

「押塚は、定年の翌年にかみさんを亡くしたそうだ。それから、段々とおかしくなったんじゃねえのか。ま、それは警察が調べることさ。三枝には、強制猥褻《わいせつ》や強姦《ごうかん》未遂で逮捕歴があるぜ。たぶん、どこかの時点でこいつが、叔父《おじ》の押塚のやってることに気づいたんだろ。当然、自分も一枚噛ませろってことになった。みんなにばらすと脅されりゃ、押塚は言うことを聞くしかない。そして、叔父と甥で、仲よく出歯亀《でばがめ》をつづけてたんだ。早苗の金の存在を知って、盗もうと言い出したのは、たぶん三枝のほうさ。押塚は持ち家に住み、所有してる賃貸マンションからは定期的に家賃収入がある。早苗が大金を隠してることを知ったって、それを盗んで盗聴や盗撮がばれる危険を冒《おか》す気にはならないはずだ」

西沖はふいに口を閉じ、顔を壁の方へ向けた。耳に神経を集めている。

浩介にも聞こえた。ドアの鍵をはずす音だ。マスター・キーを使っているにちがいない。西沖は床に片手をつき、腰を浮かせ、ＯＬの部屋がある側の壁へと上半身を寄せた。浩介も同様に身を寄せ、壁越しに誰かが動く物音を聞いた。

そっと立ち上がろうとする西沖を、浩介は手で制した。

「ここにいてください。遠巻きに、警察が張り込んでるんです」

西沖は、そのままの姿勢で浩介が小声で言うのを聞いてから、今したのと同じようにそっと体を戻した。

浩介は黙ってうなずいて見せ、音を立てないように注意して移動した。靴を履き、そっとノブを回して玄関ドアを開ける。隙間から外廊下を覗き、はっとした。隣室のドアの前に、大家の押塚が立っていた。落ち着かない様子で小さく足踏みをしながら、きょろきょろと周囲を見回している。

すぐ隣のドアが開いたことに驚いてこちらを向き、顔を覗かせた浩介と目が合った。口をあんぐりと開け、何か言おうとしたのかもしれないが、言葉になって出てこない。強風に抗《あらが》うかのように、苦しげに息をついたと思ったら、

「実、だめだ。警察だ！」

喚き、逃げ出した。手足が、やけにちぐはぐな動きをしていた。

賃貸マンションのエントランスや表の道の死角だった場所から、いかめしい形相《ぎょうそう》の刑事たちと、それに少しだけ遅れて重森たち制服警官とが押し寄せてきた。物陰で、じっと様子を窺っていたのだ。

「押塚、観念しろ！」

刑事たちが逃げ道を塞ぎ、迫っていく。

マンションの裏手で声が上がった。ベランダから裏へ逃げようとした三枝が、そこに待ち構えていた刑事たちと出くわしたらしい。

「表へ回ったぞ！」

そんな声が聞こえてすぐに隣室のドアが開き、男が飛び出してきた。三十歳ぐらいの若い男で、ピアスをし、毛を茶色に染めていた。

エントランスのほうへ逃げようとしたが、そこでは刑事たちに取り囲まれた押塚が、今まさに取り押さえられようとしているところだった。体を翻した三枝は、浩介のほうへと

向かってきた。肩で浩介を弾《はじ》き飛ばそうと、突っ込んでくる。

浩介は、体をずらし、踏み出してくる足を払った。バランスをくずし、たたらを踏みつつも、横をすり抜けて逃げようとする三枝にしがみつく。

「逃がさないぞ、こいつ。早苗さんのお金をどこにやった⁉　金はどこなんだ、この野郎！」

浩介は相手を倒し、さらには腕をひねり上げた。

三枝が、悲鳴混じりの喚き声を上げる。刑事たちが走り寄って来て、三枝に手錠をはめ、引きずり上げた。

「立て、おまえのやったことはすべてわかってるんだ。盗撮、盗聴は、恥ずべき犯罪だぞ」

「違う。それは叔父貴《おじき》がやってたことだ。俺はただ、叔父貴に頼まれて、隠しカメラを回収しに来ただけだ」

「言い訳は、取調室でゆっくり聞く。殺しも、おまえらの仕業《しわざ》だな。彦根沢徹のマンション付近の防犯カメラに、おまえと叔父の押塚の姿が映っていたぞ。言い逃れはできんからな。覚悟しておけ」

浩介は、刑事が引っ立てようとする三枝の肩に手をかけた。

「おい、答えろ。早苗さんのお金はどうなったんだ？　おまえの部屋か？　どこに隠してる？　彼女にとっては、かけがえのないお金なんだ」

三枝が浩介を睨みつける。

「あの金は、全部、使っちまったよ」

「嘘《うそ》をつけ。昨日の今日だぞ。たった一日で使うわけがない。金はどこなんだ？」

「使ったんだよ。先物取引さ。金《きん》が暴落したので、証拠金として全額支払った。俺じゃねえ。叔父貴がやったことだ」

すでに手錠をかけられて先に引っ立てられていく押塚が、それを聞き、浩介たちのほうを振り向いた。

「嘘だ。私は騙《だま》されたんだ。その甥っ子が、金の取引は儲《もう》かるって太鼓判を押したんだ！　私は、何もかも失ってしまう……。もう、私は破滅だ……」

「さ、いいだろ。あとは我々でやる」

三枝を押さえていた刑事のひとりが、浩介に告げた。

「しかし、こいつらは……。早苗さんが必死で貯めた金を……」

「部屋に隠しておくのが悪いのさ。あの女、毎晩、にたにたしながら金を数えてたぜ。気持ち悪いったら、ありゃしねえ。大バカ者さ。どうせ、男どもから巻き上げた金だぜ。当然の報《むく》いだ」

我知らず拳《こぶし》を振り上げた浩介の前に、重森があわてて割り込んだ。

「やめろ。あとは本部に任せるんだ。いいな、浩介」
浩介の耳元に顔を寄せ、囁くように言った。

11

押塚たちが喚いていた通り、ふたりが早苗のおよそ一千三百万をすべて金の先物取引の不足金に充《あ》ててしまったことは、本部の調べで明らかになった。先物取引の場合、一定以上の評価損が生じると、その不足金分を追加の「証拠金」として入れなければならない。もしもそれができない場合には、保有している「建玉《たてぎょく》」(未決済取引)を証券会社が売却してしまう。押塚は甥っ子である三枝に紹介された金取引によって何度か大金を手にした結果、その泥沼にはまり、最後には手持ちの不動産を担保《たんぽ》に入れてもどうにもならなくなり、共謀して今度の犯行に至ったとのことだった。

「やはり彦根沢徹を殺害したのも、押塚と三枝のふたりだった」

翌朝、本部から連絡を受けた重森が、浩介たちにそう説明した。

「徹は、先週、中村早苗の部屋に泊まった夜、彼女がシャワーを浴びてる間に、部屋の天井付近に隠された小型カメラに気づいたんだ。電波送信器がそれほど本格的なものではなかったので、受信機が近くにあると踏んで周辺を調べ、大家の押塚が怪しいと見当をつけた。相手をすぐには問いつめず、数日の間こっそり様子を窺っていたのは、確固たる証拠を摑んで、それをネタに金を強請《ゆす》るためだったのかもしれん。だが、その間に、早苗の金庫が荒らされた。彼女からの電話でそれを知った彦根沢は、押塚の仕業だとすぐに悟《さと》って脅しをかけた。押塚の家に上がり込んで脅し、黙っている代わりに、分け前をよこせと要求したそうだ。言う通りにしなければ、部屋を盗聴していた事実までふくめて、何もかも警察に話すとな。彦根沢は、か弱い老人である押塚がひとりでやったものと踏んでいたのだろう。しかし、そのやりとりを、甥っ子の三枝が、物陰からこっそり聞いていた。彦根沢のあとを尾けて部屋を探《さぐ》り当て、ふたりして襲って殺してしまった。そして、金の一部を部屋に残し、彦根沢が早苗の金を奪ったように見せかけた。そういうことらしい」

重森の話を聞いても、浩介の心は晴れなかった。

「早苗さんのお金は、本当にまったく戻らないんでしょうか？」

重森は、すぐには答えなかった。

「――そういうことだ。建玉を売却しても埋めきれないほどの不足が、生じていたらしい。しかし、少しだけマシなニュースもあるぞ。早苗さんたち、住人の女性を盗撮した映像の中でネットに流れてしまったのは、一昨年自殺した藤木奈美さんのものだけだった。三枝が彼女の盗撮映像を裏ネットに流したところ、思わぬ大騒動になってしまったので、その後、ネットに上げるのは押塚が決して許さなかったそうだ。鍵をかけた部屋に厳重に保管し、自分のいないところで甥の三枝には触れないようにしてあった。亡くなった彼女には申し訳ないが、押塚の手元にあったデータさえきちんと処分すれば、早苗さんたちほかの住人のプライバシーは守られることになる」

そう説明をつづける重森の声には、無理して繕《つくろ》った明るさしかなかった。

12

退勤後、私服に着替えて歩くとしばらくは、なんとなく体が軽すぎて落ち着かない。浩介たち制服警官は、勤務中、必ず警棒、手錠、拳銃の三点セットを身に着けた上、肩にはSWと呼ばれる署活系無線機を装着している。制服警官が歩くと、装備がカチャカチャと音を立てる。しかし、私服に着替えると体が軽く感じられるのは、むしろ精神的な圧迫から解き放たれるためだろう。制服でいる間は、常に市民からの視線を意識しなければならないのだ。

警察官の独身寮は、市谷台《いちがやだい》にあった。花園裏交番の中で独身者である坂下浩介と庄司肇と内藤章助の三人は、そこで暮らしている。本署で装備を返却して私服に着替えた浩介は、ふたりと別れ、中村早苗が暮らす富久町に向かった。水商売の世界の女性だし、おそらくは昨夜は犯人逮捕を受けて本署に呼ばれ、あれこれと細かい質問をもう一度されたはずだった。こんな早朝に起きているわけがない。そうは思ったものの、もしも起きているようならば顔だけでも見たかったし、とにかく様子を確かめたかった。

ところが、予想を裏切り、早苗はマンションの表に立っていた。しかも、マリまで一緒だった。マリのほうが、早苗よりも先に気づいて手を振った。

「あら、誰かと思えば、おまわりさんじゃない。そんな格好してると、わからないわね」

「どうしたの？　気にして、わざわざ来てくれたの？」

速足で近づいた浩介に、今度は早苗が訊いてきた。

「ええ、まあ……。仕事が明けて、寮へ帰る途中なんです……」

「昨夜は警察に呼ばれてさ、色々と話を訊かれたの。それで、疲れちゃったんで、マリたちにつき合ってもらって飲んでたのよ」

早苗が言い、マリが眉間《みけん》にしわを寄せた。

「だって、クリスマスなのに、これじゃ早苗さんがあんまり可哀想《かわいそう》だもの。大家のあのスケベ爺《じじ》いめ。真面目で善人そうな顔をして、とんでもない野郎だったわね。私に、越してこいって誘ったのも、盗撮するためだったのよ」

彼女はもっと何かまくし立てたがっていたが、スーツケースを転がす音がして話をやめ、賃貸マンションのエントランスを振り向いた。

鶴田昌夫が、大きなスーツケースを押して出てくるのが見えた。その後ろに、黒いサングラスをした西沖がいた。

「ありがとう、ツルちゃん。悪かったわね」

早苗が鶴田に走り寄る。

「早苗さんが、ひとりでここにいるのはもう嫌だって言うから、次の部屋が見つかるまで私のところにいてもらうことにしたの」

マリが浩介に説明する。

「それにしたって、これでよかったのかよ。自分で見たほうがいいんじゃねえのか。下着だって、服だって、俺が適当に突っ込んだだけだぜ」

「だって、もう中に入るのは嫌なんだもん。気持ち悪いでしょ」

「まったく、人使いの荒いやつだぜ。おまえのおかげで、俺がどんな目に遭ったと思ってるんだ」

鶴田がぶつくさと口を尖《とが》らせる。浩介のほうを見て、ぎょっと両目を見開いた。

「あれ、おまえ、おまわりじゃねえか。兄貴、こいつ――」

「いいから、とっととタクシー捕まえてこい」

西沖が命じた。不機嫌そうに顔をそむけ、相変わらずサングラスの奥でどこを見ているのかわからない。

ツルが大通りへと走ろうとしたとき、マンションの表の路地を流して近づいてくるタクシーが見えた。ツルが手を振って停め、運転手に言ってトランクを開けさせた。

「大丈夫ですか……?」

浩介がそっと近づき小声で尋ねると、早苗は気丈《きじょう》に大きな笑い声を立てた。

「大丈夫よ。いつまでもくよくよしてたってしょうがないもん。私ね……、お金にすがってたの」

「――――」

「坂下さんも、私がなんで部屋に大金を持ってたんだって、不思議だったでしょ。でも最初はね、あんなに大金じゃなかったのよ。ちょっと貯まったら、それを数えるのが楽しかったた。現金はさ、預金通帳の額を確かめるのとは違うのよ。なんだか、安心するの。嫌な客に会ったときも、女同士で意地悪されたときも、男と別れたときだって、現金を数えたら、なんだかそれでほっとした。私の人生は、大丈夫だって思えたの。バカよね。だけどさ、私、自分に呆《あき》れたのよ……。徹の家から見つかったお札を覚えてるでしょ。徹がお金を盗んだんだと見せかけるために、押塚たちがわざと置いた十枚ぐらいの一万円札。あのお札のすべてに、べたべたと、それこそ無数に私の指紋がついてたんだって――。刑事さんからそう聞いたとき、私、情けなくて涙が出そうになっちゃった。お金を貯め込んで、お金を数えるぐらいしか楽しみがないただのケチなごうつく婆《ばば》あよ。その姿を、押塚たちはこっそり盗撮して嗤《わら》ってたの。私って最低よ。男と絡んでるのを撮《と》られるほうが、まだよかった……。だからさ、お金は、もういいの――」

笑顔で喋りつづけていた早苗の顔が、突然崩れた。膝《ひざ》を折り、腰を落とし、顔を膝の間にうずめて泣き始めた。

「早苗さん……、泣かないでよ、早苗さんったら……」

おどおどとマリがなぐさめる。すぐ隣にうずくまり、早苗を抱えるようにして背中を撫でる。

「ごめんね……。私は大丈夫よ。みんな、色々ありがとう。それじゃ、またね……。お店来てよ。坂下さんもね。安くするからさ」

早苗はマリに支《ささ》えられるようにして腰を上げると、無理に周囲に笑顔を振りまき、タクシーの後部シートに滑り込んだ。

つづけて乗り込むマリの手に、西沖がそっと一万円札を握らせた。

「いいわよ、やめてよ、西沖さん。すぐそこなんだから――」

「いいんだよ、ふたりでどっかで朝食でも食え。早苗のことを頼んだぞ」

西沖は、怒ったような声で告げ、マリの背中を押してタクシーへと押し込んだ。

ふたりを乗せた車が遠ざかると、何も言わずに背中を向けかける西沖を、浩介はあわてて呼びとめた。

「待ってください、西沖さん。ひとつ、聞きたいことがあったんです」

「別に何も話すことはないよ」

西沖は足をとめたものの、背中を向けたままだった。

「昨日、長峰安男という児童養護施設の園長さんが、引ったくりの被害に遭いました。その様子を捉えた防犯カメラに、あなたも映ってました」

西沖がこちらを振り向く。その顔は、両目がサングラスに隠されていることもあってほとんど無表情に見えたが、隣に控えたツルのほうは違った。ごつい肩を怒《いか》らせ、すごい顔で浩介を睨みつけている。ぐるるとうなり出す声さえ聞こえそうだ。

「俺たちは何も関係ないぜ。妙な言いがかりはつけないでほしいな」

西沖の声は、冷たかった。

「引ったくりとは無関係だと思います。だが、長峰さんとは関係がある。違いますか？」

西沖は、黙って浩介を見つめていたが、やがてツルにひょいと顎をしゃくった。

「通りへ行って、タクシーを捕まえとけ。そして、そこで待ってろ」

「だけど、兄貴……」

「いいから、言う通りにしろ」

ツルが走って遠ざかると、西沖は小さく左右に首を振った。

「で、何が言いたいんだ？」

「引ったくり犯は、自宅で逮捕されました。何者かによって縛られ、匿名の通報があったんです。やったのは、あなたたちですね」

「知らんな」

「長峰さんは銀行でお金を下ろしたあと、街金の自動契約機にも寄っていた。銀行から下ろした分は鞄に残っていて無事に戻りましたが、街金から借りたお金はなくなっていた。引ったくりに遭う前に、あなたに返したからです。長峰さんは、新宿駅で施設のスタッフと待ち合わせてたんです。しかし、引ったくりの被害に遭ったのは、駅とは全然違う方向の場所でした。彼がそんなところに行ったのは、博打でできた借金を、あなたたちに返すためだった。違いますか？」

「長峰安男は、死んだ徹同様に、うちのお得意さ。言っとくが、長峰って男は、善人だぜ。昨日だって、施設の子のために、サンタクロースになる段取りだったんだろ。だが、善人だって、道を踏みはずすことがあるもんさ。だから、俺たちのような商売が成り立つんだ。早苗のやつだって、ツルが徹の借金の取り立てをしてるのを知ってて、やつの居所を探してくれと頼んできたんだぜ。おまわりの知らない世界があるってことだ。さあて、これでいいな」

西沖は、顔をそむけて歩き出した。

だが、二、三歩進んで振り向いた。

「浩介」

呼ぶ声が、記憶のままだった。

「頼みがある」

「何です……?」

「俺に構うな。もしもまた、新宿のどこかで俺を見かけることがあっても、決して声をかけないでくれ。迷惑なんだ」

遠ざかる背中を、どうにもできない気持ちで見送っていたが、やがて、浩介の胸がざわめいた。

「監督――」

大声で呼んだ。

西沖は、聞こえない振りで歩きつづけた。

「監督――」

だが、もう一度呼ぶと、堪《たま》りかねたように振り向いた。

「バカ野郎。そんなふうに呼ぶな」

「監督は監督です」

「そんなやつは、もういねえよ……」

「監督は監督です」

何度でもこうして言いつづけてやろうと、浩介は思っていた。

春

1

年が変わり、桜の季節になった。その女は歌舞伎町交番にどっかと坐《すわ》り、所長の志村《しむら》と何か世間話をしていた。道を尋《たず》ねられた老婆《ろうば》をともなって現れた坂下浩介のほうにちらっと顔を向けたが、関心を払ったようには見えなかった。

「どうしたんだ？」

顔馴染《なじ》みの巡査である金村俊治《かなむらしゆんじ》が寄ってきてくれて、浩介は金村に老婆を託した。金村とは同じ独身寮に暮らす仲間同士で、警察学校の卒業は金村のほうが二期上だが、浩介は大学を出たあと一般企業に二年勤めてから警官になったので、年齢はちょうど同じだった。

浩介は老婆から預かった住所のメモを金村に見せ、連れていってほしいと依頼した。彼女は、大久保《おおくぼ》中央病院の近くのマンションに行こうとしているところだった。この春からそこで暮らし出した娘に会うため、田舎《いなか》から出てきたという。地下鉄の東新宿駅で降りたのだが、歩く方向を間違えて明治通りをうろうろしているところを、通りかかった浩介が気にして声をかけたのだった。

「わかった。じゃ、あとは引き受けるよ」

金村は気楽に言い、

「おい、おまえ」

と、配属されたばかりの新人の警官を呼びつけた。

浩介はその警官に老婆を託し、丁寧《ていねい》に礼を繰り返す彼女に別れを告げると、愛用の自転車を押して交番をあとにした。坂下浩介は、花園裏交番に勤務している。老婆を道案内して来たが、ここは担当区域外なのだ。

自転車にまたがろうとしかけたとき、背後から声をかけられた。振り向くと、今別れたばかりの金村が、浩介と同様に自転車を押して近づいてくるところだった。

「これから巡回なんだ。ちょっと一緒に歩こうぜ」

と、笑いかけてくるのを聞き、浩介は内心で、え、と思った。それならば、自分で老婆を案内してやればいいものを……。だが、金村にしてみれば、「新人教育の一環」ぐらいのつもりなのかもしれない。下に厳《きび》しく上に甘くと、そんなところのある男だった。

「浩介、おまえ、今の人わかるか?」

金村が顔を寄せてきて、どことなく意味深《いみしん》な笑みを浮かべた。

「今の人って……?」

と、浩介は訊《き》き返した。警察は完全な縦社会だ。同じ歳《とし》でも、年次が上ならば、上司やほかの警官がいるときには敬語で話さなければならないが、ふたりきりになれば話は別だ。

「もちろん、うちの交番にいたショートヘアーでゴージャスな美人だよ」

そう言われ、ちょっと前に見た女の姿を思い浮かべた。ゴージャスなんて言葉は爺《じじ》むさく思うが、そう形容するのが正《まさ》に適当な人だった。目鼻立ちがはっきりした美人で、いかにも負けん気や意志の強さを感じさせる顔だちともいえた。三十代の後半ぐらいだろうが、顔にも体つきにも、年齢相応の余分な肉は感じさせない。薄いグレーのハイネックセーターに、脚《あし》のラインがすっきりと出るブラックのパンツ。セーターよりもやや濃い目のグレーのハーフコートは、彼女が着ているとラフなスーツ代わりに見えた。

「ビッグ・ママさ」

「ビッグ・ママ——?」

「ほんとにおまえ、何も知らないのか? 新宿署の深町《ふかまち》しのぶ警部補、通称、ビッグ・ママ。見たろ、さっきのあの姿。容姿端麗《ようしたんれい》、しかも、捜一《そういち》で男たちと互角か、それ以上にわたり合ってる鬼警部補殿。本庁のお偉方たちも、この街のヤクザ者たちも、彼女には一目《いちもく》置いてるらしい。新宿に勤務して、彼女を知らない警察官はモグリだ。うちの所長は、そう言ってるぜ」

「それにしても、なんでビッグ・ママなんだ……？　子だくさんなのか？」

金村はまじまじと浩介の顔を見つめてから、堪《こら》えきれないというように笑い声を立てた。しかし、周囲の通行人たちの手前、あわててその笑いを押し込める。制服警官が巡回中に大声で笑うなど、許されないのだ。

「おまえ、ほんとに知らないんだな……。彼女は有名なシングル・マザーさ。だけど、父親がわからない。誰の子供なのか、頑《がん》として言わないんだ。一度は新宿署のお偉方や本庁の管理官クラスまでが連《つら》なる会議に本人を呼び出し、白状するようにと圧力をかけたらしいんだが、警察は警官のプライバシーを詮索《せんさく》するのですか、と突っぱねたってことだ」

浩介は、驚いた。プライバシー保護が声高《こわだか》に叫ばれるこの時代だが、ある意味、警察はそれと対極にある組織だ。入庁時に親兄弟の素行を細かく調べられるのはもちろん、いわゆるプライバシーの詮索は、警察官をつづける限りずっとつきまとう。

父親が誰だか公《おおやけ》にせずにシングル・マザーになり、第一線の刑事課で勤めつづけることなど、はたしてできるのだろうか……。

「だけどさ、それだけじゃあ、まだまだビッグ・ママとは呼ばれない。そう思うだろ」

「――――」

再び金村のニヤニヤが深くなり、浩介は警戒した。とてもじゃないが、巡回中の顔つきじゃない。

「彼女には、怖《こわ》い噂《うわさ》があるのさ。何人もの制服警官が、彼女に食われてるってな」

「――どういう意味だよ？」

「気に入った制服警官が事件現場の立番《りつばん》をしてると、そっと近づき、耳元に唇を寄せて囁《ささや》くらしい」

「今晩お暇《ひま》、ってか？」

「おまえ、いつの時代の人間だ。今どき、ストリートガールだってそんなこと言わないだろ。なんでも、ビッグ・ママは大のバーボン好きで、気に入った相手をまず飲みに誘うらしい」

「それだけか？」

「大人同士だぜ。それで終わるわけがないだろうが。ああ、俺も誘われてみてえな。金村巡査は、すべて、仰《おお》せのままに従います、なんてね。俺なら、イチコロでそうなっちゃう。ああ、そういえばビッグ・ママは昔、花園裏に勤務したことがあったはずだぜ。おまえ、知らなかったのか？」

「いや、全然」

「でな。妊娠したのは、その頃のことらしい。重森さんなら、何か知ってるんじゃないのかな。案外、相手は重森さんだったりして」

「おい、言っていい冗談と悪い冗談があるぞ」

「なんだよ、真面目《まじめ》に取るなよな。なあ、浩介。一応言っとくが、俺のほうが年次が上だよな。おまえ、最近、それを忘れてねえか」

「いい加減な噂を流したら、迷惑を受ける人もいると言ってるんだ」

お互い、声を荒らげた制服警官ふたりは、はっとしてあわてて口を閉じた。周囲を歩く人たちが、何事かという目を向けていた。


金村と別れて自転車で担当区域を回り出してからも、浩介の不機嫌な気持ちは収まらなかった。

むしゃくしゃするのを押し殺しながらパトロールをしていた浩介は、明治通りを歩く小さな人影にふと目をとめた。さっき、老婆と出会った新宿七丁目の交差点から、六丁目方向へといくらか南下した辺《あた》りだった。六丁目の交差点からこちらに向かって歩いてくる少年のほうでも、確かに浩介に気づいたはずだ。距離にして五、六十メートル、だが、少年はそこで進行方向を変え、路地へ曲がって姿を消した。

その動きが、さり気《げ》なく装《よそお》っていても、制服警官の姿を認めて逃げたように感じられた。遠目ではっきり断言はできないが、体の大きさからして十歳前後、小学校の高学年ぐらいだ。平日の午前中にふらふらしているだけでも、注意を払わねばならない対象だった。ましてや警官を見て逃げたとなれば、要注意。浩介は、ペダルをこぐ足に力を込めた。

少年を追って路地を曲がるが、姿が見えなかった。そこはラブホテルが密集したエリアで、子供がうろつく場所じゃなかった。

横の路地を覗《のぞ》きながら進んで、見つけた。ラブホテルのけばけばしい看板と、人目につかないように工夫された入口、それとは対照的に見やすい料金表などが連《つら》なる一方通行の狭い通りを、ナップザックを背負った小さな背中がひょこひょこと駆けていた。

浩介が自転車で近づくと、少年はその気配に気づいて振り向いた。ぎょっとし、走るスピードを上げた。

「きみ、待つんだ。学校はどうしたんだい？」

傍《そば》まで近づき声をかけたが、何も答えず、黙々と進むばかり。

「とまりなさい」

きつい声で命じるととまったが、ぎゅっと唇を引き結び、拒絶の姿勢が明らかだった。目だけを落ち着きなく動かし、隙《すき》あらば逃げるぞと思っている様子が窺《うかが》える。

モヤシみたいに痩《や》せた少年だった。色白で、女の子みたいに可愛《かわい》い顔をしていた。コート、ズボン、スニーカーに至るまで、おしゃれなブランド品だった。
浩介は自転車を降りて、少年の前に立った。

「今日は、学校はどうしたんだい？」

声をかけると、少年は顎《あご》を引き、顔を隠すみたいにうつむいた。そのくせやや上目遣《うわめづか》いになって、浩介の腰とか脚の辺りをじっと睨《にら》みつけるみたいにしている。

「風邪で早引け」

「それなら、家で寝てなけりゃダメじゃないか」

「病院に行ったから、大丈夫」

ああ言えばこう言う感じで、口先で適当に応対している。

「ここで何してるんだい？　お父さんか、お母さんは？　もしも、はぐれたのならば、おまわりさんが一緒に見つけてあげるよ」

何も応えない。

「どこから来たの？」

答えない。

「名前は？」

答えない。

「ちょっと一緒に交番に行こうか」

しびれを切らして言うと、さすがに怯《おび》えた顔をし、

「おじいちゃんに会いに来たんだ。おまわりさん、ゴールデン街に連れてってよ。場所、知ってる？」

少年はあわてて答えた。

「ゴールデン街ならば、おまわりさんが働く交番のすぐ傍さ。送ってあげよう。店の名前や住所はわかるかい？」

さらにそう言ってみると、困惑した様子で唇を引き結んだ。交番に行きたくないため、また口から出任《でまか》せを言ったのかもしれない。だが、ゴールデン街なんて名前を子供が使うだろうか。ゴールデン街には、間口一間《まぐちいっけん》ほどの小さな店がハーモニカ状に連なっており、子供が行くような場所じゃなかった。

「おじいさんは、ほんとにそこにいるのかい？　お店をやってるのかな？　もし嘘をついてるなら、怒らないからほんとのことを言ってくれないか」

少年はますますうつむいてしまったが、少しして、意を決したみたいに顔を上げた。

「おじいちゃんは店にいるよ。お店をやってるから、そこに行けば会えるんだ。ちょっと迷っちゃっただけ。市民に尽くすのは、おまわりさんの義務だろ。僕をそこに連れていってよ。『ロックス』っていう店だよ」

一気にまくし立てる顔が必死だった。それに、妙に大人びたことを言う。

「ロックスか……」

なんとなく聞き覚えのある名前だった。浩介が勤務する花園裏交番とゴールデン街とはほとんど隣接しており、当然、パトロール区域にも入っている。非番のときでも、交番の傍で飲んではならないと言われているし、浩介たちのほうだって、傍じゃ落ち着かないので飲みに入ったことはないが、パトロール中に見た店名が記憶に残っていた。

「おじいさんの自宅は、わからないのかい？」

「わからない。店だけ」

「なんで店だけわかってるんだ？」

「うるさいな。色々あんだよ」

「大人にそういう口を利《き》くんじゃない」

「わかったよ。で、連れていってくれるの？　くれないの？」

「それじゃ、交換条件だ。俺はきみをその店まで連れていく。だから、きみの名前とおじいちゃんの名前を教えてくれ。いいかい、これだけは譲れないぞ」

少年は疑わしそうに浩介を見たが、浩介が黙って見つめ返していると、

「僕は北畑《きたはた》隆《たかし》。おじいちゃんは、福住《ふくずみ》龍男《たつお》」

投げやりな口調で告げた。

「お父さんとお母さん、どっちのおじいちゃんなんだい？」

「母さんの父さんだよ。もう、なんでそんなふうに根掘り葉掘り訊くのさ。僕は何も悪いことしてないよ」

浩介はちょっと考えたが、

「じゃ、とにかく行ってみるか」

と、少年をうながした。世界中を敵に回して頑張《がんば》っているみたいに尖《とが》った少年の目に、このまま放ってはおけない感じがしたのだ。無線で交番に連絡を入れ、状況を説明し、戻りが少し遅れる旨《むね》を告げた。

2

ゴールデン街は、戦後の闇市《やみいち》をルーツとする。終戦後間もなく、新宿駅東口にできた闇市である「新宿マーケット」が、その後、屋台の一杯飲み屋が連なる「竜宮《りゅうぐう》マート」となるも、昭和二十四年に進駐軍の露店取り払い命令によって移転を余儀《よぎ》なくされ、現在の場所に移動した。当時の町名は、三光町《さんこうちょう》。辺り一面は薄野原《すすきのはら》で、現在「新宿遊歩道公園 四季の路」と呼ばれる遊歩道は、都電の引き込み線だった。繁華街から遠く、当時はほとんどの店が非合法な売春を行ない、俗称で青線《あおせん》と呼ばれた。昭和三十三年の売春防止法施行以降は、飲み屋かバーとして再出発し、昭和四十年頃に「ゴールデン街」の呼び名が生まれた。

広さ三坪《つぼ》とか四坪半の店が、最盛期には二百軒以上並んでいた。バブルの頃には、こうした広さしかないボロボロの建物にも億単位の値がつき、立ち退き料《の》は一千万が相場だったという。立ち退きに反対する店が放火され、店主たちが自警団を作ってパトロールをすることもあった。結局、再開発は行なわれないまま、二百軒以上あった店舗が百四十軒ほどにまで減り、一時期は入口を塞《ふさ》いだ空き店舗が並ぶほどに寂《さび》れてしまった。しかし、その後、インフラの大規模な整備や借家権の簡素化などがあって若い世代をふくむ新規の出店が増え、現在は新たな賑《にぎ》わいを取り戻している。

3

……とはいえ、昼間のゴールデン街は、殺風景《さっぷうけい》で物悲しい。

パトロールで夜の賑わいもよく知る浩介は、昼間の景色を目にするたびに、故郷の夏祭りが終わったあとの境内《けいだい》を思い出す。浩介の父も祖父も、警察官だった。賑わいが消え去ったあとの境内で、香具師《やし》たちが黙々と露店をたたみ、片づける様を、制服姿の父とふたりで眺めた幼い日の記憶がよみがえるのだ。

まだ、三時になったばかりだ。予期したことではあったが、少年が口にしたロックスは、ほかのたいがいの店舗同様に開店前だった。

「たぶん、夜になるまでは開かないよ。交番に行って、少し休もう」

浩介が顔を覗き込むようにして言うと、少年はちょっと不安そうな目を向け返したが、すぐに顔をそむけてしまった。

ペンキで真っ赤に塗りたくったベニヤ張りの安っぽいドアをじっと見つめてから、その上の張り出し看板を見上げた。画板ぐらいの大きさの看板には、ドアと同じ真っ赤な地色に黒で「ロックス」と書かれている。

「さあ、いつまでもここに立ってるわけにもいかないし、それに、ちょっと寒いだろ。交番に行って休もうじゃないか」

繰り返し誘う浩介に、少年はちらりと冷たい一瞥《いちべつ》をくれた。魂胆《こんたん》はわかってるぞ、と言いたげな顔に、大人っぽさと幼さが同居し、せめぎ合っている。

言葉を選び、改めて話しかけようとしたときだった。どこからか見られているような気がして、浩介ははっと背後を振り向いた。春まだき、三月の柔らかな太陽は、細い路地の南半分を陰にしていた。その陽射《ひざ》しを背にして陰った、南側の建物を見上げる。

ゴールデン街の建物は四戸で一棟の棟割《むねわり》で、二階にも一階同様に店が入っている。一階にはドアが並ぶだけで窓はなかった。二階の窓は、どこも静まり返っていた。

だが、その中にひとつだけ、カーテンが薄く開いた窓があった。浩介たちが立つロックスの前から、ほんの二軒ほど横にずれた向かいの建物だった。「英」と漢字で書かれた看板に「hide」とローマ字が添《そ》えられている。

浩介は、その窓を凝視《ぎょうし》した。カーテンの陰で、ちらっと人影が動いたように見えたのだ。中は電気を消して薄暗く、屋外の明るさとの間で差が大きいために、ぼんやりとした姿しか見えなかった。

（監督……）

しかし、垣間《かいま》見えた姿が、浩介にはある人間に思えて、反射的に胸の中で呼びかけた。

西沖達哉。浩介が高校時代、野球部の監督だった男は、ある日いきなり、浩介たちの前から姿を消した。それからおよそ十年が経過した去年のクリスマス・イブに、あろうことかこの新宿の街で再会したのだ。その再会自体が驚愕《きょうがく》だったが、さらに驚いたことには西沖は、暴力団の「いい顔」になっていた。

「俺に構うな」

そして、そんな言葉を残して消え去ったのだった。

「もしもまた、新宿のどこかで俺を見かけることがあっても、決して声をかけないでくれ」

とも言われていた。

しかし、あれからおよそ三カ月、浩介が西沖達哉を捜《さが》そうとしなかったのは、何もかつての恩師である監督の言いつけを守ったからではなかった。

(誰があんなやつを捜したりするものか)

心にそう思い定めたためだ。

西沖達哉の名を警視庁のデータベースで検索にかけることを考えないでもなかったが、そう思うたびにすぐにそんな気持ちを打ち消し、決して実行しなかった。意地でもするものか。

カーテンと窓を引き開けて、男がひとり姿を見せた。

「おまわりさん、どうかしましたか?」

それは胡麻塩《ごましお》頭の六十男だった。卵みたいにつるつるした丸顔に、いかにも人の好《よ》さげな笑顔を浮かべている。西沖とは、似ても似つかぬ男をぼんやりと見上げ、浩介は笑い出したい気分になった。こんなところに、西沖がいるわけがないのだ。

「ちょっとこの店の経営者に用がありまして」

「経営者って、福住さん?」

「ええ、たぶん。そうです」

「その子は、何? 福住さんの親戚か何かなの?」

「ええ、まあ……」

孫らしい、と説明すると、男は驚きの声を上げた。

「あらまあ、あの人にそんなお孫さんがいるなんて、ちっとも知らなかった」

「何時頃に店を開けるか、わかりますか?」

尋ねると、首を振った。

「いいえ。今日も開けないんじゃないかしら。なんでだか、最近ずっと閉めちゃってるのよ。もう、一週間ぐらいになるかしらね」

「閉めてる理由は、わからないんですか?」

「そうなの。なんででしょうね。どうする、家を訪ねてみる? 住所はわからないけれど、どこのマンションかはわかるわよ。一緒に酔っぱらって、前を通ったことがあるから」

浩介がそっと少年の顔を覗き見てから、「お願いします」と言うと、男は窓を閉めていったん姿を消した。じきに階段を下って来る音がして、路地に現れた。目の前に立つと、ずいぶん小柄な男だった。顔が大きいだけなのだ。

「私はヒデ、ここで店をやってるの」

「早いんですね。もう店を開けるんですか?」

「あら、違うのよ。私は、ここに住んでるの」

「店にですか?」

「違うわ。おまわりさんなのに、知らないのね。このゴールデン街には少数だけれど、二階や三階を住居にしてる住人がいるの」

六十男は、いつかしら完全なオネエ言葉になっていた。

そういえば、班長の重森からそんな話を聞いたことがあった。実際に会ったことはないので忘れていたが、店の二階や、それに青線時代には「ちょいの間」として使われた三階に、今なお暮らす住人がいると。

「いいかしら。説明するから、よく聞いて。まずは靖国通りを駅のほうに歩いて、大ガードをくぐるのよ……」

およそ二十分後、教えられた通りに歩いた浩介と隆のふたりは、年代物のマンションの前に立っていた。壁のあちこちに染みと補修されたひび割れ、さらには補修もされずに放置されたままのひび割れまでが目立つ、コンクリート四階建ての建物だった。

「汚いマンションよ。ぽつりとそれだけ汚いから、すぐにわかるわ」

説明の最後に言われた言葉と、正に合致した。

建物を見回す隆の横で、浩介はさり気なく背後に注意を払っていた。

(尾けられている……)

さっきから、そんな気がしてならなかったのだ。

最初にその男に気づいたのは、「四季の路」から靖国通りに出たときだった。昼間の

「四季の路」は、ゴールデン街同様に人通りが少ない。何の気なしに後ろを振り向いた浩介は、そこを歩いてくる男と目が合った。

そのときはただそれだけだったが、大ガードをくぐるときに、背後で自転車と歩行者が接触しそうになり、ちょっとした騒ぎが持ち上がった。そのとき、浩介は同じその男が、少し距離を置いた後ろにいるのに再び気づいたのだった。しかも、男は浩介が振り向くと、さり気なく立膝《たてひざ》をついて靴紐《くつひも》を直し始めた。

その後は男の姿を見ることはなかったが、それは男が注意深くなって、見咎《みとが》められないようにと距離を置いたためかもしれない。身長百六十センチぐらいの小柄な男で、ジーンズにスタジアム・ジャンパーを着ていた。髪は短く刈り上げており、顔が四角かった。

どうも妙な雰囲気だ。

浩介は今、別のものに注意を引かれ、改めてそう思った。

マンションのエントランスが見渡せる路上に駐《と》まる、一台の車があった。車とエントランスの距離は、およそ五十メートル。ここからでは、誰も乗っていないように見える。しかし、さっきゴールデン街でロックスという店の前に立ったときと同じだった。誰かが中に身をひそめ、じっとこっちの様子を窺っているような気がするのだ。

だが、ただの思い過ごしかもしれない。さっきだって、西沖が中から見ているような気がしたのは、ただの思い過ごしだったではないか。

浩介はマンションの前に自転車を駐めると、隆をうながしてエントランスを入った。

ロビーには一応、管理人室があったが、カーテンが閉まっていて暗かった。隆が、事問《ことと》いたげに浩介を見上げた。このマンションだと聞いただけで、部屋番号まではわからない。

「郵便受けを見てみよう。名前があるかもしれない」

錆《さび》を浮かべた郵便受けが、管理人室と向き合う壁に並んでいた。半分ぐらいは名前が入っておらず、そのいくつかはガムテープで投入口が塞がれていたが、幸い福住の名前が見つかり、少年の顔が輝いた。

「これだよね。302号室」

だが、輝きはすぐに掻《か》き消えた。用心深く、あけすけな表情を他人から隠しているみたいだ。

「おまわりさんは、もう帰っていいよ。部屋がわかったんだから、もういいだろ」

「一緒に行くよ。きみを、おじいさんに引き渡したら引き揚《あ》げる」

「僕の言うことを疑ってるの?」

「そうじゃないさ。だけど、そうするのがおまわりさんの仕事なんだ」

浩介はそう言いかけ、最後まで言えなかった。途中で、驚くべきことが起こっていた。

無人だとばかり思っていた管理人室のドアが突然に開き、ごつい男たちがふたり飛び出してきたのだ。

「ちょっと来て」

ひとりが怖い顔で告げると、浩介の上腕部を摑《つか》んで引いた。強い力だった。

「おまえら、誰だ？　あの小男の仲間なのか――」

浩介が誰何《すいか》するのを無視し、強引に管理人室へと引っ張っていく。拒《こば》もうとしたが、すごい力で敵《かな》わない。男たちは、浩介と隆を管理人室に押し込むと、ひとりが素早くドアを後ろ手に閉め、そのままそこに陣取った。もうひとりが、浩介たちのすぐ目の前に仁王立《におうだ》ちになった。

「おまえ、ここで何をやってるんだ⁉」

高飛車《たかびしゃ》に、半《なか》ば叱《しか》りつけられるように言葉を浴びせかけられ、浩介はさすがにカチンときた。

「何なんだ、あんたたちは？」

「静かにしろ。大声を出すな」

目の前にいる男がぴしゃりと言い、浩介の鼻先に押しつけるようにしてＩＤを提示した。所属と階級の記《しる》された、顔写真つきの警察官のＩＤだった。階級は、巡査長。

「新宿署の亀岡《かめおか》だ。そっちは、花田《はなだ》刑事。きみは？」

「四谷中央署花園裏交番勤務の坂下であります」

浩介は、状況がわからないままで名乗った。

「坂下君ね──。そっちの少年は？」

「北畑隆君です」

唇を噛《か》みしめ、睨むようにして床を見つめる隆に代わって、浩介が答えた。

「北畑隆君か」

亀岡は、坂下の名前と同様に、隆の名前も口の中で反復した。

「なぜ302号室を訪ねたんだ？」

管理人室の外で浩介たちが交《か》わす会話を、聞いていたのだ。

「隆君が、おじいさんに会いたいというもので」

亀岡と花田が顔を見合わせた。亀岡のほうは三十五、六で、花田のほうは二十代の後半ぐらい。ふたりの顔つきに大きな変化はなかったが、それは感情を押し殺しているためだ。この刑事たちは、どうしてここを見張っているのだろう。そう訝《いぶか》しむとともに、はっとわかった。路上に駐まっていた車は、覆面パトカーだ。

「隆君、きみは福住龍男のお孫さんなのかい？」

どこか慎重な訊き方だった。しかし、隆が浩介にしたようにそっぽを向くと、

「答えなさい。きみは、福住の孫なんだな？」

今度は居丈高《いたけだか》になった。少年が、ますますそっぽを向く。

「両親の名前を教えなさい」

「知らない」

「知らないことはないだろ。大人を馬鹿にするもんじゃない」

　刑事は、少年の前に紙と鉛筆を置いた。

「ここに住所と連絡先を書きなさい。もう、それぐらいはできるだろ？」

　何も答えず、動かない。

「今、大事な事件の捜査中なんだ。どうしてきみは、ここに来たんだい？　お母さんは、きみがおじいさんに会いにきたことを知ってるのか？　きみは母親から、おじいさんのことでどんなことを聞いてるんだ？　ちゃんと答えなさい」

　亀岡はしばらく質問をつづけたが、ことごとく暗い目をした少年の拒絶に遭《あ》い、小さくため息をついて腰を上げた。年下の花田に「ちょっと頼む」と耳打ちし、管理人室のドアを開けて出ていった。

　残った花田が、浩介と隆にスチール椅子《いす》を勧《すす》めた。椅子はふたつしかなかった。うつむいた状態で固まってしまい、動こうとはしない隆のほうへ、浩介が椅子をずらしてやった。少年をそこに坐らせ、「失礼します」と断わって自分も坐った。

　けっこう長い時間が経《た》ち、いい加減に焦《じ》れ出した浩介が、いったい何を待っているのか問おうとしかけた頃、ドアが小さくノックされてすぐに開いた。

管理人室へと滑り込んできた女を見て、浩介は反射的に椅子から立った。

4

ビッグ・ママこと深町しのぶは、椅子から立った浩介を見て顔をしかめた。

「あら、さっき交番にいたわね。あなた、上司から指示を受けなかったの、ここに近づいてはならないって」

口調には明らかに咎める棘《とげ》があったが、

「いえ、私は——」

浩介がそう答える途中で、彼女はぽんと手を打った。

「待って。あなた、歌舞伎町交番の勤務じゃなかったわよね。お婆《ばあ》さんを案内して、来ただけだったたっけ？」

「そうです」

「どこの勤務なの？」

「花園裏交番です」

「あら、そしたら、重《しげ》さんのとこね」

「重森さんを御存じなんですね——」

「新宿界隈《かいわい》で、あの人を知らない警官はモグリよ。それにね、重さんは、私が初めて交番勤務をしたときに、一から十まで手ほどきしてくれた人なの。あなたも、あの人を見習いなさいね」

浩介は、ちょっとドキリとした。ほかでもなくそれは、さっき金村から、このしのぶの噂話を聞いたためだった。だけど、この女性と重森さんの間に何かあったなんて、あり得ない。

「一応、ここらを巡回区域にしてる新宿署の交番には、このマンションに近づかないようにと指示したのだけれど、花園裏じゃしょうがないか。それにしても、どうしてあなたがこっちまで来たの？　ここは、巡回区域じゃないでしょ」

「この少年が、ゴールデン街のロックスという店を探していたので、連れていってやったんです。その近くで店をやっている人から、店主の福住という男がこのマンションに住んでると聞いて、やって来ました」

「ずいぶん親切なのね。重森さんには、報告してあるの？」

「もちろんです」

「わかった」

女刑事はうなずくと、くるりと少年のほうに向き直った。浩介が譲ったスチール椅子にはかけようとせず、隆の前で立膝をついた。そして、少年の顔を間近に覗き込む。

くれる？」

「狭くてごめんね。あなた、名前は隆君だったかしら？　お父さんの名前は何？　教えてくれる？」

「父は、いません。離婚しました」

「それで、お母さんと暮らしてるわけね。そしたら、ここにお母さんの名前と連絡先を書いてちょうだい。お願い」

ビッグ・ママはデスクに放置されたままの紙と鉛筆を、改めて隆の前に移動させた。隆が魅入《みい》られたように鉛筆を手に取ったのは、こいつもやっぱり男ってことか。

少年が書いた紙を、しのぶが若手の花田に渡す。花田はそれを持って管理人室を出ていった。照会するのだ。浩介は、そっとその紙を覗き見ていた。少年の母親は「北畑真理《まり》子《こ》」という名で、住所は世田谷《せたがや》区の下馬《しもうま》だった。

しのぶがスチール椅子に坐り、椅子の位置を少し少年のほうに近づけた。

「きみが最後におじいさんと会ったのは、いつ？」

「会ってないよ」

「いつから会ってないの？」

隆はそう訊かれると、唇を引き結んでうつむいた。

「会ってないって言ってるだろ……」

「それって、今まで会ったことはないってこと？」

「そうだよ。だから、そう言ってるじゃないか――」

戻ってきた花田が、無言でしのぶにうなずいて見せた。住所の確認が取れたのだ。

「そしたら、質問を変えるわ。おじいさんが福住龍男だということは、どうやって知ったの？　お母さんから聞いたのかしら？　それとも、おじいさんから、何か連絡をもらったの？　もしかして、おじいさんはお母さんに、最近、何か連絡をして来たのかな？」

「――」

「最近、おじいさんと話したことはあるのかしら？　メールとかのやりとりをしたことは？　今日、隆がこうしておじいさんに会いに来てることを、お母さんは知ってるのかな？」

しのぶは少年の息がかかるぐらいにまで上半身を寄せ、間近からじっとその顔を見つめた。

「これは大事な質問なの。お願いだから、答えて。一度も会ったことがない人をおじいさんだと、どうやって知ったの？　どうして今、こうしてその人に会いに来たのかしら？」

「おじいさんは何も知らない……。僕のことなんか、知らないんだ。話したこともないし……。手紙を出したけれど、返事もくれなかったし……」

「こんな時代に、手紙だなんて偉いわね」

「メールはダメさ。気持ちが伝わらないだろ。いたずらだって思われるかもしれないし。

でも、返事はこなかった。僕の住所もメルアドも書いたのに」

「そっか。それは残念だったわね。手紙を出したのは、いつ?」

「二週間ぐらい前」

「この住所に出したの?」

「ゴールデン街の店」

「それで、ゴールデン街に行ったのね。お店の住所は、どうやって知ったの?」

「調べた」

「そこにおじいさんがいることは?」

「もう、いいじゃないか。うるさいな」

しのぶは引き下がらなかった。

「どうして福住龍男さんを訪ねることにしたの? 福住さんのほうから、お母さんのところにこっそり訪ねてきたんじゃない?」

「――知らない」

「訪ねてきたのね」

「――知らないって言ってるだろ」

ビッグ・ママは、なおしばらく黙って少年の顔を見ていたが、

「ごめんね、無理に訊き出そうとしてしまって。もう訊かないわ」

静かに言い、今度は本当に腰を上げた。

「花田さん、ちょっとここをお願い」とあとを託し、浩介に振り向いた。

「あなた、名前は？」

「浩介です」浩介は下の名前を答えてしまってから、あわてて、「坂下浩介」と言い直した。元々狭苦しく感じていた管理人室が、よりいっそう窮屈《きゅうくつ》に感じられ、どぎまぎしてしまう。そんな自分を気取《けど》られまいと思うと、段々と顔が火照《ほて》ってきた。

「坂下君ね」

しのぶは口の中でつぶやくように言い、短く、愉快そうに笑った。

「そしたら、坂下君。ちょっと一緒に来てちょうだい」

ハーフコートのポケットから無線機を出した。

「制服警官と一緒に表に出るわ。周囲にマル被は？　何か変わったことはない？」

無線機をオンにし、問いかけた。マル被とは、被害者と被疑者の双方を示す隠語だ。使うシチュエーションによって意味が明確なので、同じ隠語で用が足りるのだと、浩介は初めて実感した。この場合、明らかに意味は後者だった。

「あの少年の話が本当で、福住が少年の祖父なのだとしたら、福住は娘の真理子を頼るかもしれないわね。あの子が祖父を捜して会いに来たのは、最近、ふたりが会って何か話すのを見聞きしたからよ。すぐに、北畑真理子という女の周りを調べないと」

路上駐車した覆面パトカーの後部シートに坐ると、しのぶはいきなり話し始めた。さっき、浩介が不審を覚えた車両だった。運転席には、背広姿の捜査員が坐っていた。

「でも、あの子は、知らないと——」

「馬鹿ね。あれはかばったの。祖父か、母親か、あるいはその両方をかばって、何も知らないと言い張ったんでしょ。なぜそうしたのかが、気になるのよね」

「——」

「いい。そしたら、あなたは交番に帰りなさい。母親の真理子には、私から連絡をする。本人が引き取りにくるなら、話を聞くチャンスだから、私があの子を連れて交番に行くわ」

「つまり、交番で北畑真理子を聴取するってことですか？」

「そういうこと。さり気なくね。重さんにも連絡しておくけれど、あなたも心得ておいて」

「了解しました」

浩介は、思い切って訊くことにした。

「福住龍男が何をやったのか、訊いてもいいですか？」

しのぶはちらっと浩介を見た。

「殺人事件の容疑者よ」

「殺人……」

「先々週、奥多摩《おくたま》の山中で、男の惨殺体が見つかったの。今年の二月は、バカみたいに雪が降ったでしょ。あの豪雪の重みで木が倒され、地崩れを起こした場所に埋められていたのが、春になって出てきたのね。トレッキングで山に入った学生のグループが発見して、地元署に通報した。幸い、死体はまだ埋められてから日が浅く、二、三カ月しか経っていなかった。歯型から身元が絞《しぼ》られ、DNA鑑定によって特定された。市村英夫《いちむらひでお》、五十六歳。不動産業、飲食業など、手広く仕事をする男で、芸能プロダクションも持ってたわ。それに、いわゆる裏社会とのつながりもあったみたい。今年の初めに、この男の行方《ゆくえ》が知れなくなり、事務所の人間が所轄《しょかつ》に捜索願を出していた。ただ、ここ数年、仕事があまり上手《うま》くいっていなくて、多方面からの借金も嵩《かさ》んでいたので、本人がみずからの意志で失踪《しっそう》した可能性も疑われていた。それが、こうして死体が見つかって、急転直下、殺人の捜査が始まったわけ。本庁が音頭《おんど》を取って、市村が姿を消した一月の足取りを洗ったところ、行方が知れなくなったと思われる頃に、市村と福住が何度か電話で連絡を取り合っていたのがわかったの。さらには、福住らしき男が市村の事務所を訪れ、何か秘密めかして話しているのも目撃されていたわ。市村の部屋から福住龍男の指紋が見つかり、本人に事情を訊こうとしたところ、聴取に行った捜査員を振り切り、行方をくらましてしまった。

それが一週間ほど前のことで、その後、杳《よう》として行方が知れない。で、我々新宿署にも協力要請が来たってわけ」

「福住と市村は、どんな関係なんですか？」

「市村は、芸能プロダクションも持ってたと言ったでしょ。福住龍男は、昔、ジャズピアニストだったの。その当時、属していたプロダクションの社長が市村よ。でも、福住は二十年近く前に、覚醒剤の不法所持で逮捕されてる。その当時、暴力沙汰《ざた》を起こすのはしょっちゅうだったみたいだし、賭博《とばく》容疑で挙《あ》げられたこともあるわ。市村はずいぶんと福住をかばってたらしいのだけれど、覚醒剤の不法所持で捕まって、ついには匙《さじ》を投げた。警察の取調べに非協力的だったこともあって、福住は実刑を喰らった。プロダクションを馘《くび》になり、それっきり、ふたりの関係は途切れていたはずなの。それがなぜまた復活したのかも、気になるところね」

すらすらと話して聞かせたしのぶは、ここでいったん話を切った。

「どう、こんなところでいいかしら？　それとも、何かもっと気になることがありますかな？」

「いえ、充分です。ありがとうございました」

しゃちこばって礼を述べる浩介の顔を、面白そうに覗き込んできた。どこかいたずらっぽい目つきに見える。

「将来は一課を目指してるのかしら？」

咄嗟《とっさ》に、返事ができなかった。

「そんなことじゃダメね」

「は——？」

「今みたいに訊かれたら、すぐに、そうです、と答えられるようでなけりゃ、到底《とうてい》、刑事にはなれないわ。警官になって、何年目？」

「二年です」

「最初が重さんのとこってこと？」

「そうです」

「ラッキーだったわね。色々教えてもらいなさい。さて、それじゃ、お願いね」

しのぶは言い置き、車を降りようとした。せっかちで、自分が何かを決めたら、それに向かって突き進んでいくタイプらしい。だが、ふっと動きをとめた。ドアに手をかけたままの姿勢で、浩介のほうに上半身を向けた。

「そうだ、もうひとつ忘れるところだったわ。あの小男って、誰？」

浩介は、問われた意味がわからずに彼女を見た。

「ほら、さっき亀岡たちと出くわしたとき、あなた、あの小男の仲間なのかって叫んだんでしょ」

「ああ、それは、僕らを尾けてきた刑事さんです」

「その男の顔を覚えてる？」

「ある程度は。でも、なんでですか？」

「誰もあなたを尾けたりしてないからよ。尾けてたのは、刑事じゃないってこと」

5

花園裏交番に戻った浩介は、交番の見張所に小学生の子供たちが五、六人陣取り、所長の重森がする話に真剣な面持《おもも》ちで耳を傾けているのを見て驚いた。全員が手に小さなメモ帳を持ち、熱心に何か書き込んでいる。

そうか、今日は近くの小学校の「職場見学」の日だったのだと思い出した。班ごとに、どこかの職場を見学に行き、レポートを作成して発表する。この班は、話し合いの結果、花園裏交番を見学先に決めたのだった。

浩介は子供たちの後ろを通り、奥の休憩室《コミュニティルーム》に向かった。壁際に立ってにこにこと話を聞いていた後輩の内藤章助が、浩介に会釈《えしゃく》する。洗面台に立ち、外回りから戻ったときの習慣でうがいも済ませていると、子供たちが重森のあとについてぞろぞろと移動してきた。最近はここをコミュニティルームと呼ぶ、なんて話を、重森が子供に語る口調で聞かせている。

浩介は手を拭《ふ》きながら見張所との境目に移動し、そこに立った。そういえば、しのぶが重森に連絡をしておくと言っていたのは、どうなったのだろう。そんなことを思いながら立っていると、しばらくして、覆面パトカーが表に横づけして停まった。

そのときには、小学生を引き連れた重森は表の見張所に戻り、「質問タイム」であれこれと質問を受けつけているところだった。後部ドアから、しのぶと隆が順番に降り、交番の中に入ってきた。

重森が、得心顔《とくしんがお》でしのぶと浩介に目配《めくば》せした。「奥を使ってくれ」と言うのを受け、浩介はしのぶたちを奥の休憩室へといざなった。

休憩室は、トイレや給湯室へ向かう通路と、ロッカーのスペースに取り囲まれ、コの字型の真ん中が畳敷きになっている。そこに置かれたテーブルの傍に隆を坐らせ、

「何か冷たいものを飲むか？」

浩介が訊いたが、少年は唇を引き結んでうつむくだけで、何も答えようとはしなかった。最初に浩介が出会ったときと同じように、周囲を拒む雰囲気を強く漂《ただよ》わせており、目が合ってもすぐにそらしてしまった。

「冷蔵庫に何かあるんじゃないかな」

なんとなく一緒についてきた内藤が言いながら冷蔵庫に歩き、扉を開ける。中から、麦

茶を冷やしたボトルを取り出した。

「おい、麦茶飲むか？」

「いらない」

少年は不愛想《ぶあいそう》に首を振り、憎々しげに見張所のほうに顔を向けた。

「なんだい、あれ。社会科見学？　あんなことしてたって、勉強になんかならないよ。大人たちの自己満足さ」

「ずいぶん大人びたことを言うのね。隆の学校じゃ、ああいうことはやらないの？」

「やったけれど、馬鹿馬鹿しかったよ。当たり障《さわ》りのない説明しかしないし、ありきたりの質問しかしない。そうでしょ。子供が見学に来たら、ほんとは刑事がどんな仕事なのかってことを話したりする？」

しのぶが、ほおという口元をし、浩介と内藤は、思わず互いの顔を見合わせた。

「じゃ、隆は、刑事ってどんな仕事だと思うの？」

「そんなの知るもんか。僕は刑事じゃないもの。わからないよ。なりたいとも思わないし。トイレ行く」

隆が吐き捨てるように言って立ち上がる。

「そこの奥だよ」

案内しようとする浩介よりも先に、ドアへと走る。

「難しい年頃、ってやつかな――」

内藤が小声で言った。

表の事務所から、元気のいい声が聞こえた。「おまわりさん、ありがとうございました」と、声を合わせて言っている。

潮《しお》が引くようにして、子供たちのざわめきが遠ざかり、重森が汗を拭きながら現れた。まだ気温は決して高くないのに、ぽっと上気した顔をしていた。

「ああ、疲れた。先生がたの苦労がしのばれるよ」

しのぶが立ち上がって重森を迎えた。

「お疲れさまでした。ちょっと交番をお借りします」

浩介たちを相手にするときとは別人のような笑顔を浮かべ、声のトーンも高くなっていた。

「私、昔、ここにいたのよ。あなたたちの大先輩ね」と、浩介たちにまで笑顔を振りまく。「もっとも、重森さんのほうが、もっと大々先輩だけれど。私に、警官のイロハを教えてくれた人。ね、重さん」

「おいおい、俺が教えただなんて、恐れ多いさ。こっちは万年交番警官なんだから。今じゃ頭が上がらんよ。お手柔らかに頼みますよ、警部補殿」

表の見張所にいた山口がスーツ姿の男を案内してきて、しのぶと重森の歓談が終わった。現れたのは、人の好さそうな五十男だった。仕立てのいい、見るからに高そうなスーツを着ていた。だが洒落《しゃれ》っけゼロのスポーツ刈りに、卵型の眼鏡《めがね》。その奥の両眼はゆったりと優しげで、品がいい。

「針沢《はりざわ》と申します。北畑隆を引き取りにきたのですが」

男は言いながら、手慣れた手つきで名刺を差し出した。それから一瞬、誰に渡すべきか迷ったらしいが、そんな素振《そぶ》りを最小限に押し殺し、何事もなかったかのようにしのぶに差し出した。

「息子が御迷惑をかけまして、失礼しました。妻が来られないものですから、私が迎えに来ました。正確に言うと、別れた妻なんですけれど」

浩介は、しのぶの手にある名刺を盗み見た。フルネームは、針沢新伍《しんご》。《針沢アカウンティング・コンフィデンス》という社名が書かれ、針沢の肩書きは、代表取締役だった。

「——奥様は、なぜ来られなくなったのでしょうか？　電話では、すぐにこちらにおいでになると仰《おつしや》っておいでだったのですが」

しのぶの問いかけに、針沢はあいまいに微笑《ほほえ》んだ。

「そうでしたか……。なぜ来られなくなったのかは、私にもわからないんです。ええと、隆はどこに？」

「今、トイレです」

水を流す音がし、少年がトイレのドアから出てきた。針沢を見て、驚きと喜びが入り混じったような顔をした。その後、すぐに視線を彷徨《さまよ》わせた。母親を探したのだ。

「お母さんは忙しくて来られなくなったので、代わりに私が来たよ。今日はたまたま、休暇を取っていたんだ。大きな仕事がひとつ終わったところでね。車に、初音《はつね》が乗ってる。一緒にお茶でもしに行かないか」

針沢はゆったりと微笑み、隆に話しかけた。

「いいよ、僕は。水入らずで行きなよ。それよりも、母さんは何をしてるのさ?」

「理由は聞いてないんだよ。とにかく、手が離せなくなったそうだ」

むっとした様子で黙り込む少年に代わって、しのぶが口を開いた。

「針沢さん、ちょっとお話を聞かせていただきたいのですが。長くお時間は取らせませんので、御協力をお願いできますか」

「わかりました。そうしたら、隆、きみは、しばらく初音を見ててくれるか。一緒に、車で待っていてくれ」

段々と、大人を相手にしているような口調になってくる。いつもこんな喋《しゃべ》り方をしているのだろうか、と浩介には不思議だった。

黙って少年が出ていくと、しのぶは小上がりの端に坐るように手で勧め、針沢が腰を下ろすのを待って自分も坐った。

重森の目配せを受け、内藤が少年をエスコートに走り、重森自身は自然な素振りで壁際に控えた。浩介もそれに倣《なら》って、隣に並んだ。

「早速《さっそく》ですが、福住龍男という男を御存じですか？」

「福住、ですか――。いや、知りませんが。誰ですか、それは？」

「ほんとに御存じないんですか？　北畑真理子さんのお父さんなんですが」

「なるほど、そうですか。それならば、詳《くわ》しい話は本人からお聞きになったほうがいいと思いますが、彼女の父親というのは色々とあった人でしてね。なんでも妊娠した彼女の母親を捨てて、別の女性に走ったとか。それにもかかわらず、時折気まぐれで現れては金をせびっていたとか。真理子は自分の父親のことを滅多《めった》に語りたがらなかったのですが、時折、口にしたのは、そういった話ばかりです。その人が、どうかしたんでしょうか？」

「隆君がひとりで新宿に出てきたのは、福住龍男に会うためだったようなんです」

「隆が、ですか――。いったい、なんでまたそんなことを。そもそも、どうして祖父のことを知ったんでしょう……。真理子自身、父親とはずっと会っていないはずですよ。どうして隆が――？」

「我々もそれを知りたいんです」

「どうも、私では、お役に立てないようですね。離婚したのは最近ですが、別居してすでに二年になるんです」

「なるほど」

うなずきつつ、しのぶは質問を向ける先を考えていた。

「ちょっと立ち入ったことを伺《うかが》いますが、この二年間、隆君はずっと別れた奥様のほうに？」

「そうです」

「離婚なさったのに、別れた奥様に代わって隆君を引き取りにこられるとは、御立派なことですね」

「ですから、それは、今日はたまたま休みだったものですから——」

しのぶは黙って相手を見つめることで、そういったことを訊きたいのではないと伝えた。針沢が、困惑を笑みに滲《にじ》ませた。

「彼女が、私との関係を断《た》とうとしないんです。私には新しい家庭がありますし、彼女も今、婚約中の男性と同棲中なんですが、それにもかかわらず、時折、連絡をよこしたり、こうして頼み事をしてきたり……。私は隆のことは、血のつながった我が子だと思っておりますので、こうして息子に関わることは構わないんです。ですが、実は今の妻が妊娠中でしてね。こうしたことが、この先もあまりつづくようだと、どうしようかと思っているんです……」

「二年の間、別居なさっていた理由は？」

「それは、彼女に好きな男ができたからですよ。——私と彼女とは、一回り歳が違いまして。結婚したときには、彼女の物怖《ものお》じしない自由奔放《ほんぽう》な生き方が、素晴らしいものに思えたんです。最初の結婚に失敗して、まだ小さかった隆を抱《かか》えて必死で生きていた彼女が、けなげにも可愛らしくも感じられた。そして、この手で守ってやりたくなった。結局、私のほうも若かったということです」

「彼女の最初の相手というのは？」

「映像ディレクターとか言ってました。真理子は昔、タレントをしてまして、その頃につきあって結婚したのですが、DVを受け、隆が四歳の頃に逃げ出しました。私が出会ったのは、その翌年です」

針沢は、腕時計に目をやった。

「そろそろ、よろしいでしょうか」

しのぶは、ゆっくりと腰を上げることで話をつづけた。

「さっき、隆君はあなたから誘われたとき、水入らずで行きなよ、と言ってましたが、あれはどういう？」

「ああ、あれですか。大人じみたことを。妹の初音は、今の妻の連れ子なんです」

「なるほど、そうですか。御協力、感謝します。お引き留めしてしまって、申し訳ありませんでした。ところで、北畑真理子さんをお訪ねしたいのですが、今はどちらに？」

「今、ですか……。さあ、それはちょっと。私には――」

「このあと、針沢さんはどうなさる御予定なんですか？」

「夕刻まで私が隆を預かって、彼女のところへ送り届けます。いや、もしかしたら、うちで夕食を食べさせるかもしれません。今の家内と相談して決めますよ」

浩介たちは、針沢を送る形で一緒に休憩室を出た。

交番の表に、白い巨大な外車が横づけされて駐まっていた。その後部シートに、隆と初音が並んで坐っていた。初音は、まだ就学前の幼子《おさなご》だった。お互いに、相手とどう接すればいいかわからないのか、彼女は女の子の人形を相手におままごとをしていて、隆のほうは、厚い本を黙々と読んでいた。

6

緊急連絡が入ったのは、その夜のことだった。

交番の勤務は、立番、在所、在外の三つをローテーションで繰り返す。厳密に言えば、「在外任務」には、管内の住宅、商店、施設などを訪問する「巡回連絡」と、歩行によるパトロールを行なう「警邏《けいら》」が含まれるが、ローテーション的には三つと言っていいだろう。

ゴールデン街や区役所通りに近い花園裏交番は、六時を過ぎると、酔客《すいかく》たちへの対応で徐々に忙しくなる。普段は順次ふたりが警邏に当たるが、六時過ぎから十時ぐらいまでの四時間については、シフトの長である重森の判断で、三人ないし四人が外を回ることになっていた。今も、重森以下四人が所外に出ており、交番には立番の内藤章助と、「在所活動」中の浩介がいるだけだった。

浩介はパソコンを前に置き、活動報告をまとめているところだった。シフトが終わる間《ま》際《ぎわ》に一気にやる人間もいるが、それだとあわただしいし、作成もつい雑になる。手の空《あ》いているときに、できる範囲のことをやってしまうのが、いつもの浩介の習慣だった。本当は夕食どきではあったが、これについては、先輩たちが食べたあとでなければ食べられない。

立番の内藤が、さっきからこっちをちらちら見ていたが、浩介は敢《あ》えて気づかない振りをしていた。立番とは、言葉の通り、交番の前にじっと立ち、表を見張ることだ。無論のこと、私語は慎《つつし》むように言われている。だが、内藤は先輩たちがいないときには、何かと浩介に話しかけてきたがる。

やがて山口勉が在外任務から戻り、コートをロッカーにしまいかけたときだった。ぴいぴいと無線受令機が鳴り出し、警視庁指令センターからの機械的で明確な指令が入った。

「緊急連絡――。緊急連絡――。場所、歌舞伎町二の二一、新宿バッティングセンター傍の駐車場で暴力事件。男が包丁《ほうちょう》で男性を刺し、被害者は腹部の重傷です。容疑者は、現在、明治通り方面へ逃走中。凶器を携帯している可能性あり。容疑者の特徴、身長百八十ぐらいの長身。黒っぽいジャンパーにジーンズ、スニーカー。年齢は二十代後半から四十代前半。繰り返します。容疑者は現在、明治通り方面へ逃走中――」

緊張で、浩介の体が汗ばんだ。自分以外の人間の様子を確かめたいという、半ば無意識の欲求から、制服警官三人は瞬時に互いの顔に目を走らせた。

歌舞伎町は歌舞伎町交番の管轄ではあるが、花園裏交番からもほんの一走りの距離なのだ。特に新宿バッティングセンターならば、花園裏交番やゴールデン街などの一本西側に伸びる区役所通りを、ほんの四、五百メートル行った先だ。

山口が、たった今脱いだばかりのコートに袖《そで》を通し直す。浩介はパソコンの電源を落とし、自分のロッカーへと走った。山口同様に、コートを着るためだった。

そうする途中で、今度はＰ《ピー》フォンと呼ばれる署活系無線が鳴り、重森からの連絡が入った。

「こちら花園裏一、重森だ。浩介、章助、おまえらは所《しょ》か？」

重森たちヴェテランは、「交番」のことを「所」と呼ぶ。Ｐフォンでは一斉《いっせい》連絡が可能なので、浩介と内藤が同時に応答した。

「私もたった今、戻ったところです」

さらには、主任の山口も応じる。

「わかった。そしたら、ヤマさんと浩介のふたりは、すぐに現場へ向かってくれ」

「了解」

「ホシは現場から明治通り方向へ逃げてる。いったん、明治通りへ出て、そこからラブホ街を巡回しながら現場へ近づくんだ。ほかに、そっち方面にいるやつは？」

歌舞伎町一丁目の区役所通りと明治通りの間には、広いエリアにわたってラブホテルが連なっている。重森はてきぱきと指示を出し、問いを発した。

「藤波です」

すぐに応対があり、藤波新一郎が現在地を述べる。浩介たち同様、重森からの一斉連絡を聞いていたのだ。

「じゃ、藤波も一緒だ。それぞれ、明治通り側からラブホ街に入って来い。俺と庄司は、区役所通り側から入る。ＰＣ《ピーシー》（パトロールカー）も流すだろうが、この時間だ。ラブホ街の中は、どうしても目が行き届かなくなるだろう。頼んだぞ」

「了解」

「了解」

と、声が飛び交《か》う。

「容疑者は凶器を持ってる。くれぐれも注意してかかれよ」

「了解」

「了解」

浩介は口の乾《かわ》きを覚えた。無線をいつでも聞けるようにイヤフォンを耳にねじ込み、交番に残ることが不服そうな内藤にあとを託すと、山口とともに巡回用の自転車で走り出した。

花園神社裏の道を直進し、ゴールデン街に連なる路地の入口を順番に過ぎる。吉本《よしもと》興業東京本部の前を通り、テルマー湯の向こうを右折した。そこから二百メートルほどで明治通りの新宿六丁目交差点だ。交差点を左折し、しばらく進んでから、方向としては戻る形で明治通りからラブホ街へと折れる。すでに四方から、パトカーと救急車のサイレンが聞こえ始めていた。警察と消防が、一斉に動き出しているのだ。

ラブホテル街の通りはどこも、横目で看板や料金表示を走り読みするカップルで溢《あふ》れていた。飲み屋やバーのたぐいも点在するため、酔っぱらいのグループも交《ま》じっている。彼ら、彼女たちの誰もが、制服姿で自転車をこぐ浩介たちを避け、目を合わせないようにして歩いていた。

（もしここに、凶器を持ったホシが逃げて来たら、どうなるのか……）

そう想像しないわけにはいかなかった。想像すればするほどに、さっき無線で事件を知ったときに走ったものがぶり返し、しつこく体を駆けめぐる。横を行く山口の顔を、ちらっと覗き見る。いつも温和な山口は、唇を引き結んで怖《こわ》い顔をしていた。

路地から路地へと移動した。

「ああ、ヤマさん、浩介」

藤波が、声をかけてきた。

「藤波さん、マル被は？」

浩介は咄嗟にそう訊いてしまってから、容疑者と出くわしていたなら、こうしているわけがないなと思ったが、緊張で苦笑も漏《も》れなかった。

「いや、そっちは――？」

藤波も、しごく真面目な顔で首を振り、声をひそめるようにして訊いてくる。山口が、硬い表情で首を振る。顔色がいくらか青白くも見えた。

重森と庄司のふたりが合流して来た。重森の顔を見たことで、少しほっとした気分になる。

「ホシはまだこの辺にいるんでしょうか……？」

藤波が、声をひそめて重森に訊く。重森に何か言ってもらいたいのだ。

「わからんな。とにかく、気を緩《ゆる》めないことだ」

周囲の人間たちが、警察官の姿が増えたことにざわつき出していた。パトカーと救急車のサイレンも、まだ引っきりなしにつづいたままだ。それが道行く人たちの興味を駆り立ている。スマホで検索をする姿も目につき始めた。

重森の指示で、二手に分かれてパトロールを継続することになった。相手は、凶器を携帯している可能性がある。単独行は危険だとの判断だった。警戒解除の指令が出るまでは、こうしてひたすらに街を巡回するのが、制服警官たちの仕事なのだ。

「これはしばらく長引くかもしれんぞ。気を緩めるな」

重森が言った。


重森の予想通り、警戒態勢はなかなか解除にならなかった。容疑者がこのエリアから逃走したとはっきりしない限りは、凶器を携帯した凶悪犯が現場付近を逃げ回っている可能性に備えなければならない。

こうした状況になったときの新宿は、最悪の街だった。喧騒《けんそう》のどこにホシがひそんでいるかわからないのだ。緊急連絡で伝えられた容疑者の特徴は、何の役にも立たなかった。「推定年齢」に大きな幅があるのは、特定が難しかったと言っているにすぎない。身長が百八十ぐらいで、黒っぽいジャンパーにジーンズとスニーカーの人間が、いったいこの新宿にどれだけいるだろう。

挙動不審の人間に注意する。——警官として最初に習う基礎のひとつだが、人込みでこれをつづけるのは、体力と神経をすり減らす任務だった。

事件現場は、新宿バッティングセンターに隣接する駐車場だった。利用のたびに料金を払う二十四時間パーキングに加え、同じ駐車場の奥は月極《ぎ》めになっているため、都心の駐車場としては比較的広かった。

およそ一時間後、浩介はその入口に立っていた。少し距離を置いた左には、歌舞伎町交番の金村がいた。こうした重大事件発生の場合、各交番が協力して任務に当たる。被害者はすでに救急車で病院に運ばれていたが、駐車場のコンクリートには未《いま》だに大量の血がどす黒く染みついていた。鑑識の人間たちが、顔のすぐ横に懐中電灯を構え、駐車場の隅々《すみずみ》に至るまで地面に顔をこすりつけるようにして手がかりを探し回っている。

野次馬に交じり、テレビ局や新聞社の人間もかなりの数が出張《でば》っていた。駐車場の出入口は区役所通りから折れた裏道にあったが、浩介の立つ場所からは区役所通りが見えた。いつにも増して混雑を極《きわ》めているのは、関係車両があちこちに陣取り、車線規制がかけられているためだった。この路地への曲がり口にも交通課の警官が立ち、車の誘導を行なっている。

路地の反対側から、走って近づいて来る女があった。浩介がその姿に気づいたときには、彼女はもう駐車場からすぐのところにいた。

ビッグ・ママだった。

「新宿署深町」

彼女は身分証明書を提示して機械的に告げると、浩介の脇をすり抜けた。浩介に気づいた様子は、まったくなかった。規制線のテープを持ち上げてくぐり、駐車場に歩み入り、現場の責任者らしき刑事のところへ進んだ。

現場を取り仕切っているのは、ハンチングをかぶった五十前ぐらいの男だった。彼女はその男に挨拶《あいさつ》すると、顔を寄せて何か打ち合わせを始めた。

パトカーで現場に急いだのだが、渋滞でどうにもならなくなり、しびれを切らして走ってきたのかもしれない。しのぶが横をすり抜けたとき、女物のコロンが一瞬、浩介の鼻に香った気がした。そういうことには疎《うと》くて、本当にコロンなのかどうかはわからなかったが、「女物のコロン」という響きがなんとなく気に入った。

それにしても、現在、市村英夫殺しの捜査の最中で、その容疑者となった福住龍男を追っている彼女が、いったい何の用があってこの現場に駆けつけて来たのだろう。

「おい、何を見とれてるんだよ――」

耳元でぼそっと囁かれ、ドキッとした。いつの間にか、金村がすぐ真横に立ち、ニヤニヤしながら顔を覗き込んでいた。

「バカ言うな……。そんなんじゃないさ」

浩介は大きな声を出しそうになって、あわててひそめた。

「深町さんは、別の事件の担当じゃないか。それが、どうしてこの現場に駆けつけてきたのか、不思議に思ってただけだ」

金村はふうんという顔をしたが、大して信じていないように見えた。

「確かにビッグ・ママがこうして駆けつけたってことは、前の殺しと何か関係してるのかもしれないな。おまえが今朝、うちの交番に来たとき、ビッグ・ママがいたろ。あれは、俺たち交番勤務の人間に、容疑者が暮らすマンションには近づくなって釘《くぎ》を刺しに来たのさ」

金村が声をひそめ、重大事を打ち明けるように言うので、こっちだってそんなことぐらい知ってるぞ、と言い返そうとしたときだった。今度は区役所通りの方角から、少年の手を引き、すごい形相《ぎょうそう》で近づいて来る女が見えた。少年は、隆だった。

女は途中で、野次馬たちに行く手をさえぎられてしまった。規制線が近づくにしたがって野次馬は数を増し、肩と肩の隙間が狭《せば》まり、みっしりと密集している。彼女が通してほしいと声を上げるのが聞こえた。

「ちょっとここを頼む」

浩介は金村に言い置き、野次馬たちの中へと分け入った。

「すみません、通してください」

と近づく浩介に、隆の手を引く女がすがるような目を向けてくる。

「私、木島秀一《きじましゅういち》の婚約者です。北畑です。木島に、何があったんでしょうか？」

そう問われても、浩介にはわからない。現場保持の制服警官には、事件の詳細は知らされないのだ。

「担当者のところへ御案内します。一緒に来てください」

そう応対し、女と隆をかばうようにして戻り始めた。隆の母親の北畑真理子は、派手な感じの綺麗《きれい》な女だった。

母子が入りやすいようにと規制線のテープを持ち上げてやり、立ち話をするしのぶたちに近づいた。しのぶの前には今、ハンチングの刑事に加えて、その部下らしい男たちも数人集まっていた。

「すみません、木島さんの婚約者で北畑さんと名乗る方がおいでなのですが」

声をかけると、全員がそろってこちらを向いた。

ハンチングが、口を開いた。

「木島さんは今、病院です」

「どんな容態なんですか？　命に別状は——？」

「それは、病院でお聞きいただけますか。すぐに案内させますので」

不安げに視線をめぐらせた女が、駐車場のコンクリートに染みついた血の痕《あと》に気づいてはっとする。

「北畑真理子さんですね？」

しのぶが訊いた。

彼女は、血の痕から目を離せないまま、「そうですけれど……」とうなずいた。

「今日の昼間に御連絡したのですが、お目にかかれなかったので伝言を残しておいた深町です。木島さんとは、同居なさっておいでですね」

「はい」

「少しお話も伺いたいので、私が病院へお連れします」

「ばたばたしている中で、息子を引き取りに行ったりしてたものですから、御連絡いただいたのに気がつかず失礼しました。病院の場所は、どこですか？　近いんでしょうか？」

「大久保中央病院です。すぐ目と鼻の先です」

しのぶはそう説明すると、パトカーの使用許可をハンチングの刑事に取り、浩介に向けて顎をしゃくった。

「車まで一緒に来て。野次馬をどけて、先導してちょうだい」

背筋を伸ばして返事をした浩介は、先に立って規制線の外に出た。

「通ります。お願いします。開けてください」

野次馬を分け、しのぶたちの通り道を確保するように努めるが、何かがあると嗅《か》ぎつけたマスコミ関係者たちが、野次馬連中に替わって前に立ち塞がり、両側から迫り、なかなか前に進めない。

しのぶと顔馴染みのサツ詰め記者が大勢いるようで、「深町さん。何があったんです?」「どういうことです?」「組同士の抗争ですか?」といった質問が、矢継《やつ》ぎ早《ばや》に飛んでくる。

やっとの思いで区役所通りにたどり着き、今度は一緒についてきた若い刑事が先に立って覆面パトカーへと走る。運転席に屈《かが》み込んで耳打ちする間に、しのぶのほうが後部ドアを開けた。

ところが、そこでひと悶着《もんちやく》あった。

「嫌《いや》だ。僕、行かない……。もう、嫌だ……」と、隆がぐずり出したのだ。

「何を言ってるのよ、この子は」と、母親が息子を睨みつける。

「行かないよ。勝手に行けばいいでしょ」

「いい加減にしなさい。時間がないのよ。あの人にもしものことがあったら、どうするのよ……」

真理子という女の中で、苛立《いらだ》ちと怒りとがぱちぱちと音を立てて爆《は》ぜていた。

「知らないよ。あんなやつのことなんか……」

母親が手を振り上げた瞬間、

「お母さん!」

しのぶが鋭く制し、真理子ははっと動きをとめた。振り上げた手を、気まずそうにおろす。

「あんたもよ。さあ、乗って。お母さんを困らせないの」

隆はビッグ・ママに背中を押されて、車に乗った。

7

一時間が経《た》ち、二時間が経った。事件の詳細が気になっていたが、まだ何もわからないままだった。病院に搬送された被害者の木島という男がどうなったのか、誰がなぜ木島を刺したのか、深町しのぶたちが追っている事件との関連は何なのか、現場保持に立つ制服警官の耳には、ただの一言も情報が入ってはこなかった。

浩介は空腹に加え、少し前から尿意を覚え始めてもいた。交番で無線を受けて飛び出したときに、トイレを使っておくべきだった。それに、春まだきの三月の夜は、思ったよりも風が冷たくなっていて、コートを着ていても寒さが身に染みた。もう少し我慢して、それでも交代が来ないようなら、バッティングセンターかどこか付近のコンビニでトイレを借りるしかないかもしれない。

そう迷い始めていた矢先のことだった。車が一台、区役所通りとは反対の方角に姿を現し、浩介が立つほうへと近づいて来た。

すぐ間近で停まり、中から深町しのぶが姿を現した。彼女が降り立った場所があまりに近かったために、のけぞるようにして背後に退《しりぞ》いた浩介に、しのぶはいたずらっぽい笑《え》みを見せた。だが、それはほんの一瞬のことで、

「一緒に車に乗ってちょうだい。見てもらいたいものがあるの」

厳しい口調で告げた。浩介が後部シートに滑り込むと、

「浩介」

ビッグ・ママは、ずっと前からそう呼んでいたかのように呼びかけてきた。

「あんた、昼間、ゴールデン街から少年と一緒に福住のヤサに向かったとき、小柄な男に尾《つ》けられてたと言ったわね。それって、この男じゃない？」

言いながら膝に載《の》せたタブレットを開いて操《あやつ》り、バストアップの写真を見せた。警視庁のデータベースからコピーしたものだった。

前科《マエ》持ちのデータ写真は勾留《こうりゅう》時に撮影したもので、カメラを睨みつけるようにしており、いかにも人相が悪かった。しかし、同じ男だと見て取れた。

「ＯＫ。それじゃ、もうひとつ見てもらうわ」

満足げにうなずき、さらにキーボードを操作する。

今度は動画が現れた。この駐車場の精算機付近を斜め上から撮影した、防犯カメラの映

像だった。

「ここからよ。注意して見なさい。じきに、ことが起こるから」

ビッグ・ママが宣言してすぐに、男がひとり、表の通りを歩いてきた。その男を追い、別の男が背後から走り寄って声をかけた。話しかけられたほうは、突然の男の出現に驚いているようだった。ふたりは路上で立ち話を始めたが、人の往来が多い時間だ。歩道の端っこに寄り、やがては駐車場の精算機の横へと移動した。

ふたりとも四十前後ぐらいで、ともにラフな格好をしていた。話しかけられたほうはかなりの長身で、話しかけたほうは比較的小柄な男だった。どちらもビッグママに見せられた写真の男ではない。長身のほうは、話しかけられたことが迷惑だし、話すことが億劫《おっくう》だという様子を段々とあからさまにした。だが、小柄なほうが、何かを執拗《しつよう》に言い立てている。

最後には、長身が小柄なほうを振り切ってまた歩き出そうとしたが、小柄なほうがそれを許さず、男の二の腕を摑んで引き留めた。二の腕を抜き取ろうとする男と放すまいとする男がしばらく互いに押したり引いたりし、最後には、長身のほうが、小柄な男を押しのけた。バランスを崩し、尻餅《しりもち》を搗《つ》くような格好で背後に倒れ、それが怒りに火をつけたらしい。立ち上がり、長身の男に殴《なぐ》りかかる。不意を喰《く》らって拳《こぶし》が顔に命中し、長身の男も怒り出した。

お互い、喧嘩《けんか》慣れしているようには見えなかったが、長身のほうが体格的に優位だった。おそらくは、それがかえって災いした。やられて倒れて起き上がったとき、小柄な男は凶器を取り出していた。それで相手に切りつけ、周囲にいた通行人たちが、わっと飛びのく。逃げる男を、ナイフを振り上げた男が追い、切りつけ、もつれ合った。そして、もつれ合ったままで地面に倒れた。

「あ――」

浩介は、乾いた声を漏らした。じきに片方が驚いて飛びのき、地面に取り残されたもうひとりの腹にはナイフが突き立っていた。後じさり、我に返ったように急に辺りをきょろきょろした長身の男は、まだ冷静にはほど遠い状態だった。駐車場の出口を目指して走り、逃げ去った。

そのときになって初めて浩介は、この長身の男の服装が、黒っぽいジャンパーにジーンズであることに気がついた。緊急配備のとき、手配されたのは、この男だったのだ。

「木島秀一は、襲われた被害者じゃなく、相手を襲ったほうだったんですね……」

「私も驚いたわ。そういうことね」

「長身の男の身元は、わかったんですか？」

「ちょっと前に判明した。古田房徳《ふるたふさのり》四十二歳。経営コンサルタントと名乗っているけれど、実際には株の買い占めや乗っ取りを行なう仕手《して》集団のリーダーで、前科もある」

「仕手集団、ですか――」

「ええ、そう。古田はここから目と鼻の先に、根城にしてるオフィスを持っていて、管理人がそこを訪ねる木島の姿を覚えていた。前にも何度か見かけたことがあるし、一昨日《おととい》は木島が管理人室を訪ね、古田の自宅はわからないか、としつこく訊かれたらしい。当人と会えなくて、捜し回っていたみたいね。それが、今夜見つけて、あとを追った。たぶん、言い争いになり、かっとなって刃物を持ち出し、反対に自分が刺されてしまった。たぶん、そういうことよ。だけれど、わからないのはそこから先。この場から逃げた古田は、なぜそのまま行方をくらましたの。凶器を持っていたのは木島だし、襲いかかったのだって木島のほう。今度の件は、正当防衛で落ち着くはずよ。もちろん、誤って刺してしまったことでパニックになり、その場から逃げ出したとは考えられる。でも、そのまま逃げ回っているのはおかしい。何かそうしなければならない理由があるのよ」

「古田と木島がどんな関係なのか、もうわかっているんですか？」

「いいえ、まだ正確にはわからないままよ。木島の婚約者である北畑真理子は、何も知らないと言ってるしね。木島秀一は、六本木《ろっぽんぎ》、西麻布《にしあざぶ》、赤坂《あかさか》など、あちこちにレストランを展開してる。イタリアン、フレンチ、高級牛のステーキなどを、手ごろな値段で提供する人気チェーンらしいわ。フードコーディネーターをしている真理子とは、最初、仕事を介して知り合ったそうよ。木島が何度も古田の事務所に足を運んで古田と会おうとしてたのは、何か株絡《がら》みのトラブルがあったのかもしれない。木島が財テクに積極的なことは、すでに聞き込みで判明してるし、婚約者の北畑真理子もこの点は認めてるの。でも、それ以上のことはまだわからない」

「木島は、助かるんでしょうか?」

「幸いね。でも、事情を訊くにはまだ時間がかかる。でね、あなたには、もうひとつ見てもらいたいものがあるのよ」

しのぶはてきぱきと話を進め、またパソコンを操作した。浩介に見やすいようにとモニターの角度を変え、それにともなって自分も体を寄せてきた。肩と肩が触れ合い、浩介はドキッとした。

動画がまた始まった。それは、別の角度からここの駐車場の様子を撮影したものだった。手前に表の通りが映り、その向こうに駐車場がある。木島秀一が古田房徳に走り寄り、駐車場の入口付近で話し始めたところだった。ふたりはやがて自動精算機の傍に寄った。

そのときだった。別の男がカメラ手前に現れ、電柱の陰に身をひそめて立った。駐車場で争うふたりの様子を、そこからじっと見つめている。やがて、ふたりが争いを始め、木島がナイフを抜き出した。

それに反応して通行人たちがわっと飛びのき、手前の男も木島たちに背中を向けてカメラのほうを向いた。

「ここよ」しのぶが言って、画像をとめた。

「どう？　この第三の男——」

頬《ほお》と頬が触《ふ》れ合いそうな距離でこちらを向かれたので、形がよくて少し肉厚の唇がすぐ目の前にあり、どぎまぎした。

「これは、昼間、僕らを尾けていた男です——」

浩介は、それほど迷うことなく答えられた。四角い顔に見覚えがあった。

しのぶが満足そうにうなずき、体を引いた。「やっぱりそうね」

「でも、どうしてあの男が？」

「それをこれから、確かめるつもり。いずれにしろ、福住龍男が容疑者になっている殺人事件も含めて、別の見方をしたほうがいいと思い始めているところよ」

「ふたつの事件は、関係していると？」

「おそらくね」

「この男が何者なのか、訊いてもいいですか？」

「平出悠《ひらいでゆう》。仁英会の構成員よ」

浩介は、太い棒で頭を殴られたような気がした。西沖達哉は、仁英会の「いい顔」なのだ。

「どうかしたの――？」

「いえ、何でもありません……」

しのぶは浩介がそう答えてもなお、じっと視線を注《そそ》ぎつづけていた。心の内を見透《みす》かされそうな目つきだった。

「そう、それならば、御苦労さん。私は署に帰るわ」

浩介は頭を下げて車を降りた。ちらっと車の窓を覗き見るが、ビッグ・ママはもうこちらを気にする素振《そぶ》りもなく、運転役に何か命じているところだった。

なんとなく物足りないものを感じ、そんな自分を持て余していた。駐車場の入口に立つ歌舞伎町交番の金村が、興味津々《しんしん》という顔でこっちを見ているのも嫌だった。きっとまた何か言って来るにちがいない。

案《あん》の定《じよう》、しのぶを乗せた車が動き出すなり、金村は小走りで浩介に寄って来た。わざわざものすごく近くまで顔を近づけ、わざとらしく声をひそめて訊いた。

「おい、車の中で何をしてたんだよ。バーボンに誘われたのか？」

「なんでもないよ」

冷たく言い放つが、効果はなく、

「なんでもないことはないだろ」

と、にやにやする。

だが、すぐに真顔に戻り、道の先に目をやった。浩介もつられて見ると、どうしたことか、たった今走り出したばかりの車が、バックライトを点灯して戻ってこようとしていた。

浩介のすぐ前で停車し、しのぶが後部窓から顔を出した。

「北畑隆が、大久保中央病院からいなくなったわ！　母親が目を離した隙に、姿が見えなくなってしまったらしい」

「そんな——。母親との間で、何かあったんでしょうか？」

「詳しいことはわからない。とにかく、捜さなくては。ひとりで夜の街をふらふらしてるのかも。あなたを含め、花園裏の警官の何人かは、隆と会って顔を知ってるでしょ。私のほうから話を通すから、あの子を捜すのを手伝ってちょうだい」

8

大久保中央病院は、歌舞伎町二丁目にある。東はラブホテル街で、北は大久保のコリアンタウン、西にはＪＲと西武《せいぶ》新宿線の線路が延びていて、西武新宿駅が間近、そして、南側は歌舞伎町一丁目で、新宿一賑やかなエリアだった。そのどこも、深夜に小学生の子供がひとりで歩き回っていたら目立つ場所だった。

だが、少年を見つけることはできなかった。駅の人込みに紛《まぎ》れている可能性を考えて構内をチェックしたり、病院のすぐ北側にあって、休日には催《もよお》し物が行なわれることが多い大久保公園の中を捜し回ったりもした。病院内は、すでに警備員や看護師で手分けして探索済みとのことだったが、念のためにもう一度捜してみた。そのすべてが、無駄骨に終わった。

時刻はもう十時を回っていた。新宿はまだ、どこもかしこも喧騒の只中《ただなか》にあった。この状況で子供を見つけるのは難しいと思う向きもあるかもしれないが、それは間違いだった。夜中の繁華街に小学生の子供がひとりでいる場合には、むしろ見つけやすいのだ。店やゲームセンターなどに入れば通報されるし、路上にいるなら目視できる。

それにもかかわらず見つからないのは、いくつかの不吉なケースが想定された。そして、時間が経てば経つほどに、嫌な予感は強まった。

浩介は、人ひとりが通るのがやっとの幅しかない狭い階段を上り、「英」のドアをノックして開けた。ノックしたのは、制服姿の自分がいきなり現れたら、客たちを驚かせてしまうと思ったためだった。

昼間話した丸顔のヒデさんが狭いカウンターの中にいて、五、六人坐ればいっぱいのカウンターに、客が三人並んでいた。そのうちのふたりは店主と同じぐらいの年格好だったが、あとのひとりは二十代の若い女だった。

店主も客たちも、ドアを開けた浩介のほうを一斉に見た。こうした小さな店の常で、誰か常連客が来たものと思ったらしい。だが、そこに立つのが制服の警察官と知ると、ちょっと取り澄ましたような顔つきになった。大分酔っている様子の若い女が楽しげに笑い、

「あらあ、おまわりさん。おまわりさんが制服で飲みに来たわ」と指差した。

浩介は、顔が強張《こわば》るのを感じた。ヒデさんにどう話しかければいいか、言葉が出て来なかった。

「もう、酔っちゃって、嫌ね。誰か、ちょっと、この子をお願いよ」

店主は客の男たちに言ってから、

「おまわりさん、階段の下で待ってて。すぐに下りるから」

浩介に、ごく自然な調子で告げた。誰にも口を差し挟《はさ》ませないで、その場をスムーズにやり過ごすことに長《た》けた水商売の人間っぽい物腰であり、応対だった。

言われた通りに待っていると、四、五分してヒデさんが下りて来た。

「ごめんなさい、おまわりさんをこんなとこで待たせちゃって。もしかして、西沖さんのことかしら？」

と、自分のほうから訊いてきた。

「やっぱり、昼間、西沖さんがここにいたんですね⁉」

驚きを隠せずに尋ね返す浩介を、ヒデさんは面白そうに眺《なが》めていた。

「いたわよ。あなたには言うなって言うから、言わなかったけれど」

「ロックスを見張ってたんですか？　何のためにロックスを——？　店主の福住龍男について、あの人はいったい何を知ってるんです？」

ヒデさんは両手を突き出し、浩介をとめた。

「そんなふうにぽんぽんと訊かないでよ。訊かれたって、私には何も答えられないし。だって、何も知らないんだもの。私はただ、西沖さんがふらっと訪ねてきて、しばらくいさせてくれって言うんで、いさせてあげただけよ」

「平出という男も、一緒だったのでは？　平出悠という男です」

「——おまわりさん、あなたは何を知りたくてここに来たの？」

「西沖さんに会いたいんです。どこに行けば、会えるんでしょう？」

「ひとつ、頼まれたことがあるの。もしも、あなたがそう言い出したら、こう言ってくれって。俺は、おまえと会うつもりはない。去年のクリスマスに言ったことを思い出せって。どう、通じたかしら？」

「——通じました」

「そうしたら、もういいかしら。お客さんを、あまり待たせるわけにはいかないし」

「子供の行方《ゆくえ》が知れないんです」

店の階段に戻りかけるヒデさんの背中に、浩介は急いで言い足した。

「——どういうこと？　昼間、あなたと一緒にいた男の子のこと？」

「そうです。母親の婚約者が刺され、大久保中央病院に搬送されました。母親は息子の隆を連れてそこに駆けつけたのですが、目を離した隙にいなくなったんです。手分けして捜していますが、まだ見つかりません。西沖さんならば、何か知ってるかもしれない」

「変なことを言わないで。西沖さんが、あの子を連れ去ったとでも言うの？」

「そうは言ってません。しかし、今起こっている事件について、何か知ってると思う。お願いします」

「ちょっとやめてよ。こんなところで頭を下げるのは。周《まわ》りが、何かと思うでしょ」

頭を下げる浩介を、ヒデさんはあわててとめた。店が連なる細い路地の左右に顔をめぐらせながら、しきりと何かを考えている。ポケットを探《さぐ》ったのは、たぶんたばこを求めたのだろうが、店の中に置いて来てしまったらしい。陽気なママさん、といった雰囲気の男だった。今は酒も入っているのだろう、相手をリラックスさせる、ゆったりとした表情をしていた。だが、そんな雰囲気がふっと消えた。

「あなた、浩介っていうんでしょ。西沖さんが、そう呼んでたわ。あなたたち、いったいどういう関係なの？」

ふいを喰らって、浩介はたじろいだ。

「それは……」

言葉を選んで口を開きかける浩介を、ごつい手がとめた。

「待って。ごめんなさい。今のは聞かなかったことにして。西沖さんが何も話さないので、ついあなたに聞きたくなっちゃったのだけれど、それって、ルール違反よね。そうわかっててもやりたくなっちゃうのが、女の悪い癖《くせ》――。ちょっと待ってて。時間はかからないから」

そう言い置くと、ヒデさんは階段を上って消え、言葉通りじきにまた姿を見せた。浩介に差し出したメモ用紙には、合計三つの店の名前と住所が書かれてあった。

「西沖さんの馴染みよ。たいがい夜は、このどこかで飲んでるはず。だけど、会えるかどうかはあなた次第。私にできるのは、これぐらいよ」

浩介は、礼を述べてメモをポケットに入れた。


一軒目の店は、外国人の若いホステスたちが客にサービスをするクラブで、ママはかなり流暢《りゅうちょう》に日本語を話すフィリピン人だった。制服姿の浩介を胡散臭《うさんくさ》げに睨みつけ、西沖なんてお客はいないし、知りもしないということをまくし立て、あっという間に追い出されてしまった。

近いほうから順に回ってみることにして次に訪ねたのは、歌舞伎町二丁目の串揚《くしあ》げ屋で、今度は関西弁丸出しの女将《おかみ》が切り盛りをしていた。西沖の名前を出すと、さっきのフィリピン人と同様に、そんなお客はいないし知りもしないということを、いっそうすごい勢いでまくし立てられて終わりだった。

結局、店で尋ねるのは無駄で、じっと張りつき、本人が現れるのを待つしかないのかもしれない。ヒデさんのほうでも、そんなつもりで店の名前を教えたのかもしれない。つまりは、体《てい》よく追い払われただけだったのか……。大久保二丁目にある店の前へと差しかかったときには、浩介はそう思い始めてもいた。そこは広島《ひろしま》風お好み焼きの店だったので、今度は広島弁でまくし立てられることを覚悟したが、はっとし、あわてて物陰へと身を隠した。

店の引き戸を開けて、大きな男が出て来たところだった。男がそのまま歩き出していたならば、見咎められていたかもしれないが、半身をガラス戸の隙間に残したまま、陽気な声で中の人間と話していた。大声を立てて笑い、何かを入れたいくつもの白いビニール袋を顔の横まで持ち上げて振り、戸を閉めて歩き出した。

浩介は、我が物顔で歩いて行く大男に見つからないように注意してやり過ごし、そっとそのあとを尾け始めた。

制服警官は、遠くからでも目立つ。そのための制服なのだ。だから、尾行には向いていない。しかし、幸いにも、非常に尾行しやすい相手だった。体が大きいので、酔客たちであふれた路地にいても目立つし、我が物顔で歩く男に出くわすと、たいがいの者が道を譲った。

　鶴田昌夫、通称ツルは、夜の繁華街を闊歩《かっぽ》し、肩で風を切っていた。大久保通りの一本新宿寄りの裏路地を新大久保駅の方角へと歩き、二、三ブロック移動したところで左に折れた。そして、角に建つビルの一階へと姿を消した。

　浩介が足早に近づいてみると、そこは保育所だった。二十四時間対応可能と、路地に面した磨《す》りガラスの窓に大きく謳《うた》ってある。浩介は、エントランスのガラス戸に近づいてそっと中を覗いた。

　深夜のこの時間にもかかわらず、中には大勢の子供たちがいた。場所からして、水商売の女たちが我が子を預けるのかもしれない。幼い子たちはみな、部屋の一角で毛布をかけてもらってすやすやと眠っていたが、もう少し歳がいった子たちは明るい笑顔で走り回ったり、玩具《おもちゃ》で自分たちだけの遊びに熱中したりしていた。

　だが、隆の姿は見当たらなかった。ツルが保育士たちの間を回り、広島焼きの店からぶら下げて来たビニール袋の中身を配っていた。耐油性の紙に包まれた、広島風のお好み焼きだった。寄って来た子供たちにも、手当たり次第に渡している。

　やがて大男は、ここの責任者らしき五十代後半ぐらいの女性にお好み焼きを差し出し、ぺこぺこと頭を下げた。そして、彼女の後ろについて奥の部屋へと消えた。

浩介は、そのまま様子を窺いつづけた。少年がツルに連れられて出て来るのを期待していたが、いつまで経っても何の動きもなかった。

やがて、ツルが奥の部屋から出て来た。保育士や子供たちに相変わらずの愛想《あいそ》を振りまき、別れを告げ、表の路地に出て歩き出す。浩介はまだ判断に迷ったまま、再びそのあとを尾けた。

大男はまた我が物顔で闊歩し、そして、五分と経たないうちに今度はラーメン屋が暖簾《のれん》を出す横の階段を上った。一階はラーメン屋で二階は雀荘《ジャンそう》が入った、モルタル塗りの小さな建物だった。周囲には小綺麗で背が高い商業ビルが建ち並ぶ中に、ぽつんと取り残されたように建っていた。

浩介は意を決して階段を上った。雀荘はそこそこ賑わっている感じで、階段を上る途中から談笑する声と、パイのこすれ合う音が聞こえてきた。

戸口に立った制服警官のほうへ、客たちがちらりと顔を向けたが、誰もが長く関心を留《と》めることはなかった。ツルの姿はなかった。

入口から見て対面の壁に、ドアがあった。ドアには何も書かれてはいないが、位置や造りからして、台所やトイレのものには思えなかった。雀卓の間を抜けてそのドアへと向かうと、頭の禿《は》げ上がった店主らしき男があわてて近づいて来た。「御苦労さまです」と言いながら、明らかに戸惑《とまど》った様子で浩介の行く手を塞ごうとする。

浩介は、構わずに進んだ。意を決してドアを開けると、すぐ前に立つ大きな背中がこちらを振り向き、あんぐりと口を開けた。

「あれ、おまえ――」

ツルはそれ以上、言う言葉が思いつかない様子だった。

ツルの体の向こう側に、応接ソファにこちらを向いて坐る西沖が見えた。西沖は浩介に気づき、苦虫《にがむし》を嚙み潰《つぶ》したような顔をした。

西沖と向かい合って手前のソファに坐る人物が、すっとこちらを振り向いた。ショートヘヤーで、しかも男物とも女物ともつかないハーフコートを着ていたので、そうして振り向く直前まで、それが女だとはわからなかった。

「……………」

浩介は、彼女と目が合って言葉を失った。

「面白いところで会うわね。あなた、ひとりでここに何をしに来たの?」

ビッグ・ママこと深町しのぶが、怖い顔で浩介を睨みつけた。

9

だが、じきにニヤリとして、

「さて、西沖さん、あなたに用があるってことかしら」

向かいに坐る西沖は、しのぶからそう訊かれても、不快そうに黙りこくるだけだった。しのぶは、そんな西沖と浩介の間に、二、三度視線をめぐらせた。ちょっと前の怖い顔とは打って変わり、いたずらっ子のような顔つきになっていた。茶目《ちゃめ》っ気《け》たっぷりの両眼が、よく動く。

「浩介、あんた、こっちに来て坐りなさいよ」

しのぶが浩介を手招きすると、西沖が堪りかねたように音《ね》を上げた。

「深町さん、こっちも忙しい身なんだぜ。もう、帰るところだったでしょ」

眉間《みけん》にしわを寄せると、いつもはきりっとした眉《まゆ》が、ハの字型に下がる男だった。西沖が監督だった時分、浩介たち野球部員にとって、この眉が監督の機嫌の良《よ》し悪《あ》しを知るバロメーターだった。

「西沖ちゃん、あんたって、そういう顔をすると愛嬌《あいきょう》があるのよね。私ね、いい男がそうやって困ってるのを見るのって好きよ」

「冗談はいい加減にしてくれ。もう、そこの男を連れてさっさと帰ってくれって。そっちの制服警官も連れてな」

西沖が不機嫌そうに顎をしゃくった部屋の隅に、痩せた男がひとり、古新聞をくちゃくちゃにして投げ出したみたいにうずくまっていた。下顎を引いてうつむき、床をぼんやりと見つめている。

「福住龍男か……」

　浩介は、つぶやいた。

「そうだ。ちょうどいいわ。さっきのあなたの願いには、この巡査が答えてくれると思う。浩介、あんた、この人に、隆君の話を聞かせてやってちょうだい」

「ちょっと待って。どうして、この男がここにいるんです――?」

「自首するそうよ。ただ、隆君を遠くから一目見たいと言うので、今から一緒に行くところ。あんたも一緒に来なさい。その前に、この人に話して聞かせてあげて。福住さん、あなたに会いに新宿に出て来たお孫さんを、あなたの店まで案内したのは、彼よ」

　福住が、初めて顔を上げた。すがるような目で見つめてくる。

「おまわりさんは、隆と会ったんですか……?」

「ええ、会いました。あなたの店を探していたので、声をかけ、一緒に訪ねたんです」

「そのとき、あいつは、何か俺のことを言ってましたか……?」

　浩介はどう答えるべきか迷いつつ、目の前の男の様子を改めて窺った。不精髭《ぶしょうひげ》が伸び放題に伸び、艶《つや》のないぱさぱさの髪が目に垂れかかっていた。顔色が悪く、目の下にはクマができている。室内だというのに、しかも、この季節にはいささか不釣り合いなコートを着たままだった。頰がこけ、筋肉が少なく平べったい上半身が、よれたコートの上からでも見て取れた。

「あなたに会いたがってましたよ。母親には内緒で新宿に出て来たみたいです……」

「――」

福住は、何も言わなかった。誰かと真っ直《ます》ぐに目を合わせる気力すらないのか、またうつむき、床をぼんやりと見つめる。もっと何か言ってほしいのだ。そう察しがついたが、何を言えばいいというのだろう。

「そういえば、あなた宛《あ》てに手紙を書いたと言ってましたが」

福住の体が、かすかに震えたみたいだった。

「届かなかったですか？　返事がないと、嘆《なげ》いてましたけれど――」

「届きましたよ」

吐き捨てるように言った。

「市村英夫を殺したのは、あなたなんですか？」

我慢しきれずに尋ねる浩介を、福住は悲しげに見つめた。

「私はやってない」

「でも、それなら――」

「この男は、覚醒剤の使用と不法所持で自首するのよ。市村を殺したのは、この男じゃないわ」

しのぶが足を組み直して言い、福住が問わず語りに話し始めた。

「もう、十年もやってなかったのに……。誘惑に負けてしまった……。だけれど、言い訳じみて聞こえるかもしれないが、もう一度、ステージに戻りたいと思ってたんです。そのための練習も始めてた――。しかし、腰がダメだったんですよ。前のときと同じです。俺は、若いときに椎間板《ついかんばん》ヘルニアをやりましてね。いざというときになると、なぜだかその痛みがぶり返しちまう。ツキがないんだ……。今度は二度目だから、もっと長いお務めになるでしょう……。今、隆は、西沖さんの知り合いの保育所にいると聞きました。物陰から一目、孫を見たら、自首しますよ――」

福住は打ちひしがれた様子で語ったが、どこか芝居《しばい》じみた感じもした。

「おい、泣き言を言うために、俺たちに時間を取らせてるのか」

西沖が言った。冷たい声だった。

「――」

「それじゃ、そういうことでいいな。さ、行こうぜ。こいつにガキの顔を拝《おが》ませたあとは、警察に任せる」

西沖はひょいとソファから立ち、ドアのほうへと向かいかけた。

「ちょっと待ってください。西沖さんたちは、なぜこの一件に関わってるんですか？　どうして隆は保育所にいるんです」

西沖は、億劫そうに振り向いた。

「善意の市民として、協力してるだけだよ。ガキはな、病院の近くをふらふらしてたんだ。子供が深夜に、そんなふうにしてたら危ないだろ。じいさんに会いたがってたし、じいさんのほうもそうだったから、とりあえず懇意《こんい》にしてる保育所に連れて行って面倒を見てもらうことにした。それだけさ。もっと詳しく知りたけりゃ、あとでそっちの女刑事さんに訊きな」

到底、本当のことを言っているとは思えない。しかし、しのぶはふたりのやりとりを面白がって聞くだけで、何も言おうとはしなかった。西沖が浩介の言葉を背中でさえぎり、ドアを開ける。雀卓《ジャンたく》の音が大きくなった。

雀荘の階段を順番に下ると、一階のラーメン屋の角に車が横づけされていた。先に下りていたツルが、礼儀正しく後部ドアを開けた。

さっきの保育所ならば、ここから目と鼻の先だった。たとえわずかな距離でも、刑事や制服警官と連れ立って歩きたくないのだろう。

車に乗ってすぐに、助手席にいる西沖の携帯が鳴った。西沖はモニターで相手を確認した上で、通話を始めた。

「世話になったな。すぐそっちに着く」

相手が何か言うのを聞き、西沖の様子が変わった。

「うちのはそっちにやってねえぞ。それは、俺んとこの人間じゃねえ。すぐに着くから、引き留めておけ。ガキを渡しちゃならねえぞ」

いつもの落ち着いた口調は変わらなかったが、時を惜《お》しむように口早に告げた。

「どうしたの――？」

しのぶが助手席のほうに上半身を乗り出す。西沖は体をずらし、横顔を後部シートに向けた。後部には、真ん中に浩介を挟んで、しのぶと福住が左右にいた。

「誰かがガキを連れて行こうとしてる」

西沖は電話を切り、フロントガラスを睨んだままで吐き捨てるように言った。ハンドルを握るツルがクラクションを鳴らした。通行人を追い払って、車の速度を上げようとする。

しかし、酔客はクラクションを鳴らされてもよろよろとしか避《よ》けないし、中には我が物顔で道を譲らない者もあった。しかも、ちょっと先では間の悪いことに車が二台、左右に互い違いで停まってしまっていた。車幅の広い外車では、間をすり抜けるのは難しい。ツルがけたたましくクラクションを鳴らすが、一台には誰も乗ってはおらず、もう一台の運転席ではヤクザ風の男がにやにやしていた。

「あとから来い」

西沖の判断は、早かった。助手席のドアを開けて表に飛び出す。

「浩介、福住をお願い」

しのぶも浩介にそう命じるなり、後部ドアから飛び出して地面を蹴《け》った。

「ダメです。ここにいてください」

浩介は、車を降りようとする福住をあわててとめたが、間に合わなかった。

「あ、ちょっと。待って」

よたよたと走る福住にすぐに追いつき、腕を摑んでとめた。そのとき、保育所の前から車が走り出すのが見えた。そのすぐ傍まで走り寄っていた西沖が、飛びのいて車の鼻面《はなづら》を避ける。しのぶが傍の歩行者をかばい、ほかの歩行者たちにも大きな素振りで注意をうながす。

車は、通りをこちらに向かって走って来た。迫り来る車の後部シートに、男に押さえつけられた少年が見えた。

あっという間の出来事だった。とめることはできなかったのか。浩介はその後、何度か自問することになった。福住が浩介を押しのけ、車の前に立ちはだかったのだ。

「福住、バカはやめろ！」

叫び、やめさせようとする浩介の真横を、車がすごい勢いで通り過ぎた。急ブレーキでタイヤが地面を擦《こす》る音につづけて、ぼん、と大きな音がして、福住の体が吹っ飛んだ。瘦せた体に羽織《はお》った薄汚いコートがひらひらとなびき、ボロ布が宙を舞ったように見えた。

その体がアスファルトをバウンドし、転がり、周囲の人間たちから悲鳴が上がった。運転席の男が、ハンドルを握った姿勢で固まり、引き攣《つ》った顔で福住を凝視している。

浩介は無線で応援を要請し、救急車を手配しながら福住に走り寄った。アスファルトに倒れた福住は、右足が付け根から変なほうを向いていた。大腿骨《だいたいこつ》が、いや、腰骨が、ぐちゃぐちゃに砕《くだ》けたのだろう。後頭部をアスファルトにつけて虚空《こくう》を見つめ、ぜいぜいと苦しそうに喉《のど》を鳴らしていた。

「ドアを開けろ。車から降りろ」

浩介は車に走って戻り、運転席のドアに手をかけた。男を運転席から引きずり出し、腕をねじ上げて手錠をかける。

隆を押さえつけていた男が、後部ドアを開けて逃げ出した。だが、しのぶが足を引っかけて転がし、こちらも手錠をする。その顔に、見覚えがあった。木島を刺した、古田房徳というやつだ。いったいなぜ、この男が隆のことを……。

しのぶは古田に俯《うつぶ》せで動かないように命じ、少年のもとへ走った。後部シートから降ろし、抱き締める。

「大丈夫？　怪我はない？　もう、何も心配は要《い》らないからね」

顔を見て言い聞かせるが、隆はどこかぼうっとした様子で、女刑事の腕の中に人形のように納まるだけだった。恐怖は、遅れてやって来るのだ。

「こっちはいいから、向こうの様子を見て」

しのぶは隆に福住のほうを見せないようにしながら、浩介に命じた。だが、少年がすでに現実を目《ま》の当たりにしてしまっているのは間違いなかった。

浩介は福住の傍に戻って屈み込んだ。

「福住さん、聞こえるか？　すぐに救急車が来るから、だから、しっかりするんだ。俺の声が聞こえるか？」

福住が血の気の失《う》せた顔をわずかに動かし、浩介を見た。唇が動いたが、言葉は何も出なかった。

それでもなお必死で唇を動かしているのがわかり、耳を寄せると、隙間を風が抜けていくような声がした。

「子供は……？　隆は……？」

浩介は、意図してはっきりとうなずいて見せた。次には、耳元に口を寄せた。

「大丈夫だ。保護したぞ。隆君は警察が保護をした」

一瞬だけ安堵《あんど》の微笑みを浮かべたように見えたが、わからない。福住は意識を失っていた。

背後の人影に気づいて見上げると、いつの間にか西沖がそこに立ってこっちを見下ろしていた。

「保育所の所長に話を聞いた」西沖が、言った。「あのふたりはうちの人間だと偽《いつわ》って、ガキを連れに来たらしい。不審を覚えた所長が、俺のところによこしたのが、さっきの電話さ。それから、ほかの職員があの男たちを覚えていた。変な連中がちょっと前から保育所の周りをうろうろしてたので、気になっていたそうだ。ツルの野郎が尾けられたのかもしれない。制服のおまえを見て、ことを急いだんだろう」

すらすらと言い終わると、背中を向けた。周囲は、すでに大勢の野次馬で埋め尽《つ》くされていた。繁華街からは少しはずれ、事務所と飲食店とが交じり合ったエリアだったが、それでもかなりの数の人通りがあった。路地に面した窓からは、いくつもの顔が見下ろしていた。

浩介はあわてて腰を上げた。

「待ってください。言うことはそれだけですか？　福住のことは、どうするんです？　隆のことは？」

「その男はもう、おまえら警察に引き渡した。あとは警察の仕事だろ」

「子供のことが気にならないんですか？　体を張って子供を助けようとした、あの男のことが？」

「それは警察の関心事だろ」

西沖の声は、あくまでも冷ややかだった。

「なんでそんな人になってしまったんだ⁉ 昔のあなたは、どこに行ったんです？ 僕ら、人間なんですよ。もう少しちゃんとしたことを言ってくれ！」

浩介は、思わず声を荒らげた。西沖が、遠巻きにしている野次馬たちを視線で睨《ね》めつける。中には携帯で写メを撮影している者もあったが、そういう連中も凍るような視線を浴びて動きをとめた。

「福住のやつはな、自殺したんだよ」

「何です――？」

「このあと助かるかどうかは、知ったことか。医者が寄ってたかって助けるのかもな。だがな、それはその男が望んでることじゃないぜ」

「わからない……。何が言いたいんですか……？」

「福住は闇金《やみきん》に借金がある。あちこちから、借りまくってるんだよ。おまえ、俺たちが人助けであの男を匿《かくま》ったとでも思ってたのか？ 俺がやつの身柄を押さえたのは、そうしなけりゃ、闇金に先を越されるからさ。野郎の弟は退職した公務員で、千葉《ちば》のほうに小さいが自分の家を持ってた。年老いた両親とともに、そこに住んでたのさ。野郎が賭博で作った借金を返させるため、弟夫婦を脅《おど》したりすかしたりして、俺たちは家の権利と退職金を手に入れた。あいつを自首させれば、いっときは闇金の追及から逃れられるだろうが、それはあくまでもいっときに過ぎない。親兄弟だって、もうあいつを見放してるよ。なんにしろ、この先あの男を待ってるのは、地獄だけってことだ。だが、ここで死ねば、生命保険が下りる。それで親兄弟が野郎を許すかどうかはわからんが、とりあえずは少しほっとして死ねる。それに、もしかしたら、長いことずっと放っておいた娘や孫にも感謝されるかもしれん。やつが車の前に立ち塞がったのは、そのためさ。俺にゃ、野郎が車の前に飛び出したときの、活《い》き活《い》きとした顔が見えたぜ。あれは必死で子供を助けようとしてる人間の顔なんかじゃなかった。あれはな、これで何もかも終わりにできると、ほっとした人間の顔さ」

「――――」

浩介は思わず目をそらした。西沖の視線は冷やかだったが、その奥に哀《かな》しみが垣間《かいま》見えた。

「浩介、昔の俺がどこかにいなくなったわけじゃない。昔のおまえがいたような世界は、もうどこにもないってことだ」

10

福住龍男が搬送されたのは、木島秀一と同じ大久保中央病院だった。この界隈《かいわい》で最も大きな救急対応施設で、たいがいの患者はここに搬送されることになる。

浩介は深町しのぶに命じられて、福住の搬送につき添った。手術室に運び込まれる福住を見送り、しばらくは呆然《ぼうぜん》としていたが、さり気なくその場を離れるしのぶとともに移動した。

手術室からほど近い集中治療室前に北畑真理子がいて、ドクターチェックを受ける隆を心配そうに見つめていた。周囲にはつき添いの女性警官のほかに私服の刑事が数人、医者や看護師の邪魔にならないように身を寄せ合って立っていた。

医者がやがて少年の健康状態には何の異常もないことを確認し終えると、真理子が近づき、抱き締めた。喜びに涙を堪えつつ、さらさらとした少年の髪に何度も頰を擦りつける。そんな彼女とは対照的に、隆は体を硬くしていた。母親の衣服に押しつけられた顔を苦しげに横に向け、唇の隙間から息を吐いていた。

ちらっと浩介と目が合った。浩介は好意を込めて微笑みかけたが、少年はすぐに目をそらしてしまい、誰もいない虚空を見つめた。

しのぶが母子に近づき、真理子に静かに話しかけた。

「木島さんの御様子は、いかがですか？」

真理子は答え、幸い手術は上手くいき、今は麻酔で眠りつづけているところだと言った。初めは少年を抱いたままで腰を上げようとはしなかったが、やがて思い出したように立ち上がり、しのぶに向かって頭を下げた。

「失礼しました。私ったら、お礼も申し上げずに。息子を見つけて連れ戻してくださり、ありがとうございました」

「私たちじゃありません。福住さんが」

だが、しのぶがそう切り出して何があったのかを説明して聞かせると、真理子の顔が険《けわ》しくなった。

「なんであの人が……。息子には会うなと言ったのに」

しのぶが聞き咎めた。

「それは、いつ仰ったんです？　福住さんとは、もう長い間、会っていなかったのでは？」

「会ってませんよ。大昔にそう約束したという意味です。で、この子は福住に会ったんですか？　あなた、あの人と会って何か話したの？」

少年は、母親の顔を見上げて激しく頭を振った。

「会ってないよ。会ったりなんかするもんか」

「そうよね。それでいいの。あなたには私がいるんですもの」

真理子は朗《ほが》らかに笑い、満足げにうなずいた。そそくさと姿勢を正すと、長椅子に戻り、そこに置いたコートを手に取って着た。バッグを持って少年のもとに戻り、改めて髪や衣服を整えてやる。そして、一息にこう言った。

「この子が無事だったので、ほっとしました。もうこんな時間ですし、幸いに木島の状態は落ち着いておりますので、私たち、一度引き揚げます。とにかく、この子を休ませてやらなければ」

浩介は、彼女の顔を見つめていた。疲れ果てている様子だったが、それでもなお美しい人だった。しかし、ただの歳月以外に、様々に余計なものが積み重なった人間の顔に見えた。化粧やファッションでは隠せない大きなエゴが、全身から発散されている。

「待ってください。福住さんはどうするんです？」

浩介がそう言いかけるのを、しのぶがそっと手で制した。

「それでは、お送りしましょう」

真理子は、しのぶの申し出に首を振った。

「いいえ、結構です。自分の車で来ておりますので」

「改めてお話を聞かせていただく必要があるのですが」

「まだ何かあるんですか？　とにかく、またにしてください。私も息子も、疲れてるんです」

隆のために来た女性警官が、つき添うべきかどうか様子を窺うのに対して、真理子はそっと手で制した。

深夜の廊下を遠ざかる母子と入れ替わるようにして、看護師がひとり現れた。

「ちょっとよろしいですか。搬送されてきたとき、怪我人はこれらのものを身に着けていました。事故のないよう、警察で保管していただいたほうがいいと思うのですが」

しのぶを見つけて近づいてくると、そう言って、安っぽい合成皮革《ひかく》の黒い札入れと、ふたつ折りにされてくしゃくしゃにしわの寄った封筒、それに携帯電話を差し出した。封筒には子供の拙《つたな》い字で、ゴールデン街の住所が書かれており、差出人に隆の名前があった。隆が二週間ぐらい前に出したと言っていた手紙を、福住は大事に身に着けていたのだ。

しのぶが封筒の中身を抜き出した。なんのためらいもない仕草で、読み出す。すぐに彼女の表情が変わった。

「これを見て」

浩介に便箋《びんせん》を押しつけるように渡すと、今度は福住の携帯を操作し始めた。携帯は幸い、衝突のショックでも壊《こわ》れていなかった。

便箋を走り読みした浩介は、混乱して言葉を失った。これは、つまり……。

「おい、貸せ」

浩介の手元を覗き込むようにして読んでいた刑事のひとりが、手紙を奪うように取って目を走らせる。目を上げ、同僚と顔を見合わせる。

「福住の携帯には、真理子の番号が登録されてるわ。それに、発着信履歴に名前がある。

最近、ふたりは何度もやりとりしてるのよ」

しのぶが言い、浩介はまた胸の中でつぶやいた。これは、つまり……。

「行くわよ。北畑真理子の身柄を押さえる。全員、一緒に来てちょうだい」

しのぶは少年の手紙を元通りに折って、ポケットに入れた。命じたときにはもう、みずから床を蹴って走り始めていた。浩介たちがあわててあとを追う。

深夜で正面玄関は開いておらず、出入りに使われるのは建物のサイドにある通用口だった。そこを目指して駆け、表に飛び出したところで、常夜灯で青みがかった色の駐車場を歩く母子を見つけた。

「待ってください、北畑さん。待って！」

呼びかけ、走り寄るしのぶのことを、北畑真理子は不快そうに睨みつけた。

「まだ何か用なんですか？　息子も私も疲れてるんです。もう、ほんとにいい加減にしてもらえませんか」

「お疲れなのはわかります。ですが、事情が変わりました。隆君は我々が責任を持って保護しますので、御足労ですが署に御同行願います」

真理子の顔に、戸惑いと恐れが見え隠れした。だが、怒りを露《あら》わにしてそれらを押しやることにしたらしい。

「何を仰ってるんですか、あなたは⁉︎　婚約者があんなことになって、私、ほとほと参ってるんです。自宅でちょっと休み、この子のことを誰かにお願いしたら、また病院にトンボ返りしなければと思ってたところです。もう、私どものことは放っておいてください！」

自分の主張を、声高に、どこか芝居がかった調子でまくし立てる。そういえば、この女の言動はいつも芝居がかって感じられるのだと、浩介は思った。

「そうはいきませんよ。北畑さん、あなた、我々に嘘《うそ》をついてましたね。あなたは最近、福住龍男さんと会ってるはずです」

「何をでたらめを――。そんなことはありません。さ、隆、車に乗るのよ」

「そうはいかないと申し上げてます。隆君をしばらくお願い」

真理子は傍《かたわ》らに駐まる車に息子を乗せたがったが、しのぶがそれを許さなかった。女性警官を呼び、少年につき添わせる。

「何をするんですか？　息子は私と帰ると言ってるでしょ」

「北畑さん、これは警察の捜査なんです。協力していただきますよ」

しのぶはぴしゃりと言い、

「隆君、ちょっとの間、そのお姉さんと向こうへ行っていてね」

上体を屈めて、少年に直接、話しかけた。

「これはいったい、何のつもりなの⁉　横暴もいいところだわ」

女性警官が隆を連れて遠ざかると、先に口を開いたのは真理子のほうだった。しのぶが、真理子を冷ややかに見据《みす》えた。

「さっきの質問に答えてください。あなたは最近、福住さんに会っていますね」

「だから、そんなことはないと言ってるでしょ」

「息子さんにかけて、誓えますか?」

「何を大げさなことを。もちろん、誓えますよ」

「息子さんが福住さんに手紙を出していました。そして、福住さんは、それを大事に身に着けていた。隆君を助けようとして大怪我を負ったときもです。それが、ここにあります」

しのぶは、手紙を取り出した。真理子の前で開く。

「これは証拠品ですので、お渡しすることはできません。読みますよ。福住龍男さんへ。いきなり手紙を出して、すみません。僕は北畑隆といいます。北畑真理子の息子です。福住さんは、僕の本当のおじいさんですか? もしもそうなら、お願いだからお母さんを助けてください。この間、母があなたと電話で話すのを、僕はたまたま聞いてしまいました。確かにお母さんは、今のお父さんの会社の何か大事な秘密を盗み、今のお父さんを困らせているみたいです。でも、それはきっと悪いやつらに脅かされたからだと思います。ネットで調べて、福住さんのお店を知りました。お店のお客さんが、福住さんが昔、すごいミュージシャンだったと書いていたのも読みました。いつか、演奏を聞かせてくださ い。僕のメールアドレスを書きます。お手紙を送るのは、そのほうが、ほんとの気持ちが伝わると思ったからです。これは、いたずらではありません。お願いします」

「――――」

「以上です。何か仰ることはありますか？　息子さんは、昨日からずっと、我々に何かを必死になって隠そうとしています。それは、おそらくあなたを守るためです。しかし、このままでいいわけがありません。息子さんは苦しんでいます。いったい、何があったのか、あなた御自身の口から詳しく話を聞かせてください。よろしいですね」

北畑真理子の唇が薄く開き、何かをつぶやくように動いたが、実際に出てくる言葉はなかった。急に危険な場所にひとりで投げ出されたことに気づいた小動物のように、視線を忙《せわ》しなく動かしていた。その顔がやがて醜《みにく》く歪《ゆが》み、別の女が現れた。憎悪《ぞうお》を込めた目で、離れた場所に立つ息子を睨みつける。

「こんな手紙、いったいいつ出したのよ。あの、バカ息子……」

しのぶが、その視線をさえぎるように立つ位置を変えた。

「『今のお父さん』とは、針沢新伍さんのことですね。あなたはいったい、何をしたんです？　針沢さんのところから盗んだものとは、何ですか？　私の推測を申しましょうか。針沢さんは、独自の会計ソフトを開発して、それで様々な会社の会計を請《う》け負《お》っていますね。一方、古田房徳という男は、タチの悪い仕手グループの人間です。このふたつを結びつけて考えると、あなたは針沢さんが極秘にしている顧客の会計データを盗み出し、古田たちに渡したのではないですか？」

北畑真理子が、後頭部を一撃されたように両目を見開いた。図星を突かれた人間の顔だ。

「知らないわ……。これは何かの間違いよ――。子供の言うことですもの。ただ勘違いしただけ――。針沢が私を告発するはずがない……。彼は、今でも私を愛してるんだから……」

「署で話を聞かせていただきますよ」

「知らない――。私は何も知らない……。これ以上喋《しゃべ》ることは、何もないわ。どうしても警察に連れて行くというなら、弁護士に連絡します」

「では、そうなさってください。ですが、一緒に来てもらいます」

しのぶは断固とした口調で宣言し、部下の刑事たちに合図した。

「息子さんは、針沢さんのところへ送り届けます。それでよろしいですね」

青い顔で立ちすくむ真理子に告げる。少年の母親である女は、今は自分のことに夢中で、しばらくは何も答えようとしなかった。

「勝手にすればいいでしょ。あんな子、どうしようと知ったこっちゃないわ」

「あなたも一緒に来て。彼を、針沢さんのところに送り届けるわ」

しのぶは浩介に言い、女性警官につき添われて立つ隆に向かって歩いた。

浩介は、じっとこっちを見つめる少年の目に射抜かれた。

「母さんは、警察に逮捕されちゃったの？　僕のせいなんだ……。僕のせいで、母さんは逮捕されたんでしょ……」

少年の顔が、くちゃくちゃになった。しゃくり上げ、呼吸をするのさえ苦しそうに胸を激しく上下させながら、必死で言葉を押し出していた。浩介は、この少年がひとりで新宿に来たわけを知った。この子は、福住に会いに来たわけではなかった。自分が福住に送ってしまった手紙が母親の立場を悪くすると気づき、母親のためにそれを取り戻しにきたのだ。

しのぶが少年の前で体を折った。地面に片膝をつき、細い肩を両手で握り、額《ひたい》に自分の額を近づけた。

「あなたのせいじゃない。あなたは何も悪くないし、何も間違ったことなどしていない。わかったわね。あなたのせいじゃないのよ」

11

一見、小振りのマンションかと思うほどの大きさとデザインの建物だった。洒落《しゃれ》た城館を連想させる外観の三階建て。住所は神宮前《じんぐうまえ》五丁目で、明治通りの東。もう少し手前は表参道《おもてさんどう》から渋谷《しぶや》方面への抜け道に当たり、車の通行がかなりあるが、ここは一方通行の脇道で静かだった。

エントランスは張り出し屋根の下に三段の短い階段があり、向かって右側は車椅子用のスロープになっていた。しのぶと浩介は、隆とともにその階段を上った。両開きのガラス扉の奥に見えるロビースペースも二十畳ぐらいの広さがあり、どうしたって戸建てのものではなかった。だが、そのガラス扉右手の外壁には、「針沢」と書かれた表札があるだけだった。

深町しのぶの指がインタフォンを押しかけたとき、ロビースペースの向こうにある自動ドアが開き、男が三人現れた。ひとりをその場に残したまま、あとのふたりがロビーを横切る。

浩介は驚き、言葉を失った。ふたりのうちの背が高いほうは西沖達哉で、小柄なほうは、平出悠という男だった。昨日、ゴールデン街から福住龍男の住居があるマンションまで、浩介と隆のあとを尾けて来たのも、そして、木島秀一が古田房徳を襲った駐車場付近の防犯カメラに映っていたのも、この男だ。

　ふたりを送り出した針沢新伍は、浩介たちを見て明らかに驚き、戸惑っていた。しかし、西沖たちは腹立たしいほどに無反応だった。何事もなかったかのように、ガラス扉を押し開けて表に出て来る。

　しのぶが行く手を塞いだ。

「針沢さんのところに、何の用で来たの？」

「仕事さ。もう終わった」

「食えない男。福住龍男を匿ったのには、闇金に先んじて金を取り立てる以上の目的まであったのね」

「なんのことだか――」

　西沖は、サングラスを出してかけた。

「ふたりとも動くんじゃないわよ。命令に従わないなら、すぐに引っ張る。いいわね」

　彼女は西沖たちに言い置くと、浩介をその場に残し、隆の手を引いてロビーに入った。

そこに立つ針沢が、まだ戸惑った顔で女刑事を迎えた。

「こんな時間に、申し訳ありません。隆君をお願いしたくて、参りました」

　しのぶがそんなふうに言うのが、ガラス越しに聞こえた。あとは声がひそめられてしまったのでよく聞き取れなくなった。車椅子用のスロープの手すりに寄りかかった西沖は、無関心な素振りで片足をぶらぶらさせ、ロビーのほうを見ようともしなかった。

「さあ、中へお入り。お腹《なか》は空《す》いてないか？」

針沢が言い、少年の頭を撫《な》で、奥のドアへとうながした。隆はちらりと後ろを振り向いたが、浩介の視線に気づくと顔をそむけて姿を消した。

西沖たちの前に戻って来たしのぶが、何の前置きもないまま、単刀直入《たんとうちょくにゅう》に切り出した。

「古田房徳は木島秀一と北畑真理子に協力させて、針沢新伍が扱う顧客の経理情報を盗み出した。古田の仕手グループがそれを活用して、一儲《ひともう》けするのが目的でしょう。福住龍男と市村英夫のふたりはそれに気づいて、古田たちの周辺を探ることにした。しかし、それが古田たちの知るところとなり、市村英夫は殺害された。今度の事件の大ざっぱなあらましは、そういうことだというのが、私の見立てよ。どう、違うかしら？」

西沖がニヤリとした。

「さすが深町さんだ。そこまでわかってるなら、俺たちに何も訊く必要はないだろ」

「馬鹿言ってないで、知ってることを話すのよ。場合によっちゃ、あんたたちが何の目的で針沢新伍を訪ねたのかには、目をつぶるわ。お互いに、手間を省《はぶ》きましょうよ。だけど、協力しないなら、とことんやる。この意味、わかるわね」

西沖はわざとらしくため息を吐《つ》き、小柄な男に顎をしゃくった。

「しょうがねえな。おまえ、話せ」

「しかし、兄貴――」

「いいから。このデカさんとは、古い仲だ」

平出は、顎を引いてうつむいた。与えられた仕事を黙々と果たすタイプの男に見えた。頭を整理するような間を置いて口を開いたのは、どんな順番で話すかを整理したのか、何を話して何を話さないかを整理したのか。いや、たぶん両方なのだろう。

「古田房徳のグループが、針沢新伍が扱う顧客の経理情報に目をつけたのは、真理子たちから持ちかけられたからだ。針沢が経理業務を請け負う顧客の中には、老舗《しにせ》の優良企業だが、経理を含めた業務管理は苦手とするところが交じっている。乗っ取りや株価操作等、外部からの攻撃には弱く、古田たちには格好のターゲットなんだ。一方、木島が展開する飲食店グループは、現在、経営が火の車でね。北畑真理子はフードコーディネーターなんて看板を掲《かか》げちゃいるが、実質的な実入りはほとんどない。ふたりは今、喉から手が出るほどに金が欲《ほ》しい状況にあるのさ。木島は元々、株投資をしていて、古田房徳とはその縁で知り合ったようだ。だが、しょせんは株の素人《しろうと》だぜ。その株投資もまた、自分の首を絞《し》める原因になった。挙句《あげく》のはてに、にっちもさっちもいかなくなり、針沢の顧客情報で一儲けすることを考えたんだ。しかしな、女刑事さん。もっと大元にあるのは、女の嫉妬《しっと》だよ。別れた亭主は、相変わらずこうしたすごい暮らしをして、新妻は今、妊娠中。一方、自分が選んだ男はただの大馬鹿者で、思い描いていたはずの人生のプランは、何もかもが水の泡。北畑真理子って女は、そんな今の自分の境遇と引き比《くら》べて、別れた亭主をやっかんだのさ」

いったん話し始めると雄弁な男だった。言葉が数珠《じゅず》つなぎで出てくる。だが、その声はチューニングが合っていないラジオから聞こえるような、耳障《みみざわ》りで聞き取りにくいものだった。唇だけがまるで別の生き物のように動き、表情はほとんど変わらない。

平出は、嫌な感じの笑みを浮かべた。

「あれは、大した女だぜ。二年前、あの女は真面目で優しい亭主に飽《あ》き飽《あ》きして、家を出た。フードコーディネーターなんて仕事を通じて知り合った不倫相手の木島と、新しい生活を始めたのさ。その頃、木島の飲食チェーンは評判で、マスコミでも頻繁《ひんぱん》に取り上げられるほどだったらしい。あの女のすごいところは、そうやって自分が勝手に家を出たくせに、針沢とのつきあいは途切れさせずにしゃあしゃあとつづけたことだ。涼しい顔で家を行き来し、息子ぐるみのつきあいを継続した。針沢も、それを拒まなかった。ああいう頭がいい人間ってのは、何を考えてるのか。真理子と別れたあとも、何やかやと我儘《わがまま》を聞いてやり、それを喜んでさえいるようだったそうだ。それが、あの女を図に乗らせた。挙句の果てに、別れた亭主が別の女を見つけてひっつき幸せになるのが、許せなくなった。そういうことさ」

「昨夜、木島秀一が古田房徳を襲った理由は何？」

「軽くあしらわれたからだよ。古田たちにとっては、入手した情報を利用した本格的な金儲けはこれからだ。しかし、借金で首が回らなくなっている木島は、切羽詰《せつぱ》まっていた。で、目先の金をもっと欲しがったんだ。だが、そもそも古田たちにとっちゃデータさえ手に入れちまったら、もう木島や真理子は用済みさ。木島は古田の事務所を何度も訪ねて、もっと分け前をもらうことをねだったが、やがて古田と会うことさえできなくなった。昨夜、やっとのことでやつを捕まえたが、冷たくあしらわれたのでかっとして刃物で襲いかかった。俺は昨晩、しばらくやつを尾けてたんだが、完全に頭に血が上っちまってたぜ。騒ぎになれば身の破滅だってことさえわからなくなってた馬鹿者だ」

「福住龍男と市村英夫がこの件に関わることになった経緯は？」

「北畑真理子が引き込んだんだよ。真理子が市村を引き込み、市村が福住を引き込んだ。真理子は昔、市村のプロダクションでタレントをやってたんだ。ふたりは、その頃からのつきあいさ。父親が暴力事件を起こしたり、覚醒剤で逮捕されたりしたあとも、市村はなんだかんだと真理子の面倒を見ていたようだ。市村って男は、様々な方面へのコネを持っていた。裏社会とのつながりもあって、北畑真理子にとっては、こういったケースで頼りやすい相手だったんだろうさ。市村は、いい金になると踏み、そして、福住にも話を持っていった。福住は市村から、恩返しに金儲けの話を持ってきたと持ちかけられたそうだ。恩返しの中には、長年会ってなかった娘と再会できることも入っていた」

「何の恩返しなの？」

「福住は昔、覚醒剤の不法所持でパクられたとき、警察に市村の名前を出さなかったんだ。当時、市村がつきあっていた女が、めちゃくちゃな好き者だったらしい。あれの味を覚えちまうと、男よりも女のほうがなかなか抜けられなくなる。市村は福住がパクられたとき、女を連れて行方をくらました。体からクスリが完全に抜けるまで逃げ回り、仕事に復帰した。女のほうは、どこぞの病院に叩《たた》き込んだらしい。福住は、クスリを市村から買ったんだが、街で見知らぬ人間から買ったと言い通し、実刑を喰らっても口を割らなかった」

「なるほどね。それで、市村は、実際にどう動いたの？」

「古田たちの動きを調べ、連中が狙《ねら》いを定めた先を探り当てた。脇が甘い優良企業を見つけたら株を買い占め、経営権を握り、多額の含み資産を短期間のうちに売り払って倒産させちまう。連中のよくやる手だ。荒っぽいやり方だが、株の取得だけは慎重にやる必要がある。相手に悟られて防御されれば、何倍も手間がかかるからな。だから、それを邪魔する側からすれば、ただ耳打ちするだけで充分だ」

「市村は、そうすると言って古田たちを脅したのね」

「そういうことだ。しかし、正体がバレて拉致《らち》され、奥多摩の山ん中に埋められた。死体がそのまま見つからなかったならば、これで何もかも闇に葬《ほうむ》られただろうが、先月の大雪で倒木が起こり、わずか二カ月かそこらで死体が出ちまった」

平出はいったん口を閉じ、西沖に目をやった。西沖がうなずくのを確かめ、ポケットから数枚の紙焼きをつまみ出してしのぶに渡した。

浩介が横から覗き込むと、それはマンションの外廊下にいる男ふたりを写したものだった。男たちはちょうど部屋から出て来たところで、大きなキャリーケースをふたりがかりで押していた。角度からして、非常階段とか隣のビルから、こっそりと写したものらしい。光源は廊下の天井灯しかなかったが、顔を判別することはできる。ひとりは古田房徳で、もうひとりは数時間前に古田が隆を拉致しようとしたときに車を運転していて、一緒に捕まった男だった。

しのぶが写真をめくると、キャリーケースを押して行く姿や、さらにはマンションの表に駐めた車のトランクにそれを載せる様子も撮影されていた。車のナンバーも写っている。

「福住が撮影したものだ。データには、撮影した日付と時間が記録されてる」

「キャリーケースに入ってるのは、市村ね」

「虫の知らせだと言ってた。市村の部屋で、何十年かぶりでふたりきりで飲んだそうだ。

深夜になって引き揚げた福住は、タクシーを拾いに大通りへ出ようとしたところで、気になる車を見つけた。胸騒ぎを覚えてこっそり様子を窺っていたら、古田たちが大きなキャリーケースを押して市村の部屋から出てきた。あ、やられちまった、と思ったそうさ。必死でこっそりと写真を撮ったが、野郎にできたのはそこまでだ。市村が消えちまったら、手も足も出ない。下手《へた》に騒げば、娘の真理子まで、針沢のところから顧客の経理情報を盗み出した罪で警察にパクられる危険がある。だが、わずか二カ月で死体が見つかったために、状況が変わった」

「わかったわ。そこから先は、あなたたちが嚙んでくるんでしょ。福住ひとりで、古田たちを相手にできるわけがないもの。市村が拉致されて殺されたと思っても、指をくわえて何もできずにいた男よ。博打《ばくち》の借金で首が回らなくなった挙句、闇金にも手を出して、にっちもさっちもいかなくなった福住は、あんたたちに身柄を押さえられたとき、苦し紛れにあの写真を見せて、自分が知っていることを何もかも洗いざらい話して聞かせた。そうでしょ。金の臭いを嗅ぎつけたあなたたちは、福住の後ろでこっそりと糸を引き、古田たちから金を脅し取る計画を立てた。だけど、木島が古田を襲い、予定が狂ってしまった。警察が動き出せば、古田が逮捕されることは時間の問題だ。そう判断して、金を引き出す対象を古田から針沢に変更した。顧客の経理情報が流出したことが知れ渡れば、針沢の会社は信用を失う。大方《おおかた》、そんなふうに言ったんじゃないの。一方、古田たちも追い詰められた。市村の死体が発見された今、福住が撮影した写真が警察の手に渡れば、命取りになる。しかも、古田は木島に襲われ、咄嗟に自己防衛で相手を刺してしまった。崖っぷちの古田は、福住の孫の隆を拉致し、引き換えに福住の手から証拠となる写真を取り戻そうとした」

平出が冷たい笑みを浮かべた。

「結局、木島という男は、大方の人間の予想を超える大馬鹿だったたってことさ。やつがまさか人込みでナイフなんぞ振りかざして古田に襲いかかるとは、誰も想像しなかった。そんな男にうつつを抜かして、せっかく金のなる木を持った針沢と別れた真理子って女も、大馬鹿だぜ」

「さあ、もう、これぐらいでいいだろ」

西沖が言った。相変わらずスロープの手すりに寄りかかり、片足をぶらぶらさせていた。

12

ロビースペースの玄関ドアを抜けた先には、正面に広大なプールがあった。底の明かりがゆらめく様から、春まだきのこの季節にも水が張られているのがわかる。もしかして、温水プールなのだろうか。

プールを挟み込むようにして、左右にコンクリート造りの邸宅が建っていた。突き当たりはその邸宅と同じ高さの壁で、プールを中心にした中庭は、屋外からは完全に独立した場所になっていた。

プールサイドに、南の島で見るようなパラソルが置かれ、その下にやはり南の島のような白い丸テーブルと椅子があった。そこに、コートを着た針沢が坐っていた。

「話は済みましたか——？」

自分の前に立ったしのぶと浩介を等分に見て、針沢は身振りで坐るようにとうながした。相変わらず穏《おだ》やかな目をした男だった。

「済みました」

しのぶは静かに答えて椅子を引いた。浩介もつづいて坐り、プールサイドに面した家のリビングに目をやった。

広いリビングに、隆と髪の長い女とが並んで坐っていた。彼女のお腹《なか》が目立つことは、浩介のところからでも見て取れた。少年が彼女になついているのかどうかは、遠目にはなんともわからなかった。

針沢がまた口を開くまでに、わずかな間があいた。

「真理子は、どうなるのでしょうか？」

「それは、あなた次第です」

針沢は、微《かす》かに眉を持ち上げた。

「どういうことです？」

「北畑真理子はこれから本格的な取調べを受けますが、彼女は盗みを働いたことを否定するでしょう。あるいは、古田房徳たちに脅されて盗んだと主張するかもしれない」

「刑事さん、待ってください。私は、何も盗まれてなどいませんよ」

針沢の声は静かだったが、同時に相手を威圧するような響きもひそんでいた。おそらく社長業で身につけたものなのだろう。

深町しのぶが、相手の顔から目をそらさずに苦笑した。

「御自宅の表で西沖たちと出くわしたときから、あなたにはそう言われる気がしていました。針沢さん、まどろっこしいことは伺いません。ひとつ、率直にお尋ねするので、お答えいただけないでしょうか？」

「それは、質問の内容によりますが――」

「北畑真理子をかばうのは、あなたの会社から顧客の経理情報が漏れたことが世間に知られれば、会社の信用が失墜《しっつい》する恐れがあるからですか？　それとも、北畑真理子が逮捕されると、隆君が母親を失うことになるからですか？」

針沢は黙ってしのぶを見つめた。女刑事が黙って見つめ返していると、針沢のほうで視線をはずし、家のリビングに顔を向けた。

「両方ですよ」

「そのどちらの比重が大きいのでしょう？」

針沢は、ため息を吐いた。相手に聞かせるためのため息だった。

「刑事さんは、いったい何をお訊きになりたいんです？　私の口から、何を言わせたいんですか？」

「隆君のことをどれだけお考えになってくださっているかを、あなた御自身の口から伺いたいんです。昼間、あなたは我々に、隆君を我が子のように思っていると仰った。あれは、ただ口先だけのものですか？　それとも、あなたの御本心でしょうか？」

針沢は、無言でしのぶを見つめた。相変わらず穏やかな目つきと表情をしていたが、ちょっと前とは微妙に何かが変わった。外行きの素振りを脱ぎ捨てる気になったらしかった。

「私は、あの子の父親にはなれない……。血のつながりもないし、あの子は真理子の子であって、私の子ではありません……」

「そうですか」

「さっきの刑事さんの質問に、私も率直にお答えします。どちらの比重が大きいかと言えば、隆の母親を犯罪者にしたくない気持ちのほうが、圧倒的に強い。確かに会社の信用は大事です。たぶんすでにお察しのように、そのためにあの西沖という男たちにも金を払いました。ゲスな行為ですよ。経営者は、綺麗ごとでは務《つと》まりません。しかし、たとえ信用の一部が失われたとしても、それはまた取り戻せばいいだけの話だ。そして、私にはそうする自信もある。だが、子供の母親はひとりしかいません。あなた方は、笑うかもしれない。今になって思えば、私は一時期、真理子という魔性《ましょう》の女に引っかかり、すっかり骨抜きにされていたんです。彼女が可愛くて仕方がなかった。彼女の連れ子を我が子として育てることに決めたヒロイズムに、みずから酔いもした。だが、そういった感情を抜きにしても、ひとりの分別《ふんべつ》ある大人としてわかるのは、子供には母親が必要だということです。私にも、私の妻にも、その代わりは務まりません。誰にだって務まらない。そうでしょ」

針沢は、下顎でそっとリビングのほうを指した。

「彼女は、長いことずっと私の秘書を務めてくれた女性でしてね。いつでも傍にいてくれました。当然、真理子のことも知っています。真理子が別の男のもとへ去ったあと、心の空白を埋める目的で、私はいっそう仕事に没頭しました。だが、結局、それでは空白は埋まらなかった。埋めてくれたのは、彼女です。私は、いつでも彼女が傍にいてくれたからこそ、自分の仕事がうまくいっていたのだと知りました。私のほうから彼女に結婚を申し込みました。彼女は私と同じバツイチで、シングルマザーとして初音を育てていた。当然、ためらいもありましたが、私は自分が初音の本当の父親になることを誓いました。それに、ああして今は、彼女のお腹に、新しい命が育《はぐく》まれてもいます」

針沢は、今度は中庭を間に置いた反対側にある家を顎で指した。そちらは今はすべての窓が、明かりを落として暗かった。

「こちら側の棟《むね》には、私の両親が暮らしています。かなりの高齢で、母のほうは下半身が不自由ですけれど、幸い、ふたりそろってまだ元気です。家内はふたりにもよくしてくれますが、真理子はこうはいかなかった。彼女が隆を連れてここを出たのは、私の両親との確執も原因だったように思います」

「つまり、隆君には、ここには居場所はないと仰りたいんですね？」

針沢は、悲しげにしのぶを見た。

「刑事さん、あなたは、あけすけにものを仰る方だ。しかし、物事は、何事も単純にはいきませんよ。まして、子供の人生がかかっているんですよ」

「ずけずけものを言うのは、性分《しょうぶん》です。どうか、許してください。それに、物事が単純にいかないことは、私もわかっているつもりです。だから、もちろんここでいま結論を出していただきたいなどとは申しません。奥様や御両親と、よく相談していただけますか？　ただし、あの北畑真理子という女に子供の母親が務まらないことは、はっきりしていると思います」

「あなたは、私に、別れた妻を告発しろと言っているんですよ」

「その通りです。私がお願いしたいのは、正にそのことです」

「――――」

「とにかく、今夜は隆君を預かっていただいてよろしいですね?」

「もちろんです、それは――。こんな遅い時間に、子供をひとりでどこかにやることなどできませんよ。妻だって、そのつもりで、ああして傍に寄り添っているんです」

「それでは、よろしくお願いします」

針沢は、頭を下げて立ち上がるしのぶを驚いて見上げた。

「もう、よろしいんですか?」

「はい。なぜでしょう?」

「事件について、ほかにもっとお訊きになりたいことがあるかと思ったものですから……」

「いいえ、お話ししたかったのは、このことだけです。夜分に押しかけてしまいまして、失礼しました」

立とうとする針沢を、手で制した。

「ここで結構です。自分たちで帰れますので。くれぐれも、隆君のことをよろしくお願いします」

浩介はあわてて頭を下げて、女刑事のあとを追った。彼女とともにプールサイドを歩きながら、リビングの様子を窺い見た。少年は、いつしか眠ってしまっていて、お腹の大きな女性がそっと毛布をかけてやっているところだった。

「遅くまで、御苦労さまだったわね。本署に向かう途中で、落としていってあげるわ」

広大な邸宅の表に出たところで、しのぶが言った。表には、パトカーが一台待機していた。

「針沢新伍は、あの少年を引き受けてくれるでしょうか？」

浩介は、我慢ができずにしのぶに訊いた。誰かに問わずにはいられなかった。

深町しのぶが、ちょっと後ろにいた浩介を振り向いた。

「どうかしらね……。でも、誰かが引き受けなければならない。大人というのは、そのためにいるのよ」

13

針沢新伍が出した結論を、浩介は次のシフトの午後に知った。巡回から戻ると、重森に手招きされ、深町しのぶから連絡があったと教えられたのだ。

「針沢さんは子供を引き取り、育てるそうだ。一応は北畑真理子が刑期を終えて出てくるまでの間だが、その先も、隆君の成長をずっと見守ると約束してくれたそうだよ」

浩介はその知らせを喜ぶとともに、深町しのぶの口から直接聞けなかったことが少し残念だった。

14

北畑隆と再会したのは、福住龍男の通夜のときだった。福住は手術の翌々日に亡《な》くなった。報《しら》せを聞いた浩介は、勤務後、所長の重森とともに背広に着替え、必要なときのためにロッカーに入れてある黒ネクタイを締めて弔問《ちょうもん》に向かった。

福住が病院にいる間、見舞いに来る家族や親戚が誰もいなかったこと、病院への費用を誰も払おうとしなかったこと、遺体の引き取りすら、最初は拒まれていたことなどを、浩介たちはその通夜のときに針沢新伍の口から聞いた。通夜、葬儀ともに執《と》り行なわれたのは、針沢の自宅から車で十分ほどの小さな斎場《さいじょう》だった。すべて、針沢が手配したのだ。

しかし、弔問客は思いのほかに多かった。福住が長年、ゴールデン街で店をやる間にできた常連客たちや、近所に店を持つ店主たちなどが駆けつけてくれたためだった。その中には、「英」の店主であるヒデさんの姿もあった。少し浮世《うきよ》離れした髪型や服装の弔問《ちょうもん》客《きゃく》は、福住の音楽仲間らしかった。

喪服姿の北畑隆は、遺族席に坐り、そうした弔問客のひとりひとりに礼儀正しく挨拶をしていた。隣には針沢がつき添っていたが、喪主の席にいるのはあくまでも隆のほうだった。

少年はその責任を受けとめたような鹿爪《しかつめ》らしい顔をしていたが、あるいは見知らぬ大人に囲まれて、ただ緊張していただけかもしれない。焼香《しょうこう》を終えた浩介が正面に立って挨拶をしたときには、わずかに親しげな光がその目に覗いた。

黒っぽい服を着た深町しのぶは、ちょうど浩介たちが焼香を終えたときに現れた。通夜ぶるまいを断わるのは、礼儀に反する。しかし、警察関係者が長居《ながい》をすることはあり得ない。末席で箸《はし》だけつけたら引き揚げるのが、マナーだ。そうするために別席に移動しかける途中で、斎場の受付に並ぶ彼女を見つけたのだった。

受付を済ませた彼女も浩介たちに気づき、近づいてきた。

「今回は、お世話になりました。浩介にも、ずいぶん手伝ってもらうことになったし」

先日の交番でもそうだったが、重森と話すときの彼女は、さばけて、何歳か若やいで見えた。

重森が、機会があればまた鍛《きた》えてやってくれと言い、自分たちはしばらく別室にいると告げると、彼女はそこに合流すると応えて焼香に向かった。

別室では、ゴールデン街の店主と思われる人間たちとミュージシャン風の人間たちとが入り交じり、すっかり賑やかな宴席っぽくなっていた。浩介たちはその隅っこに坐り、ビールをちびちびとやりながら彼女を待った。

「シングル・マザーなんだ、彼女は。おまえも誰かに、聞いたことがあるか？」

隆の話をする中で、重森が言った。深町しのぶが針沢新伍に会い、隆の面倒を見てくれと直訴《じきそ》した話は、すでに報告済みだった。

「ええ、噂《うわさ》では」

「すごい女だよ。自分が好きな相手に対して、筋を通したんだ。そして、お嬢さんを、ひとりで立派に育てている」

重森は、向かいに坐った浩介からちょっと視線をずらして、目を細めた。深町しのぶについて、もっと何かを知っていそうな顔だったが、それをぺらぺらと喋る人ではなかった。

焼香を終えてやって来たしのぶは、浩介の隣に並んで重森の前に坐り、浩介にビールを注《つ》がせた。献杯《けんぱい》し、見事な飲みっぷりでグラスをあけた。

三人は、警察官としての節度を守って退席するのが、少しだけ遅れた。それは主に、酔ったヒデさんが寄って来て、なんだかんだと話しかけ、しばらく一緒に飲むことになったからだった。さらには数人のミュージシャンらしき男たちが話の輪に加わり、彼らが知る在《あ》りし日の福住龍男の思い出話に花が咲いた。

頃合いを見計らって退席し、トイレに寄る重森のことを、しのぶとふたりで斎場の玄関先に立って待った。三人で、これから軽く繰り出すことにしたのだ。

斎場の前庭に梅の木があり、ほころび始めた赤い蕾《つぼみ》を、庭園灯が照らしていた。月の明るい夜だった。数日前よりもずっと気温が緩み、春っぽい風が柔らかく吹いていた。

浩介のすぐ頭の後ろ、思いのほか近いところで声がした。

「そうそう、浩介。ところで、あんた、バーボンは好き?」

浩介がぎょっとして振り向くと、女性の美しい顔がすぐ傍にあった。

ビッグ・ママは、戸惑う若手警官を楽しむようにしつつ、どこか秘密めかして微笑んだ。

夏

1

剣山《けんざん》で肌を刺すような暑さが、十代の夏を思い出させた。坂下浩介は制帽のつばをちょっと押し上げ、ハンカチで額《ひたい》の汗をぬぐった。上司の重森の助言により、普通のハンカチをやめてタオルハンカチにしたが、それでも全然間に合わない。タオルハンカチは、汗でぐっしょりと湿ってしまっていた。

この季節の警邏《けいら》任務は、地獄だ。巡回連絡の場合は、管内の住宅、商店などの施設を訪問するため、わずかな時間ながらもマンションや商業施設等の屋内で涼を取ることもできるが、歩行、もしくは自転車による警邏中はずっと、頭上に居坐《いすわ》る巨大な太陽の下を、黙々と動き回らなければならない。

新宿六丁目の交差点から区役所通りの方角へと歩き、花園裏交番がある一方通行の通りへと曲がる十字路に至ったところだった。ゴールデン街と途中までは並行して延びる遊歩道も、カーブを切ってここにぶつかる。歩道の幅が膨《ふく》らみ、周囲には高い建物がないため、夏空が少しだけ余裕を持って広く感じられる場所だった。

無線連絡が入り、浩介は歩《あゆ》みをとめた。オンにすると、相手は重森周作だった。同じ花園裏交番の所長で、浩介が尊敬する大先輩だ。

「どこだ、今？」

「もう、戻るところです。もうすぐ吉本です」

吉本興業が、小学校の統廃合によって廃校となった四谷第五小学校をリノベーションして東京本部として使っている。浩介が言った「吉本」とは、そこのことだった。同じ道の右側には、天然温泉のテルマー湯があり、それが浩介のところからでも見える。二十四時間いつでも入れる便利さから、仕事のあとに汗を流したことがある場所だった。

「そうか。それならよかった。なにな、今しがた新宿署の深町刑事から電話があって、おまえに用があるそうだ」

「俺に、ですか――？」

浩介は、思わず問い返した。新宿署捜査一係の深町しのぶは、名物刑事だ。男勝《まさ》りのやり手で、同僚の刑事たちからも、この新宿の街のヤクザ連中からも、一目《いちもく》も二目《にもく》も置かれている。

「ああ、そうさ。おまえに、だよ。警邏中だと答えたら、戻る時間を訊《き》かれたんだが、それじゃ、すぐに戻ると答えていいな」

「はい、お願いします」

浩介は答えて無線を切ったあと、落ち着かない気分に襲われた。ほかでもなくそれは、彼女のことを思い出すたび、あの夜の失態が頭によみがえってならないためだった。

ゴールデンウィーク明けだから、今から三カ月ぐらい前のこと。浩介は、ビッグ・ママこと深町しのぶとふたりで飲みに繰り出し、前後不覚に酔った挙句《あげく》、二軒目に移動する途中で気持ちが悪くなって動けなくなってしまったのだった。胃の中のものを道の端《はし》っこに吐きながら、大丈夫です大丈夫ですと、譫言《うわごと》のように繰り返していたところまでは覚えているが、次に気づいたときには自室の布団の中だった。独身寮までどうやって戻ったのかはおろか、どこでビッグ・ママと別れたのかも、そのときに彼女とどんなやりとりをしたのかも、何ひとつ覚えていなかった。

深町しのぶは、驚くほどの酒豪だった。バーボンが好きだということで、最初に生ビールを何杯か飲んだあとはI・W・ハーパーをボトルで注文し、オン・ザ・ロックでぐいぐいと飲んでケロッとしていた。ふたりでボトル二本を空《あ》けたようだが、そのうちの一本半ぐらいを飲んだのは間違いなく彼女だ。

だが、浩介が前後不覚に陥《おちい》ってしまったのには、もう少し別の理由もあった。深町しのぶには気に入った若手警官を酒に誘い、そして、そのまま男と女の関係になってしまうといった、そんな噂《うわさ》があったためなのだ。だから、最初からずっと緊張しっぱなしだった。硬くなっている自分が嫌《いや》で、そんな自分を彼女に悟《さと》られるのも嫌で、ついついめちゃくちゃなペースで飲んでしまった。そうでなけりゃ、あんなふうになるわけがない。

――そう思ってみても、あとの祭りだ。その後、しのぶから連絡が来ることもなく、浩介から連絡をしようにも、彼女の携帯も自宅もわからない。まさか新宿署に電話をするわけにもいかず、お詫《わ》びの言葉すら言えないままで、時間ばかりが経《た》ってしまっていた。ビッグ・ママこと深町しのぶが、いったい何の用があるのだろう……。

思い悩みつつテルマー湯と吉本の東京本部を越えると、人通りもなく、眠りをむさぼる真昼のゴールデン街の一角で、トンテンカントンテンカンと騒がしい音がしていた。新しく店を開けるらしい。

それを横目にしながら路地の入口を横切りかけたとき、風がゴールデン街の路地を吹き抜けてきた。息苦しいほどの暑さを一瞬だけ追いやりながら、浩介に吹いた。

ほぼそれと同時に、内装工事中の店から出てきた女性が、驚いた顔でこっちを見た。

「あら、浩介――」

浩介はわずかに戸惑《とまど》い、相手の顔を見つめ返した。親しい友達同士のような呼びかけ方をし、笑顔を向けるその女性が誰だか思い出すのに、少し時間が必要だった。

そのわずかな空白を、彼女は敏感に察したらしく、ちょっと傷ついたような顔をした。

だが、笑顔の名残《なご》りはそのままに、

「おまわりさん――」

と呼びかけなおした。

「マリさん――」

浩介は、微笑《ほほえ》み返した。照れくささで、ちょっとぎごちない笑みになった。

去年のクリスマス・イブに、中村早苗というホステスが、部屋を盗聴、盗撮していた大家に大金を盗まれてしまった。マリはその事件で出会ったホステスで、早苗と同じ店で働いていた。

浩介が何歩か近づくうちに、マリはもっと近づいてきて、目の前に立った。

「暑いわね。こんな日に制服でうろうろしてたら、倒れちゃうんじゃない」

「もう、慣れたから」

と、浩介は嘘《うそ》をついた。都会の暑さに慣れる人間なんか、果たしているのだろうか。浩介が生まれた信州の町では、たとえ真夏の暑いときでも、日が暮れるとクーラーなど要《い》らなくなるが、この新宿と来たら――。

「きみのほうこそ、暑い中で大変そうだね。真夏に内装工事？」

「ええ、そう。もう、汗だくよ。新しいクーラーは明日にならないと入らないし、工事屋さんが持ってきてくれたおっきな扇風機があるんだけれど、蒸《む》し風呂みたい」

今日のマリは白いTシャツにジーンズ姿、ショートカットでちょっとボーイッシュに感じられた髪をいつの間にか伸ばし、派手なリボンで結《ゆ》わえてポニーテールにしていた。肩に白い手ぬぐいをかけていて、彼女は話しながらそれで顔の汗を拭《ふ》いた。

「誰か知り合いが店を開けるのかい？」

浩介が訊くと、マリはその問いかけを待っていたみたいに、少し芝居《しばい》がかったしぐさで胸を張った。

「私よ。この私が、店を開けるの」

「――――」

「なによ――？　何か変？」

「いや、そういうわけじゃないけれど」

内装工事中の店の中から、見覚えのある大きな姿がにゅっと現れたのは、そのときだった。かなりの大きさの平たい板を軽々と抱《かか》え、店の表に立てかける動きの中で、こちらに顔を向けてきた。鶴田昌夫、通称ツル。なんでこのヤクザ者が、ここにいるんだ。

マリに笑いかけようとしたツルは、彼女の隣に立つ浩介と目が合い、きまり悪そうに顔をそむけた。そのくせ、自分のほうから近づいてきた。

「おまわりが、こんなとこで油を売ってるんじゃねえよ」

「私が呼びとめたの。近所なんだし、お得意さんになってくれるかもしれないでしょ」

「よせよせ。おまわりなんかに出入りされたら、ほかの客が逃げちまうぞ」

「制服で出入りするわけじゃないんだから、そんなことないわよ。ねえ、そうよね、おまわりさん。それに、ヤクザ者に出入りされるよりも、よっぽどマシ」

ツルがすねて口を尖《とが》らせる。浩介はふたりのやりとりを聞き、内心でおや、と思っていた。やりとりが、去年の暮れよりも親しい人間同士のものに感じられた。

「交番の近くでは飲めないんだ」

マリは、浩介の言葉に驚いた。

「あら、そんなことってあるの。それって、何？　規則なの？」

「規則じゃないけれど。上司からそう言われてる」

「なんだ。そんなことなら、無視しちゃいなさいよ、安くしてあげるからさ」

ニコニコしながら、浩介の顔を覗《のぞ》き込んでくる目には、どこか真剣な色があった。だが、すぐに視線が浩介の背後へと向けられ、マリは伸びあがるようにして片手を振った。

「ああ、ご苦労さん。待ってたわよ」

振り返ると、中村早苗が近づいてくるところだった。マリと同様、Tシャツにジーンズ姿だが、早苗の穿《は》くジーンズはマリのとは違って柔らかな生地《きじ》だった。ちょっとお腹《なか》の肉が余っているのが見える。バンダナを鉢巻みたいに締めて、額をむき出しにしている。

「あら、おまわりさん。あなた、あのときのおまわりさんよね」

早苗は浩介をそれと認め、嬉《うれ》しそうに笑った。

「ありがとう。あのときのことは、私、ほんとに感謝してるのよ」

「いやあ、俺が特別に何かしたわけじゃないから」

「そんなふうに謙遜《けんそん》しなくていいの。あなたが親身になってくれたからじゃない。ありがと。もうさ、私、あの事件のことは何も気にしてないの。きれいさっぱり忘れちゃった。いつまでもくよくよしててもしょうがないし。それでさ、マリとふたり、こうして店を開けることにしたのよ」

「——そうなんですか」

浩介は感心してうなずいた。早苗の笑顔が明るいことに、内心でほっとしてもいた。

だが、ほんとに大丈夫なのだろうか。クリスマス・イブの事件のとき、浩介は必要に駆られ、ふたりが働く店を訪ねたことがあった。そこは公務員の給料では到底《とうてい》入れないような場所で、早苗やマリだって、きっとそれなりのお金をもらっていたにちがいない。同じ水商売とはいえ、このゴールデン街とは月とスッポンだ。ああいう店でやってきたふたりが、はたしてここで務《つと》まるのだろうか。

「お金、お金の毎日は、もううんざりなのよ」

早苗は、浩介がたった今思ったことを敏感に感じ取ったのか、そんなふうに言った。

「ああいうところのお客さんって、大半は他人のお金で飲んでる人たちだから、接待されてあたりまえ、持ち上げられてあたりまえ。みんな、心のどっかで、私たちみたいな商売の人間を見下してるの。そんな人間たちに媚《こ》びを売ってちやほやするのは、もう、飽《あ》きちゃった。これからは、私たちでお客を選んでやるのよ。ね、マリ」

「そうよ、そうそう」

と、ふたりとも鼻息が荒い。

早苗ははっと思い出し、手にぶら下げたコンビニの袋を持ち上げた。

「あら、いけない。溶けちゃう。暑くてもう、干上《ひあ》がっちゃいそうだから、アイスを買ってきたの。多めにあるから、浩介さんも一緒に食べましょうよ」

浩介はあわてて手を振った。「おまわりさん」じゃなく「浩介さん」と呼ばれたことが、ちょっと気恥ずかしくもあり、嬉しくもあった。さっき、マリがそうしてくれたときに、もっと自然に振る舞っておけばよかった。

「いや、自分は勤務中ですから。それに、すぐに交番に戻らねばならない用があるんです」

「そんな固いこと言わなくたって。交番にだって、ときには差し入れもあるんでしょ。そう思えばいいじゃない」

早苗に引きずって行かれ、入口のドアから店内が見えた。三畳ほどの広さしかない狭い店内では、作業着姿の男がふたり、窮屈《きゆうくつ》そうに動き回っていた。

「ほとんど居ぬきで使うつもりだったんだけれど、ホステス時代のお馴染《なじ》みさんの中に工務店をやってる社長さんがいてね。棚とか照明とかを安く作り直してくれるって言うんで、お願いすることにしちゃった。やっぱり、持つべきものは人のつながりよね」

早苗に代わって、マリが言った。早苗が棒つきのアイスを袋から取り出し、ツルに差し出す。ツルは、仏頂面《ぶっちょうづら》で受け取った。マリが浩介と話すのが、面白くないらしい。

「ほら、溶けちゃうし、浩介さんにも上げて」

と、マリが早苗を急《せ》かす。店内で作業していた男たちがこちらを向き、制服姿の浩介を怪訝《けげん》そうに見た。制服でいるとき、こういう視線には気をつけなければならないのだ。

「ほんとにいいんだ。じゃ、俺は仕事だから。頑張《がんば》ってな」

浩介は早苗を押しとどめ、逃げるように背中を向けたが、そのあとをマリが追ってきた。

「待って待って。ちょっと待ってよ。はい、これ。お店のネームカード。今日、刷《す》り上がったばかりよ。開店は、来週の月曜日。よろしくね」

そう言って差し出されたネームカードには、「ふたり庵《あん》」という店の名があった。親しいお客さんに渡すために用意したものなのだろう、手書きで携帯電話の番号も添《そ》えられている。

「ちょっと古臭く思う?」

「いや――」

「早苗さんが懇意《こんい》にしてる、有名な占いの先生がつけてくれたのよ。字画が、商売にいいんですって。それより何より、この名前ならば、ずっとふたりでやるしかないでしょ。私と早苗さんの二人三脚。お店が成功するには、それが一番だっていうのが、その占いの先生の教えなんだけれど、そんなこと、自分たちでよくわかってるわ」

マリはぺらぺらと口早に告げた。つんのめるみたいな口調だった。

「それじゃ、ほんとに来てね。なんなら、仲間のおまわりさんも誘ってさ。安くしとくから。ね!」

浩介はあいまいにうなずき、今度は本当に歩き出した。路地から花園神社裏の通りへと出るところでそっと振り向くと、店内で作業していた男たちもマリたちに交《ま》じり、みんなで棒つきアイスを食べていた。

だが、もちろん、その中には、西沖達哉の姿はなかった。さっき、店内を覗いたとき、浩介は無意識に西沖を捜《さが》していたのだった。

この新宿に、西沖がいる。しかし、行方《ゆくえ》が知れなかった頃よりもずっと距離は離れてしまったような気がしてならなかった。

2

花園裏交番に着くと、新宿署の深町しのぶが待っていた。彼女の視線の先に立った自分を意識し、浩介はどぎまぎした。

「いったいどれだけ油を売ってたんだ。吉本のところからここまで、五分も十分もかかるわけがあるまい」

苦笑して言う重森を手で制し、しのぶは浩介に笑いかけた。

「いいの、いいの。私がせっかちで早く来すぎただけだから。重さんの顔も見たかったし。ええと、ちょっと相談室を借りたいんですが、今、空いてますか？　重さんも一緒に、お願いします」

ある程度の規模の交番になると、表に面した見張所と、奥や二階にある休憩室《コミュニティルーム》以外に、相談室と呼ばれる部屋がある。広さは二畳ほどで、真ん中にスチール机があり、それを挟《はさ》んで両側にスチール椅子《いす》が一脚ずつ置かれている。呼び名の通りに、ここで市民からの相談を受けることもあるが、容疑者の取り調べにも使われる。

しのぶは、重森と浩介をともない、そこに入った。壁に畳んで寄りかからせてあるスチール椅子をみずから開き、机の横に置いて坐った。書類封筒を机に、バッグを足元にそれぞれ置き、脱いで手にしていた夏物の薄いジャケットを折って膝《ひざ》に載《の》せた。今日の彼女は、グレーのカットソーに涼しげな白のクロップドパンツを穿いていて、ジャケットはそれよりもいくらか濃いグレーだった。

浩介と重森が彼女を間に挟む形で手前と奥に陣取って坐ると、しのぶは書類封筒の口を開け、中から写真を取り出した。そして、

「この男を覚えてるわね」

と、浩介の前に置いた。

短髪の角ばった顔を正面と横から撮影した、前科データの写真だった。

「ええ、覚えてます」

そう応じるうちに、浩介は男のフルネームを正確に思い出した。

「平出悠。悠は悠然の悠です」

西沖達哉と同じ、仁英会の組員だ。今年の三月に浩介がしのぶの捜査をちょっとだけ手伝ったとき、事件の裏で西沖とともに暗躍していた男だった。

彼女は浩介が平出のフルネームをきちんと覚えていたことを知って、どこか満足そうにうなずいた。かすかに間を置き、口を開いた。

「平出が刺されたわ。腹部を刺される重傷よ」

「え——」

「一昨日《おととい》、宿泊先である浜名湖畔《はまなこはん》のホテル近くで、血まみれで倒れているのが見つかったの。現場に残ってた指紋や目撃情報からすると、犯人はふたりで、そのうちのひとりは菅《かん》野陽平《のようへい》、二十四歳と身元が特定された。菅野は、川崎《かわさき》を根城《ねじろ》にするブルー・サンダーというグレ集団のメンバーよ。前に傷害事件で逮捕されたことがあって、指紋が登録されていた。もうひとりも、同じグループのメンバーである可能性が高いと見て、向こうの所轄《しょかつ》署や神奈川《かながわ》県警が、現在、身元を洗ってる」

「どうして平出は静岡《しずおか》に？　それに、川崎を根城にする半グレの連中も――？」

「それなのよ。これは行きずりの喧嘩《けんか》なんかじゃないわ。静岡には青山《あおやま》精機という有名な老舗《しにせ》精密機械メーカーがあるのだけれど、つい三カ月ほど前に創業者の青山泰造《たいぞう》が急死して、この青山精機にお家騒動が起こったの。その後、わずかな間に、経営権が従来の経営陣から新経営陣へ、さらにまた旧経営陣へと、二度にわたって替わってる。そして、うちに協力要請が来た理由はそこなんですけれど、どうやら青山精機のこのお家騒動には、新宿の仁英会と嘉多山《かたやま》興業のふたつが絡《から》んでるようなんです」

しのぶは、途中からは浩介ではなく重森のほうを向いて話した。

「仁英会と嘉多山興業が――」

重森の顔に緊張が広がる。

この新宿には、実に百近くの暴力団が事務所を置いていた。系統が何筋かに分かれ、共存関係の組織もあるが、仁英会と嘉多山興業とは過去の因縁《いんねん》から何度も小競《こぜ》り合《あ》いを繰り返し、今でも犬猿《けんえん》の仲だった。警邏中も、このふたつの組員同士の喧嘩には特に注意を払うようにと、再三、念を押されていた。ちょっとした小競り合いが、組同士の争いにまで発展するのが、ヤクザの世界だ。

　それが、今回は、ひとつの老舗企業を食い合い、対立したというのか――。

「神奈川県警や警視庁の組対《そたい》からもらった情報によると、ブルー・サンダーという半グレ集団は、嘉多山興業と関係が深いんです。嘉多山の出先機関と見て間違いないそうです。一方、この春の事件でも明らかなように、平出は仁英会の中でも名うての経済ヤクザです。青山精機をめぐって暗躍していた可能性は充分に考えられるし、襲われた場所がこの新宿でも、ブルー・サンダーのお膝元である川崎でもなく、青山精機がある静岡県だというのも意味深《いみしん》です」

「つまり、その青山精機という会社をめぐるトラブルの結果、嘉多山興業が半グレ集団のメンバーを使い、仁英会の平出悠を襲ったというんだな？」

　ここ数年、暴力団が自分の縄張《なわば》り以外の街に進出する場合に、半グレ集団を手先に使うケースが増えていた。反社会的勢力として「指定」されている暴力団よりも制限が少ない半グレ集団は、暴力団にとって使いやすい手先であり、逆に半グレの人間たちにとっては、暴力団の後《うし》ろ盾《だて》を得ることで幅を利《き》かせることができる。持ちつ持たれつの関係なのだ。

「その可能性を危惧《きぐ》しています。菅野陽平を含むブルー・サンダーのメンバーが数人、この一、二カ月の間に何度も静岡入りしていたそうです。それに、どうも今、嘉多山興業と仁英会の動きが変なんです。やけに静かなんですよ」

「――――」

重森が黙ってうなずく。

暴力団が静かなときは、要注意だ。人の出入りが激しいときよりも、静かなときのほうが危ないと、浩介は重森から教わっていた。お互い、息をひそめて相手の出方を窺《うかが》っているとも、もっと悪いケースとしては、相手に仕掛けるタイミングを窺っているとも考えられる。

しのぶが椅子を少しずらし、ふたりのやりとりを黙って聞いていた浩介のほうへと体の向きを変えた。

「それで、あなたに会いに来たの。浩介、あなた、西沖達哉の居所《いどころ》を知らない？」

口を開こうとすると、舌が乾いて口蓋《こうがい》に張りついていた。

「西沖達哉が、平出を刺された報復に、嘉多山興業に何かすると言うんですか――？」

しのぶはじっと浩介を見ていた。その目が、浩介をうろたえさせた。

「西沖は、昨日の朝から自宅に戻っていないわ。組の事務所はもちろん、関係してる店や自分の馴染みなど、どこにも顔を出してない。一昨日、平出悠が刺され、その翌朝から行方をくらましたとも考えられる。西沖は、平出の兄貴分に当たる。それに、ふたりが一緒につるんでシノギをしてたことは、あなただってわかってるでしょ。青山精機に対しても、ふたりで何か仕掛けていた可能性は充分に考えられるわ」

「――――」

「西沖と最近、会ったことは？」

「いいえ、あの事件以降、話したことさえないです」

浩介は、はっきりと言い切った。何の嘘もなかった。俺に構うなと、西沖から言われているし、浩介のほうだって構うつもりなどないのだ。

「だって、相手はヤクザで、こっちは警察官ですから」

さらにはそう言い切った瞬間、なぜだか心の奥に引き攣《つ》るような痛みが走った。

「じゃあ、居所について、何の心当たりもないのね？」

「ありません」

しのぶは、再び黙って浩介を見つめた。デスクの反対側からは、同様に重森がじっとこっちを見ている。浩介は、いたたまれない気分でじっとしているしかなかった。

「わかったわ」

長い沈黙がつづいたように感じたが、実際にはほんの束《つか》の間《ま》だったのだろう。しのぶは、あっさりと腰を上げた。

「でも、舎弟《しゃてい》の鶴田昌夫ならば、ついちょっと前に会いました」

浩介のいたたまれない気分が増し、一応、伝えておくことにした。

「あの大男ね。念のために訊いてみるか。どこで会ったの？」

「ゴールデン街です。知り合いの開店準備を手伝ってるんですよ。ばったり出くわし、それで交番に戻るのがちょっと遅れました」

「案内してちょうだい。聴取《ちょうしゅ》に、ここを使わせてもらってもいいですか？」

「もちろん。俺たちも行きましょう」

重森が言い、浩介をうながして立ったとき、携帯が鳴り出した。制服警官は、勤務中は携帯電話を持ち歩けない。鳴ったのは、しのぶの携帯だった。取り出し、モニターを確認してから通話ボタンを押す。

「はい、深町です――」

と応じながら、相談室のドアを開けていったん姿を消し、それほど時間がかからずに戻ってきた。

「本署からでした。嘉多山興業に毒島誠一《ぶすじませいいち》という構成員がいるのですが、この男の弟がブルー・サンダーのメンバーだとわかりました。嘉多山興業とブルー・サンダーは、この兄弟を通じてつながってるようです。私は毒島の聴取に向かうので、ツルのほうはお願いできますか？」

「了解した」

しのぶは廊下へと出かかり、動きをとめた。部屋に戻り、わざわざドアを閉めた。

「浩介、今度は西沖をパクるわよ」

「――――」

「まだ詳細はわからないけれど、あの男と平出とが組んで、静岡の青山精機って会社に何か仕掛けてたにちがいない。西沖も平出も頭がよくて、簡単には尻尾《しっぽ》を摑《つか》ませないけれど、今度はうやむやにはさせないわ。いったん血が流れたら、連中はおとなしくはしてられない。それがヤクザよ。均衡《きんこう》が崩《くず》れたの。パクるチャンスだわ」

「――――」

「西沖達哉とあなたの間に何があったのかは、今は聞かない。でも、ひとつだけ言っておくことがある。この先、もしも西沖に関して何か動きがあり、あなたがそれを見聞きしたときには、決してひとりで動かないこと。必ず、重森さんに相談してちょうだい。わかったわね」

重森とふたり、改装中の店の様子を物陰から窺った。ツルが作業着姿の男とふたりで、店の表を塗り直しているところだった。金鎚《かなづち》や鋸《のこぎり》を使う音も相変わらずしており、店内での作業もまだつづいているようだった。

ツルが暴れたときのために、現在巡回中である山口勉と庄司肇を呼び寄せていた。ふたりの合流を待って、聴取に及ぶ予定だった。

「野球部の監督だったんです——」

浩介は、低く抑《おさ》えた声で言った。自分からしなければならない話だった。重森が、浩介と西沖が何か特別な関係にあることに、今まで気づかずにいたとは考えられなかった。去年のクリスマス・イブに西沖と偶然、再会したときからずっと、きっと何か察していたにちがいない。だが、自分からは詮索《せんさく》することのない人だった。

「あの西沖が、か——」

重森はさすがに驚いたらしく、ちらりと浩介の顔を見たが、すぐに視線を店のほうへと戻した。

「それがなぜ、ヤクザになったんだ？」

「わかりません」

「どうして監督を辞《や》めたのかは？」

「それもわかりません。これからじきに地方大会が始まるって頃でした。ある日、いきなりチームに出てこなくなってしまいました。そして、二、三日後に、校長から、事情で監督を辞めたと聞かされました」

「――それだけなのか？」

「それだけです」

浩介は、重森の横顔に目を走らせた。重森は何をどう訊こうか考えているようにも、ただツルの様子をじっと窺っているだけのようにも、どちらにも感じられた。

だが、これ以上、何かを訊かれても、何も答えられることはないのだ。

「おまえの親父《おやじ》さんに、何か聞いたことはないのか――？」

「いえ、ありません」

浩介は、重森の質問に我知らず戸惑いを覚えた。浩介が生まれた信州の田舎《いなか》町で、父親は今なお巡査をしている。浩介の祖父もまた警察官で、親子三代の警察一家だ。大学を卒業後、一般企業に就職したものの、今一つ張り合いを感じられなかった浩介が警察官の道を選んだのには、祖父と父の影響が大きかった。

野球部の監督だった男がなぜ突然、姿を消したのか。そして、新宿という街でこんな暮らしをするようになったのか。警察官の父ならば、事情を何か知っているかもしれない。しかし、それを確かめるのは躊躇《ためら》われた。十年前に西沖があの町から忽然《こつぜん》と姿を消してしまったとき、浩介は父に訊いたことがあったのだ。父は何も知らないと口では答えたが、目は別のことを言っていた。何も答えられることはない、と。

時が経てば経つほどに、あのときの父の目はこう言っていたように思えてならなかった。——警察官として、何も答えられないのだ、と。

「警察のデータベースで、西沖の情報を調べたことは——?」

「いえ、ありません」と、浩介は繰り返した。

「なぜだ?」

「——わかりません」

重森が、にっこりと微笑んだ。

「おまえは、やつが好きなんだな」

「——」

急に怖《こわ》い顔になった。

「しかし、それならいっそう心してかかれよ。さっき、彼女が言ったことを忘れないことだ。やつはヤクザで、おまえは警官なんだ。間には深い溝があるし、故郷にいたときの関係は、もう二度と戻らない。溝を跳《と》び越えようとすれば、待っているのは破滅だぞ」

「はい、わかっています。俺は、あの男には必ず警察官として接するつもりです」

「いや、わかっていない。警官が身を破滅させるのと、ヤクザが身を破滅させるのは違うってことだ。やつらは、この社会のどん底にいる人間たちなんだぞ」

「——どういうことでしょう」

「おまえは警官を辞めれば済むが、やつらにはそんな逃げ道はないんだよ。身の破滅はイコール、生きる場所を失うことを意味してる。下手《へた》をすりゃあ、殺されるってことだ」

「――――」

「浩介、そういったことがわからんうちは、本当に警官になったとは言えんのだ。わかったな」

「はい――」

　浩介は、頭を殴《なぐ》られたようなショックを受けていた。警官である自分がヤクザと特別な関係になることの不都合については考えたことがあっても、その逆は、きちんと想像したことなどなかったのだ。ヤクザにとって、警官は貴重な情報源だろうし、秘密のつきあいを築けば、色々と得なことがあるにちがいないと想像するだけだった。

　だが、西沖にとっては浩介とのつながりが、非常に危険なものだと重森は言っている。そんなふうに考えたことのなかった自分の浅はかさが、恨《うら》めしかった。

　しかも、それだけではないのかもしれない。西沖達哉が十年前に姿を消した理由を追及すれば、父が警察官として言えなかったものの正体を知ることになる。そうなれば、警察官になることを選んだ自分の生き方にも疑問を持たざるを得なくなる。心のどこかでそう思うが故《ゆえ》に、ずっと目をそらしつづけてきたのではないだろうか。

　路地の先に注意を戻した重森が浩介を手招きした。いつの間にか店内に姿を消していたツルが、表に出てきたところだった。一緒にペンキ塗りをしていた男に片手を上げ、花園神社裏の方角に向けて歩き出した。路地を出て右に進めば浩介たちが勤務する花園裏交番で、左に向かえば吉本の東京本部やテルマー湯がある。改装中の店を見張るには、そちら側からだと近すぎたので、浩介たちは反対側の遊歩道側に回って身をひそめていたのだった。

「どうします――？」

応援の山口と庄司はまだ現れない。

「ま、大丈夫だろ。見失うと厄介《やっかい》だ。我々だけでやるぞ」

浩介は、重森について物陰から出た。店の表にペンキを塗っていた作業着姿の男が、急に現れた制服警官に驚き、手をとめた。うずくまり、外壁の足元のほうを塗っていた姿勢のままでこっちを見つめる。

浩介たちは、足を速《はや》めた。気配に気づいたツルが後ろを振り向き、警戒した。

「鶴田昌夫。用があるので、ちょっとそこの交番まで来てくれ」

重森が言うと、ツルは斜《なな》め左下へと視線を下げた。首を横にひねるようなひねらないような微妙な動きをしながら何かを考え込んでいるようだったが、いきなり体を翻《ひるがえ》して走り出した。

「あ、こら。待て」

浩介は声を上げ、地面を蹴《け》ってあとを追った。ツルが巨体を揺すりつつ、路地の出口を目指して走る。だが、足はそれほど速くなかった。

「とまれ、鶴田。なぜ逃げるんだ⁉」

一目散《いちもくさん》に逃げていくツルの肩に手をかけるが、すごい力で振りほどかれた。だが、ツルは勢い余って斜めによろけた。その腰にしがみついてとめると、ツルの肘《ひじ》が浩介のこめかみに飛び込み、痛みで頭がくらっとした。しかし腕の力を緩《ゆる》めず、一緒にもつれるようにして地面に倒れた。

「ツル、おとなしくしろ。ただ、ちょっと話を聞きたいだけなんだ」

ツルは浩介が言うのを聞かず、必死で体をくねらせた。すごい力で、浩介を引きずって立ち上がろうとする。

だが、そのとき、別の体がツルにのしかかった。制服姿の山口と庄司、それに重森の三人だった。

「俺が何をしたって言うんだよ。俺は何も知らねえよ」

四人がかりでやっと両腕を背中にねじ上げ、手錠をかけた。

「チンピラが、手間をかけさせやがって。なんて馬鹿力だ」

庄司が憎々しげに言い、山口とふたりしてツルを立たせる。

「大丈夫か、浩介？」と、山口が心配そうに浩介の顔を覗き込む。

「大丈夫ですよ」こめかみの痛みを堪《こら》えつつ、浩介は首を振って笑って見せた。

「ちょっと待ってよ。何なのよ、あんたたち！　ツルちゃんがいったい、何をしたって言うのよ」

四人してツルを引っ立てようとしたときだった。激しい声を背中から浴びせかけられ、振り向くと、マリがすごい顔でこっちを睨《にら》んでいた。彼女のちょっと後ろには、作業着姿の男たちと一緒に早苗もいる。

「ねえ、説明してよ。ツルちゃんが何をしたって言うのさ！　ツルちゃんは、今日はずっとここで店の改装を手伝ってくれてたのよ」

ツルのほうへとずかずかと近づいてくるマリを、浩介はあわててとめた。

「なんでもないんだ。ちょっと話を聞きたいだけだから。落ち着いてくれ」

「浩介のバカ。あんたって、やっぱり、おまわりなのね――」

間近で睨んでくる目が、まぶしかった。

「――西沖さんの行方を捜してるんだ。知らないか？」

ためらいがちに訊くと、マリはますます怒りを募《つの》らせた。

「知らないわよ！　そんなの、知ってたって教えるもんですか！　このバカ！　お店になんか、絶対に入れてやらないからね！」

ちきしょう、入れてくれと頼んだわけじゃないさ……。浩介は、胸の中で小さくつぶやくしかなかった。

3

「記録は、俺が」と申し出る浩介を、重森は見つめた。何か言われたら、自分が立ち会ったほうがいい理由を並べ立てねばならない。浩介はそう思って理由を心の中で挙げてみたが、そのどれひとつとして大したものには思えなかった。

だが、重森は、何も訊こうとはしなかった。

「わかった。重森は、それじゃ、頼む。ヤマさん、おまえさんも同席してくれ。念のために、慎重にいこう」

ただそうとだけ告げ、先に立って相談室へと向かった。山口がすぐ後ろにつづき、浩介はあわててノートパソコンを持ってふたりを追った。

相談室のドアを開けて入ると、緊張した面持《おもも》ちの内藤が振り返った。ツルは部屋の真ん中に置かれたスチール机の奥に、こっちを向いて坐っていた。

「御苦労だった。あとは我々でやる」

内藤は重森にそう告げられると、ほっとした表情を隠そうともせずに退出した。さっきしのぶが使った椅子が、まだ仕舞《しま》われないままで机の横に置いてあった。浩介は壁につけてある小机の前にその椅子を移動させ、壁のほうを向いて坐った。パソコンを開き、電源を入れた。

重森が屈《かが》み込み、机の脚《あし》に固定していた手錠をはずし、次にツルの右手の手錠もはずし
「悪かったな、手荒な真似《まね》をしちまって」

と、ツルを見て微笑んだ。

「もう、暴れたりせんだろ。さっきみたいなことになると、次は抑えられないかもしれん。警察としちゃ、メンツもあるんでな。協力してくれよ。頼むぜ」

人間関係の距離感とか複雑さとかを、さり気《げ》なくはぐらかすような笑みだった。ツルは、どう対応すればいいのかわからないといった様子で黙り込んだ。

「一応言っておくが、公務執行妨害で逮捕だ。ポケットの中のものを、全部ここに出してくれ」

命じられ、しぶしぶと従う。携帯電話、札入れ、タバコ、使い捨てライター、それにティッシュ。持ち物は、たったそれだけだった。

「中を見せてもらうぞ」

重森が言って札入れを開く。千円札ばかりが、それも七、八枚程度しか入っていなかった。次にカード入れのほうをあさろうとする重森の指を、ツルが固唾《かたず》を呑《の》むように見つめていた。銀行カードやクレジットカードの類《たぐい》はなく、出てくるのは飲み屋やスナックら

しい名の店のネームカードばかりが数枚。

それらのネームカードと同じ名刺大の写真を一枚、重森の指がつまみ出すのを見て、ツルはあわてて腰を浮かした。

「おい、それは——」

かすれ声が漏《も》れ、浩介をチラッと見たが、目が合うとすぐにそらしてしまった。

そこには、ツルとマリが並んで写っていた。ふたりとも見るからに酔っていて、特にツルのほうはでれでれの顔をしていた。

「さっきの子だな。つきあってるのか？」

重森が静かに訊くと、ツルは巨大な両手を顔の前で激しく振った。

「そんなんじゃねえよ」

「そうか」

重森は、それ以上は何も訊かずに写真を札入れに戻した。札入れを閉じて自分の前に置き、

「単刀直入《たんとうちょくにゅう》に訊くぞ。兄貴分の西沖は、今、どこだ？」

これまでと同じ、極《きわ》めて静かな声だった。

「知らねえよ、そんなこと」

「知らないわけはないだろ」

「嘘なんかつかねえ」

重森は黙ってツルを見つめ、間を置いた。

「今日は、会ったのか？」

「いいや、会ってねえ」

「じゃあ、最後に会ったのは？」

「もう一週間ぐらい会ってねえ」

重森は、ため息をひとつ吐《つ》いて見せた。

「鶴田。おまえは執行猶予《ゆうよ》中の身だ。ヤクザの執行猶予がどういうものかは、聞いてるな」

「脅《おど》されたって、何も言わないぜ」

「ただ正直に答えればいいだけの話だ」

「だから、何も知らねえと言ってるだろ」

「おまえ、そういう態度を取ってると、ほんとにすぐにムショ行きになるぞ」

机の脇に立つ山口が、ツルを怒鳴《どな》りつけた。いわゆる「怒り役」を実践《じっせん》したのだ。まあまあ、と、重森が山口を手で制し、相変わらずの静かな声でツルに話しかけた。

「平出の件は、もちろん知ってるな」

ツルの喉《のど》ぼとけが、ころりと動いた。

「何も知らねえ」

「おいおい、同じ組の人間が刺されたんだぜ。何も知らないことはあるまい」

ツルは、唇を引き結んだ。そんなふうにすると強情そうな印象が増すが、同時にガキ大将がそのまま大人になったような雰囲気も濃くなる男だった。

「なあ、平出は静岡でどんなことをしてたんだ？　知ってることを教えてくれや」

「見くびるなよ。警察に組の話をぺらぺら喋《しゃべ》ったりするもんか」

「今、俺たちに喋らなくても、やがて新宿署で話すことになるぞ」

「いいや、何も喋らないね」

重森は、しばらく間を置いた。

「西沖が組同士の抗争で死んでもいいのか？」

「――何を言ってる？」

「西沖と平出は兄弟分だ。平出が刺されたら、先頭に立って報復するのは西沖だろ。今、仁英会と嘉多山興業とはきな臭い状態にある。もしも抗争が始まれば、西沖が真っ先にその矢面《やおもて》に立つことになるぞ。なあ、ツルよ。おまえらの世界にゃ、通さにゃならんスジがあることは、俺にだってわかる。しかしな、ヤクザ同士のつまらん見栄《みえ》や意地の張り合いなどでタマを取り合うのは、バカバカしいと思わんか」

「ふん、そんなんじゃねえんだよ。今度のことは、そんなんじゃねえんだ」

「じゃあ、何なんだ？」

「平出の兄貴が――」

そう言いかけ、ツルはあわてて口を噤《つぐ》んだ。

「平出がどうした？　おまえ、静岡の青山精機の一件を言ってるんだな？　何か知ってるなら、教えてくれ。俺たちだって、この新宿で何かが起こったら困るんだ。手遅れになる前に、西沖と話させてくれ」

「とにかくこれは、組同士の抗争になるようなことじゃねえんだよ。西沖の兄貴だって、ちゃんとわかって動いてる」

「じゃあ、何なんだ？　おまえ、何を知ってる？」

ツルは手元へと目を伏せた。唇を固く嚙《か》みしめ、じっと一点を凝視《ぎょうし》する。懸命《けんめい》に何かを考えた末、やがて、ゆっくりと顔を上げた。

「自分で判断ができないときは、何も話すな」

「――何だ？」

「兄貴から、そう言われてる。どうしていいのか、自分の頭で判断ができないときは、決して何も話すなとな。おまわりさん、俺は何も言わないぜ。俺は、兄貴の言いつけを守る。ムショに送りたけりゃ、送りゃあいいさ」

ツルは鼻孔《びこう》を膨らませて宣言すると、どこか誇らしげに肩をそびやかした。

日暮れどき、ラブホ街に一本だけのアオギリに、今日もまた多くの鳥が戻ってきていた。ちょっと前から自転車を降りて押していた浩介は、足をとめて頭上を見上げ、鳥の声に耳を傾けた。

公園樹としてよく見かける木だったが、何の手入れもされていないために茂り放題の枝が大きく腕を広げ、隣の敷地を侵《おか》しかけている。周辺にほかに高い木がないため、鳥にはここぐらいしか戻る場所がないのだ。そう思うと、いつでも少し物悲しい気分になる。その一方、夕暮れに警邏があるときには、必ずここに立ち寄りたくもなるのだ。

結局、ツルは一言も喋らないままで、新宿署へと移送されていった。あの男が断固として何も言わないと宣言したときのことを思い出すと、腹立たしい気分がこみ上げた。あいつは、バカだ。西沖の身を案じるならば、知っていることを洗いざらい警察に話すべきなのに、そうしようとはせずに、言いつけだからと言って口を噤みつづけるなんて……。しかも、そうする自分をどこか誇らしげにしていたことが許せなかった。

しかし、自分がもしもあの男の立場だったなら、やはり西沖の言いつけを忠実に守ろうとするかもしれない。――本当は、そうわかっていることこそが腹立たしいのかもしれなかった。

十代の夏は、野球とともに終わった。今でも、そう思う。しかし、はたしてそれは、自分で打ったピリオドだったのだろうか。今でも、ふとそれがわからなくなるときがあった。もし、野球部の監督だった西沖がいきなり姿を消したりなどしなかったならば、何か違う終わり方があったのではないだろうかと――。

浩介は自転車にまたがり直し、パトロールにふさわしい速度でペダルを漕《こ》いだ。進行方向には大久保通りがあった。新宿方面からラブホ街を向こう側へと抜けると、大久保のコリアン・タウンへと至る。その手前を、大久保通りが横切っているのだ。そのさらに一本こちら側を、大久保通りと並行して延びる細い路地のことが、頭の片隅《かたすみ》に引っかかっていた。

今年の三月、隆という少年の行方が知れなくなったとき、西沖ならば何か知っているかもしれないと思って居所を捜したことがある。そのとき、この通りにあるお好み焼き屋や雀荘《ジャンそう》などが、西沖の馴染みであることを知ったのだった。

かといって、そんな場所に今、西沖がいるはずがなかった。三月のあの事件以降も、何度かここを通ったことがあるが、一度として西沖を見かけたことなどなかった。それに、あの男は組にも、自宅にも、馴染みの場所にも見当たらないと、深町しのぶがそう言っていたではないか。自分はただ警邏のコースとして、その界隈《かいわい》を走っているだけだ。

浩介はそう思いつつも、お好み焼き屋の前に至ると再び自転車を降りた。店は開店直後らしく、表のガラス戸に暖簾《のれん》はあってもまだ静かだった。ガラス戸には磨《す》りガラスが使われていて、中を覗き見ることはできなかった。

　自転車を押しつづけ、通りを真《ま》っ直《す》ぐに進んだ。小さな事務所が入った雑居ビルの一階に、ちらほらと飲食店も存在する通りだった。人通りはまだ、多くなかった。三月にツルのあとを尾《つ》けて向かった雀荘も近くだったが、今度はわずかに歩調を緩めただけで通り過ぎかけた。

　そのときだった。

　ちょっと先で何かやりとりをする女が浩介の注意を引いた。四十過ぎぐらいの女は白のインナーを着て膝丈《ひざたけ》の黒いスカートを穿き、黒のジャケットを今は脱いで左腕にかけていた。一方、外見や雰囲気がいかにもキャリアウーマンっぽい彼女が話す相手のほうは、砕《くだ》けた格好をした目つきの悪い男で、そのアンバランスが注意を引いたのだ。

　しかも、女のほうが男に何か食ってかかり、しきりと食い下がっているように見える。困惑《こんわく》気味な男が立つ脇には、黒いセダンが駐《と》まっていた。男が彼女に背中を向け、その車に乗り込もうとするも、女がそれを許さなかった。ドアを開けた暴力団員っぽい男の二の腕を摑み、引き戻そうとする。男はそれを嫌って腕を引き抜くが、女がしつこくまとわりつく。

　危ないな、と浩介が思った瞬間、男が女を押しのけた。女は後ろによろけて、尻餅《しりもち》を搗《つ》いた。かなりの勢いで押されたため、そのまま引っくり返って背中まで地面にぶつけた。

「ちょっと、あんた――」

浩介が呼びかけ、男が振り向いた。ペダルを漕ぐ足に力を籠《こ》めて迫る制服警官に驚き、ぎょっとする。男は運転席に滑り込むや否《いな》や、車を発進させた。少し先の十字路を、大久保通りの方向へと曲がる。

「大丈夫ですか？　動かないで。待っててください」

ぼうっとした顔で立ちすくむ女に声をかけ、浩介は車のあとを追って走った。十字路にたどり着いて見ると、車はもう、大久保通りを左折して姿を消そうとしているところだった。だが、ナンバーはしっかりと確認した。

浩介はすぐに無線で本部に連絡を入れ、所属、氏名、現在地を申告し、ナンバー照会を依頼した。

自転車をUターンさせると、路上に呆然《ぼうぜん》と立ち尽くす女性に近づいた。彼女はさっき倒れたときに擦《す》り剝《む》いたらしく、左肘から血を流していた。

浩介は、ズボンのポケットからティッシュを取り出し、そっと彼女に差し出した。間近で見ると、たぶん四十代の後半だとわかる。痩身《そうしん》で姿勢がいいために、実年齢よりも若く感じさせるタイプだ。目鼻立ちのはっきりとした、綺麗《きれい》な人だった。

「なに――？」とでも問いたげに見つめ返してくるのに、「肘から血が」と答えると、彼女ははっとした。

「あら、やだ――」

急に痛みに気づいた様子で指をはわせ、あわててハンドバッグを開けて中を探《さぐ》ろうとする。

「服に血がついちゃいます。これを使ってください」

浩介が改めて差し出したポケットティッシュに礼を述べ、それでそっと肘をぬぐう。

「大丈夫ですか？」

浩介は、しばらく彼女を見守ってから声をかけた。

「大丈夫です。何ともありません」

彼女は、大きく深呼吸をした。声が微《かす》かに震えていた。

「今の男は、何です？」

「わかりません。私、何もわかりません……。お世話になりました。もう、大丈夫ですので――」

今度は早口で答え、逃げるように背中を向ける。どうやら、さっきの男に押しのけられて倒れたことよりも、こうして警官と関わり合うことのほうが彼女には大問題らしい。

「ちょっと待ってください」

浩介は、あわてて女をとめた。

「住所と氏名をお聞かせください」

メモ帳とボールペンを構えつつ、相手から目をそらさないままで浩介が言うと、困惑に怒りが混じってきた。

「なぜです？　そんな必要があるんですか？」

「お願いします。それとも、何か住所、氏名を名乗れない理由がおありなんでしょうか？」

警官にこう尋ねられると、返事を拒《こば》みつづけるのは難しいものだ。

「氏名は、青山小夜子《さよこ》。住所は静岡県浜松市《はままつ》──」

彼女が答えるのを聞いて、浩介はどきりとした。「青山」だけならば、たまたま苗字《みようじ》が同じだということもあり得るが、住所が静岡となると──。

「青山精機の方ですか──？」

今度は、青山小夜子がどきりとする番だった。

「そうですけれど──」

そわそわと、落ち着きをなくしてくる。

「青山精機との御関係を教えていただけますか？」

「社長をしています。父が大きくした会社を、一人娘である私が継《つ》ぎました」

自然に滲《にじ》み出る誇りのようなものが感じられた。

「今の車の男は、いったい何者なんでしょう？　さっき、あの男と何を話していらしたんですか？」

今度は顎《あご》を引いてうつむき、何も答えようとしなかった。

無線連絡が入り、浩介はイヤフォンを耳にねじ込んだ。「ちょっと失礼します」と断わって彼女から何歩か離れ、応答した。

「こちら本部。ナンバー照会、氏名、毒島伸治《しんじ》――」

本部指令センターのオペレーターは、車両登録された車の持ち主のフルネームを報《しら》せたあと、手順通りに「生年月日」、「本籍」、それに前科と指名手配の有無を告げた。

毒島伸治には、傷害と脅迫で逮捕された前歴があった。

この苗字にも聞き覚えがある。さっき、深町しのぶが交番で口にした嘉多山興業の組員の名は、毒島誠一、しかも、その弟がブルー・サンダーにいて、嘉多山興業とブルー・サンダーのふたつは、この兄弟を介して結びついている可能性が高いのだ。

浩介が通信を終えて彼女のほうに向き直ると、青山小夜子は少し顎を引き、強い風にでも煽《あお》られたかのように両目に力を込めていた。

「恐れ入りますが、少しお話を聞かせていただきたいんです。交番までおいでいただけますか？」

浩介がそううながすと、悲しそうな目になった。

4

相談室を使用するのはやめて、表に面した見張所で話を聞くことにした。それは、浩介から報告を受けた重森の判断だった。花園裏交番へと向かう途中、青山小夜子は一言も口を利かなかった。浩介が何か話題を振ってもそれに乗ってはくれず、ただ黙って歩きつづけ、憮然《ぶぜん》とした様子で交番に入ったのだった。

戸惑いや恐怖が過ぎると、自分が警察から話を聞かれる事態に陥ったことに対して、腹立たしさを感じているらしい。そんな女性を、取調室とも見紛《みまが》いかねない相談室に坐らせれば、いっそう頑《かたく》なになってしまうにちがいない。

「お茶をどうぞ」と、重森が勧《すす》めた湯呑《ゆのみ》を手に取り、小夜子は飲んだ。不機嫌そうな顔つきは相変わらずだったが、喉が渇《かわ》いていたのだろう、湯呑はすぐに空になった。浩介は重森の目配《めくば》せを受けて、再び新たにお茶を注《つ》いだが、今度は手をつけようとはしなかった。

「災難でしたね。体はどこか、怪我をされたりしてませんか？」

重森の問いに、「いえ」と小さく首を振る。

「あの……、ひとつ伺《うかが》いたいんですが、よろしいでしょうか？」

「なんでしょう？」

「――おまわりさんたちは、なぜ、私のことを？」

質問は重森に向けられた形だったが、彼女は目で浩介を指してもいた。さっき、浩介の口から青山精機の名前が出たことを訝《いぶか》しがっている。それにおそらくは、浩介が無線で何を確認し、どんな答えを得たのかを気にしているのだ。

「一昨日、静岡で刺された平出というヤクザは、ここらを縄張りとする組の構成員なので、我々にも捜査の協力要請があったんです」

「そうだったんですか……」

小夜子はただそう応じただけで、あとは何も言おうとはしなかった。相変わらず困惑しているようにも、何かを胸の底へとじっと押し込めているようにも見える。

「色々と大変だったようですね。今日は、どうしてまた新宿に？」

重森は、淡々と質問をつづけた。

「ちょっとした用足しです」

「どのような？」

「取引先との打ち合わせですよ。おまわりさん、私、そんなに時間がないんです。必要なことだけ確認したら、帰っても構わないんですよね」

「もちろんです」

「それじゃあ、ほかには何を答えればいいんでしょうか？」

「毒島伸治という名前に心当たりは？」

小夜子が、硬直した。

「——どうしてでしょう？」

「さっき、あなたが風体《ふうてい》の悪い男と何か言い争いをしていたと、この坂下巡査から報告を受けました。男があなたを押しのけて乗った車は、この毒島伸治という男の持ち物でした」

彼女は、硬い表情のままでうつむいた。何かを自分から話しそうな兆候は見当たらない。

「嘉多山興業に、毒島誠一という男がおります。そして、この男の弟がブルー・サンダーという半グレ集団にいます。あなたはこのふたりを御存じなのでは？　坂下巡査が目撃したとき、あなたが何か言い争いをしていた男は、この兄弟の弟ではないのですか？」

何も話すまい、という様子が強まったように見える。こういうときの重森は、決してあわてない。しばらく、静かに彼女の様子を観察してから、

「それでは、ちょっと質問を変えましょうか。菅野陽平という名前のほうは、どうです？　御存じの男ですか？」

重森の口調は相変わらず穏《おだ》やかなものだったが、小夜子は見えない棘《とげ》に刺されたみたいに見えた。

「なぜですか――？」

「平出悠を刺傷した二人組のひとりと思われます」

「違います。あの子は、そんなことをしていません」

青山小夜子が激しく否定し、重森のことを睨みつけた。

「あの子、とは――？」

重森にそう訊き返されると、目をそらした。机の湯呑に手を伸ばしかけたが、途中でやめて引っ込めた。

「息子です……。菅野陽平は、私の息子です――」

見張所の雰囲気が、一変した。居合わせた制服警官たち全員が、彼女に気取《けど》られないように注意しつつ、お互いの顔を見合わせる。

表の通りを、酔っ払いの一団が通って行った。大声で交わされる会話と笑い声が遠のくのを待って、重森が改めて口を開いた。

「どうも、色々と事情が込み入っておいでのようですね。わかりやすく、順番に話していただけますか」

小夜子は膝のバッグを開け、中をまさぐった。その途中で動きをとめ、

「――ここは、タバコは？」

重森は微笑んだ。

「申し訳ない。禁煙なんです。ですが、大きな声じゃ言えませんが、我々も裏でそっと喫《す》うことがありますよ。こういう仕事をしてますと、ときには喫わなけりゃいられないときもあるんです。さ、どうぞ、こちらへ。遠慮なく」

躊躇う小夜子をうながして椅子を立つと、奥の休憩室へといざなった。そうするのは小夜子への気遣《きづか》いであると同時に、本格的に話を聞き出すまでは帰さない工夫でもあるのだろう。浩介は、主任の山口ともども、さり気なくふたりのあとにつづいた。

休憩室では、藤波新一郎と庄司肇のふたりが時間を潰《つぶ》していた。ふたりとも、浩介よりも先輩の警察官だ。小夜子の聴取を表の見張所で行なうことになったので、あまり大勢が居ないほうがいいと気を使ってこちらに引っ込んでいたのだ。小夜子とともに入ってきた重森たちを見て、心得顔《こころえがお》で見張所へと出ていく。

「さあ、灰皿をどうぞ。お坐りになってください」

重森は、戸棚から出したガラスの灰皿をテーブルに置いた。休憩室の一角は、畳敷きの小上がりになっており、テーブルはそこにある。小夜子はちょっと迷ったようだが、結局、靴を脱いで坐り、バッグから出したタバコに火をつけた。巻きの細い外国タバコだった。深く吸い込み、煙が肺に染《し》み渡るのを待つように薄目を閉じる。

重森が向かいに坐った。

「さて、それでは、どこからお聞きしましょうか。息子さんと苗字が違うのは、なぜなんでしょう？　差《さ》し支《つか》えなければ、教えていただけますか」

「菅野は、別れた主人の苗字です」

「離婚されたのは、いつでしょう？」

「五年ほど前になります」

「そのとき、御主人が息子さんを引き取ったわけですか？」

「そうです」

「その後、息子さんとは？」

「あまり頻繁《ひんぱん》には会っていません。別れた主人がそれを嫌がりましたし。でも、電話では毎月、何度か」

「陽平君と最後にお会いになったのは、いつですか？」

「三、四日前です」

「三日前ですか？　それとも、四日前？」

「――三日前です。夜でした」

「そのとき、どんな話を？」

「特には……。ただ近況を話したり……。そういうことです……」

重森の目が鋭さを増す。

「青山さん。息子さんの無実を信じていらっしゃるのなら、御存じのことを何もかも正直に話していただけませんでしょうか？　警察は、市民の味方ですよ」

「――――」

小夜子は悲しげに重森を見つめ返した。浩介は、さっき自分も彼女からこんなふうに見つめられたことを思い出した。この人は、いったい何を抱えているのだろう。

「息子さんの現在の居場所に、心当たりは？」

「わかりません」

「そうしたら、ちょっとまた質問を変えます。坂下が目撃した男と何か言い争いをなさっていたとき、あなたは何の用事であの場にいたんですか？」

「用なんか、ありません」

「それじゃあ、たまたまあそこでばったり出くわしたとでも？」

「――そうです」

「西沖達哉を訪ねて来たのではないんですか？」

浩介はふたりの話に割り込み、自分で意識する前に問いかけていた。

小夜子が、はっとして浩介を見つめる。

その表情が、答えだった。微かな躊躇いを振り切り、浩介はつづけた。

「あなたを見かけたとき、俺は雀荘の前にいました。そこは、仁英会の西沖達哉が懇意《こんい》にしている店です。西沖は、刺された平出の兄貴分です。あなたはそれを知っていて、西沖に会うために新宿に出てきたのではないですか？　教えてください。　何のために西沖に会いに来たんですか？　それで、西沖とは会えたんですか？」

小夜子はタバコのパックに指を走らせ、新たな一本を抜き出した。だが、唇に運ぶことはなく、それを指先で弄《もてあそ》んだ。

浩介はしばらく待ってみたが、長く辛抱《しんぼう》することはできなかった。胸の中で、青白い炎が燃え始めていた。

「黙っていては、わかりませんよ。話してください、青山さん」

彼女のほうに身を乗り出す浩介を、重森がそっと押しとどめた。体の向きを小夜子のほうに戻し、改めて口を開く。

「青山さん。あなたは息子さんを心配して、西沖達哉と会おうとしていた。会って、息子さんの話をしようとしてたんですね。息子さんが平出を刺したのかどうかは、確かにまだわかりません。しかし、有力な容疑者であることは間違いありません。と、いうことは、仁英会の人間も、息子さんを追っている可能性がある。あなたはそう考えて、西沖と話しに行った。違いますか？」

小夜子は唇を引き結んだ。その顔から血の気が引き、頬《ほお》が紙のような色になっていた。こめかみに、青く太い筋が浮いている。

重森は、辛抱強く話を進めた。

「青山精機は、先代の社長であるあなたのお父様が亡《な》くなって以来、大変なことになっていると伺いました。嘉多山興業と仁英会というふたつの暴力団が、青山精機を食い物にして争っていると。そうですね。決して脅かすわけではありませんが、これから私がする話を、よくお聞きになってください。このふたつは、ともに新宿を縄張りにする組織で、しかも、犬猿の仲なんです。そんな中で、仁英会の組員である平出悠が刺されました。今、この新宿では、ふたつの組織の間で、何が起こっても不思議ではない状況です。このままでは息子さんは、そうした組織同士の争いに巻き込まれるかもしれません。その前に、できるだけ早く保護しなければ――」

「違うんです！　青山精機とあの人の関係は、警察が思っているようなことではないんです」

激しい否定の声が、青山小夜子の口から飛び出した。

「あの人とは、平出のことを言ってるんですね？」

「そうです――」

「それならば、どういう関係なんです？」

「彼は……、平出さんは、もしかしたら青山精機の二代目になっていたかもしれない人です」

さすがの重森が、一瞬、言葉に詰まった。

「つまり、あなたと平出悠とは、結婚の約束をしていたと——？」

「そうです。私の父の青山泰造も、それに、私が結局、結婚することになった陽平の父親の剛《つよし》も、彼のことをよく知っていました。別の言い方をすれば、この二十年以上の間ずっと私たちの傍《そば》にはいつも、あの人の影が横たわっていたんです……」

「平出との結婚は、なぜだめになったんです？　いったい、何があったんですか？」

「彼が、人を殺しました」

小夜子は静かにそう告げてから、その言葉が制服警官に与える影響を推《お》し量《はか》るような間を置いた。

「彼の実家も、うちと同じような精密機械メーカーでした。でも、お父さんが亡くなったとき、ヤクザが乗り込んできたんです。どういう手口だったのか、詳《くわ》しいことはわかりませんが、今、うちに起こっているような騒動が、あのとき、彼の実家でも起こりました。結局、闇組織に食い物にされて、そのショックでお母さんもお父さんの後を追うようにして亡くなって……。怒りに駆られた彼は、その主犯格だったヤクザを刺したんです。——皮肉なことです。うちに今度のトラブルが起こったとき、あの人がまた私の前に現れるなんて——」

「——ちょっと待ってください。平出は、あなたのお父さんが残した会社を、食い物にしたのではないんですか？」

「いいえ、それは違います。あの人は、青山精機を守ってくれたんです。最初は、そんなつもりはなかったのかもしれない。でも、これだけは言えます。もしもあの人が現れなかったら、間違いなくうちはヤクザ者たちに、もっと骨の髄《ずい》までしゃぶり尽くされていたはずです。そして、彼の実家と同じように、影も形もなくなっていたでしょう。うちがぎりぎりで踏みとどまれたのは、彼のおかげなんです」

小夜子は力を込めてまくし立てた。彼女の言う話が、客観的にどこまで真実なのかはわからない。自分たちこそが会社の救世主だと信じ込ませるのもまた、平出たちのようないわゆる経済ヤクザの手口だろう。

しかし、いずれにしろ青山精機の経営者である青山小夜子が、手放しで平出悠という男を信じていることは間違いなかった。

「でも、陽平はそれをわかってないんです――。あの子ったら、平出さんのことを誤解して……。うちがこんなことになったのは、みんなあの男のせいだからって……」

小夜子は言いかけ、あわてて口を閉じた。

「息子さん自身が、あなたにそう言ったんですね?」

「――――」

「それで、平出を襲うと?」

「いいえ、そんなことまでは言っていません」

「息子さんが『みんなあの男のせいだ』と言ったのは、それはいつです？　最後にお会いになったという、三日前の夜のことですか？」

「はい……」

母親の声が、震えを帯びた。平出悠が刺されたのは、一昨日。つまり、その翌日なのだ。

「私が悪いんです。私、きっと心のどこかでずっと、あの子の父親と平出さんのことを比《くら》べつづけていました。もしも、夫がこの人ではなかったらと思う気持ちがあったんです。そして、陽平はたぶん、私のそんな気持ちを感じ取っていたのだと思います。——もしも、あの子が本当に平出さんを刺したのだとしたら、それは私のせいなんです。おまわりさん、あの子を助けてください。あの子がヤクザの手にかかって殺されたりしたら、私……」

重森は小夜子が落ち着くのを待って、静かに口を開いた。

「話を戻しますが、それで西沖達哉とは、会えたんですか？」

「いいえ」

「さっきこの坂下が申し上げた雀荘のことは、どうやって知ったんです？」

「平出さんから聞きました。もしも何か支障があり、自分と連絡が取れないときには、あの店の店主に伝言を残せと言われていたんです。それで、もしかしたら西沖さんとも連絡が取れるのではないかと思って、昨日、電話をしたんですが、でも、けんもほろの答えしか聞けなくて。一応、伝言を頼んだのですが、西沖さんから連絡をもらうこともできなかったので、思い切って訪ねたんです」

「西沖達哉も御社絡みのもめ事に、最初からずっと平出とともに動いていたのですか？」

「それはよくわかりません。私があの人と会ったのはつい最近で、それも一度きりですし」

「具体的には、いつ会ったのですか？　そのときは、どういった用で？　西沖とは、どんな会話をしたんです？」

「用も何もありません。一週間ぐらい前です。自宅に着いて鍵《かぎ》を開けようとしたら、背後から声をかけられたんです。私を待ち受けていたんでしょう。目つきの鋭い人だったので、ドキッとして、怖くなりました。でも、そうしたらそれを敏感に察したみたいで、すぐにすまなさそうに詫びて……。そして、あの人、私と平出さんの話を聞きたいって」

「あなたと平出の、過去のいきさつを聞きたいということですね？」

「そうです」

「あなたは、話して聞かせた？」

「はい」

「どんなことを？」

「ですから、今、おまわりさんにしたような話です」

「それで全部ですか？」

「全部です」

重森はいったん質問をやめ、タバコをふかしているかのように息を吐いた。

「そうしたら、もう一度、先程のことを伺いますよ。あなたは西沖達哉に会うために、さっきの雀荘に行った。そして、そこで男と出くわし、何か言い争いになった。あなたのほうが何か男を問い詰めているようだったと、この坂下は言っています。男はブルー・サンダーの毒島伸治だった。それで間違いありませんか？」

「――違います」

「青山さん」

「あれは、毒島誠一。兄のほうです。あの男が何人ものいかつい男たちを連れて、うちの会社に乗り込んで来たんです。私、あそこであの男を見かけ、びっくりして声をかけました。ここで何をしてるのか、西沖に何の用なのかと問い詰めたんですけれど、あの男は何も応えずに逃げてしまいました。それだけです。だから、本当にこれ以上、お話しできることはないんです」

浩介は、重森がどう判断したのかを確かめたくて、その横顔をそっと窺い見た。彼女の話が本当だとすれば、兄は弟の車を借りて、あそこにいたということか。山口が重森に目配せし、素早く部屋を出た。前科者データで、兄弟の顔写真を確かめにいったのだ。

携帯電話が鳴り、小夜子が手元のバッグを探った。

モニターを確かめ、訝しげに眉間《みけん》にしわを寄せた。

「どうしたのかしら、離婚した主人からです。よろしいですか？」

「もちろんです、どうぞ」重森が応じ、浩介ともども腰を上げ、表の見張所へとつづく戸口に移動した。

見張所の端末を操作していた山口が、プリントアウトした顔写真のデータを持って戻ってきた。

「毒島誠一と伸治の顔写真をプリントしました。おい、おまえが見たのは、この男か？」

山口は重森の手に二枚とも渡してから、毒島誠一の顔写真を浩介に指し示した。

「そうです」

浩介は、すぐにうなずいた。五分刈《ごぶが》りの頭髪、濃い眉、えらがいくらか張った四角い顔。さっき青山小夜子と言い争いをしていたのは、間違いなくこの男だ。

「なんですって⁉　そんな……。嘘だわ。そんなのきっと何かの間違い、人違いよ」

携帯でやりとりをしていた小夜子が、いきなり甲高《かんだか》い声を上げた。

「だって、そんなことがあるわけがないもの……」

呻《うめ》くように言う声が唇から漏れ、携帯電話を握った手が震えている。顔が紙のように青

ざめた小夜子は、ひそめた声でさらに二言三言やりとりしてから、

「馬鹿言わないで。私が行くわ。私が行かなければ……」

急にまた声を高めて強く主張し、

「川崎東署ね。わかった」

通話を終えた電話をあわただしくバッグに戻した。

やりとりに耳を澄ませていた浩介たちのほうに向き直って立とうとした小夜子は、腰を上げかけたところで、ふっと見えない糸が切れたみたいにぐらついた。貧血を起こしたのだ。

走り寄った浩介が、飛びつくようにしてその体をささえた。彼女の体重を両腕で受けとめ、そっと腰を下ろしてやる。

重森が冷蔵庫で冷やしていたお茶を出して湯呑に注ぎ、小夜子の前に差し出した。

「どうぞ。ゆっくり飲むといいです。落ち着きますよ」

彼女はまだ震えが収まらない両手で湯呑を受け取り、苦い薬を我慢するみたいに飲み干した。

「何があったんですか――？」

重森が、小夜子の顔を見つめてそっと訊く。

「私、行かなくちゃ……。息子が、陽平らしい男の死体が発見されたと――」

「川崎東署から、そう、別れた御主人に連絡があったんですね。我々がお送りしましょう」

「いいえ、そんな。お手数をかけるのは恐縮ですので——。それに、きっと何かの間違いに決まってます。そうよ、きっと間違いです……」

小夜子は形だけ遠慮したが、放心して何も考えられないように見えた。

「ここでちょっとお待ちになっていてください。ヤマさん、しばらく交番を頼む」

重森は言い置き、浩介をうながして休憩室を出た。

「浩介、俺とおまえで行くぞ。車を前に回せ。俺は、深町さんにもう一報しておく」

重森は、青山小夜子から花園裏交番で話を聞くことになったとき、すでにしのぶにそれを報告していたのだった。

5

間違いではなかった。菅野陽平の遺体は川崎東署の遺体安置室に収容されており、青山小夜子は一足先に着いていた菅野剛からそれを告げられた。菅野は、小夜子と同じ四十代後半ぐらいの痩《や》せ型の男で、鼻筋《はなすじ》の通ったハンサムだったが、神経質そうな感じもした。

「私も息子に会います。会わせてください」

小夜子の望みは、刑事部屋の片隅に置かれた応接ソファで菅野と一緒に待っていた刑事たちによって、やんわりと拒絶された。

「いえ、すでにお父様に御確認いただいておりますし、御本人が身に着けていた免許証の顔写真とも一致します。残念ですが、御遺体は、御子息に間違いないと思われます」

「いいえ、私が確認しなければ……。だって、私の息子なんですもの。私があの子に会って、確かめなければ」

「今、御遺体は一時的にここに保管されていますが、解剖《かいぼう》の順番を待っているところなんです。お母さん、お気持ちはわかりますが、お会いになるのは、もう少し時間を置かれてからのほうが。経験上、お勧めできませんよ」

「でも――」

「御遺体には、まだ損傷の痕《あと》が生々《なまなま》しいのです」

「――」

「まずは少し落ち着いてください」

「私は落ち着いてます。失礼なことを仰《おつしや》らないでください」

小夜子は声を荒らげかけたが、その途中で別の自分が頭をもたげたらしい。

「ごめんなさい。失礼しました。私ったら……」

詫びの言葉とともにすすり泣く彼女に、菅野が寄り添った。別れた夫がそっと二の腕に触れるのに、小夜子は気づいた様子もなかった。

「私は川崎東署の品川《しながわ》と申します。こちらは、同僚の池田《いけだ》です」

彼女が落ち着くのを待って、年配のほうの刑事が改めて自分と部下とを紹介した。品川は四十代の半《なか》ばで、池田は二十代の後半。こうして遺族の対応をしているところからすると、品川はたぶん事件担当の班長だろう。

「恐れ入りますが、別室で少しお話を伺えますか?」

小夜子と菅野のふたりをうながして立ちかけたとき、刑事部屋の入口にすらっとした女が現れた。深町しのぶだった。恰幅《かっぷく》のいい、いかにも押しの強そうな男が一緒にいた。小夜子が、その男を見てふらふらと近づいた。

「ああ、叔父《おじ》さん」

「遅れて悪かったね。どうも東京は様子がわからず、タクシーで駆けつけたんだが、渋滞に巻き込まれてしまった」

叔父さんと呼ばれた男は口早にそう説明してから、この部屋のどこかに隠れている答えを探すかのように顔をめぐらせた。小夜子はここに来る途中、パトカーの中から携帯でこの男に連絡をしていたのだった。亡くなった青山泰造の弟で、会社の専務をしているらしい。

「それで、陽平君は? 彼はどうなったんだ? まさか……」

「やっぱり陽平だったのよ……。信じられないわ……、私。あの子が、こんなことになるなんて……」

小夜子は顔を歪《ゆが》め、こみ上げてくるものを懸命に抑え込んだ。

「新宿署の深町です。うちも静岡からの協力依頼を受けておりまして。連絡を聞いて、参りました。署の入口で、こちらの青山さんと偶然に出くわしたものですから、御案内したんです」

しのぶが品川たちに近づき、小夜子たちを気遣った控えめな声で挨拶《あいさつ》する。

「川崎東署の品川です。上司の方から連絡を受けておりますよ。うちも、一緒にやれたほうが助かります。よろしくお願いします」

品川が、如才《じょさい》なく応対する。小夜子を慰《なぐさ》めていた叔父の青山が、その品川のほうに向き直った。

「陽平の母の叔父に当たります。私も仕事で一緒に東京に来ていたものですから、連絡を受けて参りました。詳しくお話を聞かせていただけますでしょうか」

礼儀正しく述《の》べつつ、品川に名刺を差し出す。名刺には、青山精機専務の肩書きとともに、青山幸司《こうじ》の名前があった。

「我々のほうでも、お話を伺いたいと思っていたところでした。では、奥へお願いします」

品川が言い、池田という若い刑事に命じて、青山小夜子、幸司、それに菅野剛の三人を応接室へと案内させた。三人が刑事部屋を出たところで、しのぶが口を開いた。

「事件の模様を、詳しくお話しいただけますか？」

品川はすぐに応じた。

「被害者は菅野陽平二十四歳。死体が発見されたのは、川崎区塩浜《しおはま》にある廃業したプレス工場でした。ブルー・サンダーのことは、御存じですね？」

「はい」

「そこのメンバーのひとりがここの息子で、実家の工場が廃業したあと、連中のたまり場になっていたそうです。現場から菓子パンの空き袋やコンビニの弁当、総菜《そうざい》のパックなど様々《さまざま》なゴミが見つかりまして、一昨日に起きた静岡の事件後、どうやら菅野陽平はしばらくここに潜伏していたようです」

「死因と死亡推定時刻は？」

「ひそんでいたと思われる場所が、工場の奥の中二階なのですが、菅野陽平は、その下の床に、首の骨が折れた状態で倒れていました。上で誰かと争い、押されるか何かした拍子《ひょうし》に手すりを乗り越えて落下したものと思われます。死亡推定時刻は、昨夜の午後十一時から日付が変わって午前一時の間。さらに詳しい情報については、解剖待ちです」

「現場の手がかりは？」

「ブルー・サンダーのメンバーの指紋がいくつか見つかってますね。今のところ、それ以外には、登録された指紋との一致はありません。しかし、ゲソ痕《こん》も複数発見されてまして、容疑者が割り出せれば照合可能です」

「見つかった指紋の中に、メンバーの毒島伸治のものは？」

「ああ、グループのサブ・リーダー格ぐらいの男ですね。ありましたよ。やつもあそこにいたことは間違いない。この男は死んだ菅野陽平とともに、静岡の事件の容疑者らしいですね。静岡県警から、こっちにも協力要請が来てますので、現在、重点的に捜してるところです」

品川はそう言っていったん言葉を切りかけたが、

「なんらかの理由で仲間割れが起こり、毒島が菅野陽平を手にかけた可能性もありますね」

そう推測をつけ加えた。

「毒島の兄が嘉多山興業の幹部で、ブルー・サンダーとはこの毒島兄弟を通して結びついていると思われます」

「なるほど、そうですか。そうなると、ますますこの毒島伸治を押さえることが大事ですな」

「それと、もうひとつ。私もたった今、報されたのですが、静岡で刺されて重傷を負った平出が、病院から姿を消したそうです。御存じでしたか？」

しのぶが言うのを聞き、浩介は驚いた。

「いや、何も。いつ姿を消したんです？」

「それが、昨夜だというんです。まったく、捜査協力をしてるというのに、平出は被害者なので、特に急いで報せる必要も感じなかったそうなんですよ」

「ふざけた話だな。それにしても、どうして姿を消したんでしょうね？」

「わかりませんが、なんらかの目的でこっちに戻っているかもしれません」

「そうですね。確かにそれはあり得《う》るかもしれない。とにかく、まずは菅野の御両親に話を聞いてみましょう」

と、しのぶをうながしかけたとき、別の刑事がひとり走り寄ってきて、品川に顔を寄せた。

「班長、たった今、鶴見《つるみ》署から連絡があったんですが、ブルー・サンダーの毒島伸治の身柄を確保しましたよ。鶴見駅前のゲーセンで、ちょっと前にかなり大きな喧嘩があったそうで、どうやら、半グレの連中同士がぶつかったようです。何人かが逮捕され、何人かが怪我を負って病院に搬送《はんそう》されましたが、その中のひとりが毒島伸治に間違いないそうです」

「わかった。俺が向かう。菅野陽平の御遺族が、池田と一緒に応接室にいるんだ。おまえはそっちに回り、一緒に話を聞いてくれ」

品川はそう命じてから、しのぶがどうするかを確かめるように彼女を見た。

救急治療室は、てんやわんやの状況だった。頭部、顔、肩、腕などあちこちに怪我を負った男たちが三人、治療用の丸椅子に坐らされて看護師の手当を受けていた。最も出血がひどい男は、壁際《かべぎわ》の治療用ベッドに横たわり、医師に額の傷を縫《ぬ》ってもらっているところだった。周辺には、男たちの動向に目を光らせる所轄の制服警官たち数名のほか、私服の警官も陣取っていた。

その中で品川と同じぐらいの歳格好の刑事が、品川の目配せを受けて近づいて来た。

「やあ、参ったよ。縄張り絡みのもめごとってことだ」

どうやらお互いに顔見知りらしく、挨拶もそこそこにそう説明を始めた。

「喧嘩があったゲーセンは、ブルー・サンダーと対抗する組織のたまり場だった。そこに、鉄パイプ等の武器を持ったブルー・サンダーの連中が殴《なぐ》り込んだのさ。まったく、やってることが昔のヤクザだぜ」

「毒島仲治がいると連絡を受けてきたんだが」

「ああ、やつと仲間は奥の別室だよ。同じところで治療して、またわさわさやられたら敵《かな》わんからな」

と、廊下の奥を顎で指した。品川と一緒にいるしのぶにちらっと視線を動かし、互いに軽く目顔で会釈《えしゃく》を交わしたが、その後ろに控えた浩介と重森のことは一顧《いっこ》だにしなかった。本来、制服警官が、自分たちの管轄《かんかつ》以外でこうして動き回ることなどないのだが、場合によっては毒島伸治を新宿に連れ帰って取り調べる可能性がある。しのぶがそう判断し、そのための人手として同行したのだった。

廊下をさらに進んだ先に、治療スペースを区切るアコーディオンカーテンが半分ほど開いた場所があり、男がふたり並んで坐って治療を受けていた。入口には、警官が陣取っている。品川は警察手帳を提示して中に入った。

治療する医師の傍にも、見張りの警官が立っていた。ふたりのうちのひとりは、すでに治療が済んでおり、間がもたない様子で辺《あた》りをきょろきょろしていた。アンダーシャツ姿で、右腕と肩に湿布薬《しっぷやく》を貼《は》り、左頰《ほお》に絆創膏《ばんそうこう》があった。

「毒島伸治だな」

品川が声をかけると、ちらりと視線を走らせてからぷいと横を向いた。

「刑事さん。こいつらは両方、ただのかすり傷だよ。こっちもすぐに終わる。そしたら、すぐに連れて行っちまってくれ」

初老の医師はべらんめえ口調で言い、手荒に傷を消毒した。ちょっとした赤ひげ先生の風格だった。

「じゃ、こっちのやつに今、話を聞いても構わないですね」

「どうぞ、御随意《ごずいい》に」

品川は医師の確認を取り、毒島の顔を真正面から見下ろした。

「毒島、おまえは静岡の傷害事件の容疑者だ。わかってるな」

「ふん、俺はやってねえよ。平出を捕まえて訊いてくれ。やつも東京に舞い戻ってるんだろ」

「そんなことは知らんよ。俺が聞いたのは、平出は非常な深手《ふかで》で、病院を抜け出したのに向こうじゃみんな驚いてるってことさ。おまえ、これがどういうことかわかるのか？　もし、おまえらに刺された傷がもとで平出が死んだら、傷害事件じゃない。殺人だ」

品川のはったりに、毒島がたじろぐ。

「――冗談言うなよ」

「俺が冗談を言ってるように見えるか？　新宿の刑事さんもこうして来てる。平出が死んだりしないよう祈るんだな」

「俺じゃねえよ。俺は刺しちゃいねえ。陽平のやつが、ひとりでやったんだ」

「菅野陽平は死んだ。そっちの件でも、おまえに嫌疑がかかってる。廃業したプレス工場に菅野が隠れていたことは、もちろんおまえも知ってるな。そこから、おまえの指紋も出てる。はっきり言うぞ、毒島。俺はおまえが菅野を殺したと疑ってる。その挙句、死人に口なしで、平出を刺したのも菅野ひとりのせいにしてるんだ」

脅しが効き《き》、毒島はそわそわとあわて出した。

「違う。俺はやつを殺してなんかねえし、平出を刺したのは、ほんとに菅野ひとりでやったことなんだ。俺は、あいつの口車に乗せられてついて行っただけなんだよ。そうだ、こいつだって一緒だった。な、俺たちは近くで待ってただけだよな。この刑事にそう言ってくれ」

毒島は早口でまくし立て、隣の男に同意を求めた。毒島伸治よりは何歳か若く、まだ二十歳《はたち》そこそこぐらいに見える男で、茶色く染めた長い毛の生え際《はえぎわ》に広がる黒い毛がいかにも無精《ぶしょう》で不潔っぽく見える。

「ああ、そうだよ。伸治さんはずっと俺たちと一緒にいた。平出には、陽平ひとりで会いに行ったんだ」

しのぶがふたりを睨みつけた。「いい加減なことを言っていても、すぐにわかるのよ。平出は男ふたりと会ってたという目撃証人があるの」

「知らねえよ」伸治が猿のように歯茎《はぐき》を剝き出しにしてまくし立てた。「俺たちはただ、近くで屯《たむろ》してただけだ。信じてくれって。ほんとに野郎の口車に乗せられて、近くまでついて行っただけなんだって。なあ、それよりも、俺たちは陽平を殺《や》った犯人を知ってるぜ。仁英会の西沖と平出さ。陽平が隠れてるプレス工場に、あのふたりが入って出て来るのを見たんだ」

「でたらめを言うな⁉」

　思わず食ってかかる浩介に、川崎東署の品川が驚いた顔で振り向いた。深町しのぶは、それよりもずっと怖い顔をしていた。制服警官が、容疑者の尋問に口を出すなどあり得ないのだ。隣に立つ重森にぎゅっと二の腕を摑まれ、浩介はそのあまりの力の強さに呻き声を嚙み殺した。

「先生、ほんのしばらくの間、ここをお借りしたいんですけれどね」

　品川が、治療を終えた医師に声をかけた。

「ああ、いいよ。俺は次の治療があるから、行こうとしてたとこさ。済んだら、近くの看護師に声をかけてくれりゃいい」

　赤ひげ先生がそう言って退室すると、品川はまず茶髪の男のフルネームを確認した。田《た》中正一《なかしょういち》という名だった。

「なあ、田中よ。仲間のためにでたらめを言ってると、罪になるんだぜ。それをわかって、言ってるんだな」

「俺はほんとのことしか言ってねえよ。静岡で平出ってヤクザが刺されたとき、俺と伸治さんはその場にゃいなかったし、陽平が死んでたプレス工場から西沖と平出ってヤクザが出て来るのを見たのだって本当だ」

品川としのぶが目を見交わし、しのぶが代わって口を開いた。

「順番に話しなさい。すべて真実を話すのよ。もしも少しでも辻褄《つじつま》が合わなかったら、二度は同じことは訊かないし、もうあんたたちの言い分は信じない。毒島伸治、あんたはさっき、口車に乗せられてついて行ったと言ったけれど、菅野陽平はあなたたちに何と言ったの？」

「やつは、平出の弱みを握ったと言ったんだよ」

「弱み――？」

「ああ、この弱みを突きつければ、やつを青山精機から追っ払うことができると言って、俺たちを誘ってやつに会いに行ったんだ。平出が泊まってるホテルに電話をし、やつを近くの公園に呼び出してな」

「どんな弱みなの？」

「それはわからねえ。ほんとさ。いくら陽平に訊いても、それは平出に会ったら言うからって答えるだけで、何も喋ろうとしなかった」

「じゃあ、それがなぜあなたたちを遠ざけて、菅野陽平がひとりで平出と会うことになったの？」

「それはたぶん、あいつだよ……。あの電話のせいだ」

田中正一が言い、同意を求めるように毒島を見た。

「陽平さんが平出に電話をしたあと、みんなでわいわいとファミレスで飯を食ったでしょ。伸治さんは、あのとき、どっかからやつの携帯に電話が来たのを覚えてないですか？」

「そうだったかな？」

「そうですって。そんときは簡単なやりとりしかしなかったけど、電話を切る前に小声で、こっちからかけ直すみたいに言ってたんです」

「くそ、俺は見てねえぞ。で、誰なんだよ、それは？」

「わかりませんよ。だけど、刑事さん。俺、そのあとトイレに立ったときに、陽平さんが店の玄関を出たところで、携帯で誰かと話してるのを見かけたんだ。なんだかすごい真剣な顔で話し込んでる様子だった。さっき刑事さんは、平出が刺されたとき、相手はふたりだったと言ったろ。きっとそいつとふたりで会いに行ったんだ。きっとそうだよ」

「それが誰なのか、何か見当は？」

「それはわからねえけどさ……」

「菅野陽平が、その誰かとふたりで平出に会いに行ったと思う根拠は、何かもっと具体的にあるの？」

「そんなこと言われたって、わからねえけどさ……」

「菅野が電話でやり取りしてたのは、何時頃？」

「ええと、確か八時頃だった。最初に向こうから電話があったのは、その五分とか十分ぐらい前だったんじゃないかな」

「じゃあ、その件はそれでわかった。今度は、あんたたちがプレス工場で西沖と平出を見かけた話をしてちょうだい。それは、いつのことなの？」

「昨日の十一時過ぎだよ」毒島伸治が言った。「ファミレスで飯を食ってたら、十時頃に陽平から電話が来て、酒が切れたから買ってきてくれと頼まれたんだ」

「あんたたち、ファミレスが好きね。で、持って行ったのね？」

「ああ。そしたら、西沖たちが連れ立って出て来るのが見えたんだ。ふたりとも何やら深刻なツラをしてたんで、俺はピンと来たね。ああ、陽平はこいつらにやられちまったんだって。で、ふたりをそっとやり過ごして中に入ったら、陽平のやつが一階の床に倒れて死んでたんだ。あれは、中二階から下に突き落とされたのさ」

「じゃあ、西沖たちと菅野陽平が一緒にいるところは何も目撃してないのね」

「そりゃまあ、そうだけれどよ——」

「菅野陽平は、いつからあそこにいたの？」

「昨日の昼過ぎからだよ。静岡からダチの車でこっちに戻り、最初は俺たちと一緒にゲーセンやネットカフェにいたんだけれど、警察だけじゃなくて仁英会の連中も陽平を捜し回ってるらしいと教えられたんで、やつだけあすこに隠れてることにしたんだ」

「仁英会が菅野陽平を捜し回ってることは、誰から教えられたの？」

「――噂だよ。噂」

「嘉多山興業にいる兄貴の誠一からね」

「――――」

「少しでも嘘をついたら、二度目はないと言ったはずよ。あんたの兄貴の毒島誠一は、仁英会の西沖達哉と会おうとしてる節《ふし》があるわ。あんた、兄貴に車を貸したわね。その車で、西沖が行きつけにしてる店の付近にいるのが目撃されてるのよ。兄貴は、何をしようとしてるの？」

「――――」

「話してしまいなさい。そのほうが、あんたたちのためなのよ」

「そんなこと言われてもよ――」

「じゃあ、私が推測を言いましょうか。あんたの兄貴は、仁英会と嘉多山興業がぶつかるのを避けるために、こっそりと西沖と話したがってるんじゃないの？」

毒島伸治が、鳩尾《みぞおち》を突かれたような顔でしのぶを見つめ返す。

「当たったみたいね」

「――だけど、それは組のことを考えたからなんだぜ」

毒島は一緒にいる田中のことをちらちら見ながら抗弁《こうべん》を始めた。

「組同士がぶつかれば、共倒れだ。そうだろ。兄貴は、俺なんかと違って頭がいいんだ。ちゃんと大学だって出てる。ヤクザはもう、ドンパチの時代じゃねえってのが兄貴の口癖《くちぐせ》さ。頭を使えば、いくらでもでっかいシノギが打てる。こんなところで、つまらねえ命の取り合いなんかしたくねえんだよ」

「そのとおりよ。あんたの兄貴が正しいわ。で、西沖とつなぎは取れたのかしら？　今、毒島誠一はどこにいるの？　私は今日、あんたの兄貴に会おうとして行方を捜してるのだけれど、まだ見つからないのよ。協力してちょうだい」

「――知らねえよ。兄貴のことについちゃ、俺はこれ以上は何も喋らないぜ。兄貴を警察に売るような真似だけはしねえからな」

しのぶと品川は目配せし合うと、浩介たち制服警官にしばらくあとを託し、廊下に出てひそひそ話をした。長くはかからなかった。

「ふたりとも、署まで来てもらうぞ。別個にもっと話を訊く。さあ、行くぞ。立て」

じきに戻ってきた品川がそう命じ、管轄の制服警官に命じて毒島たちを引っ立てた。改めて別々に尋問するのだ。

「最後にもうひとつよ」しのぶが言った。「菅野陽平は、あんたたちに、平出は自分が刺したと言ったの？」

「ああ、言ったさ。俺が刺した。言い争いになったから、かっとなって刺したと、肩を怒《いか》らせて威張《いば》ってやがった」

毒島伸治はしのぶのほうに向き直り、みずからも肩を怒らせて見せた。

6

「もしも西沖と平出のふたりが静岡の青山精機絡みで菅野陽平を殺害したのだとすれば、いよいよ仁英会と嘉多山興業がぶつかることを警戒しなければならない。とにかく、西沖と平出の行方を捜すことだわ。新宿に戻って、非常警戒を布《し》きます。重さんたちも忙しくなると思いますが、よろしくお願いします」

病院の表で川崎東署の品川と別れたあと、深町しのぶが言った。いつものような速足でせかせかと自分の車を目指そうとする彼女を、浩介はあわてて呼びとめた。

「待ってください、深町さん。ちょっと聞いてほしい話があるんです」

しのぶは一応足をとめて振り向いたが、どこか煩《わずら》わしそうな顔つきをして戻って来ようとはしなかった。

「今は事件の捜査中よ。あなたと西沖の個人的な事情に構ってる暇《ひま》はないわ」

「そうじゃないんです。鶴田昌夫のことです」

「ツルがどうしたの？」

「交番で尋問したとき、やつはこんなふうに言ってたんです。これは、組同士の抗争になるようなことじゃねえんだよ。西沖の兄貴だって、ちゃんとわかって動いてるって」

「――だから？」

「もしもそうなら、嘉多山興業の毒島誠一の思惑《おもわく》と一致します」

「そうか。西沖のほうでも毒島と早急にどこかで会って話し合いを持ち、抗争を避けようとしてるのかもしれないわね。わかった。もう一度ツルを攻め立ててみるわ」

しのぶが歩きながら話すので、浩介と重森のふたりも引きずられて歩くことになった。

彼女はリモコンキーを出し、自分の車に向けてドアのロックを外した。

「ちょっと待ってくれ、深町さん。実は、俺もちょっと気になってることがあるんだ。二、三分、時間をくれないか」

重森が言った。しのぶは新人警官だった頃、花園裏交番に勤務したことがあり、重森周作はそのときの上司だ。彼女はさすがに神妙《しんみよう》な顔つきになった。

「なんでしょうか。ぜひ聞かせてください」

「交番で青山小夜子が我々に、自分と平出悠とがかつて恋人同士だったと告げたことは報告したろ。あのとき、彼女がした話を、あれから何度か思い返してたんだが、どうもひとつ気になるんだ。菅野陽平は、彼女のひとり息子だ。つまり、青山精機にとっては、将来の跡取りだったはずだ。それが、どうして小夜子と菅野剛とが離婚したとき、陽平をあっさりと父親の菅野に渡したんだろうな」

しのぶは重森の指摘を聞き、無言で思案顔になった。

「そうだ、彼女は俺に、自分は一人娘だと言ってましたよ。創業者の青山泰造にとっては、彼女も、彼女の息子も、自分の血を引く大切な跡継ぎだったはずです。変ですね」

つづけて浩介が指摘するのも聞きつつなお思案していたが、やがて何か思いついた顔で口を開いた。

「菅野陽平は、確か二十四だったわね。青山小夜子と平出悠がつきあってたのは、何年前なのかしら……」

彼女がつぶやくように言うのを聞き、浩介もふたりの考えを理解した。

「もしも平出が陽平の実の父親なのだとしたら、やつが重傷を負ったにもかかわらず、こっそりと病院を抜け出した理由にも説明がつく」

重森が言った。「平出は、我が子に会いにきたのではないだろうか。それならば、プレス工場で平出たちが菅野陽平を殺害したという線は、考え直す必要があるかもしれない」

「でも、もしも菅野陽平が平出の子なのだとしたら、菅野剛は離婚したときにあっさり我が子として引き取るでしょうか?」

しのぶの指摘に、重森は微苦笑を浮かべた。浩介に見せたことがないような表情だった。

「人というのは、小さな嘘をつくものだぞ。それは青山小夜子がそう話しただけで、本当かどうかはわからない」

「そうですね。すみません、迂闊《うかつ》でした。菅野陽平の戸籍を調べましょう。前に逮捕されたときの記録からすぐに照合できます」

「余計な助言かもしれんが、菅野剛なら、そのあたりのことを青山小夜子よりも正直に話してくれるのではないだろうか」

「なるほど、そうですね」

教え子と教師のような雰囲気が、一瞬、ふたりの間に漂《ただよ》ったが、重森はあくまでも控えめだった。しのぶもすぐに刑事の顔に戻り、携帯を出して操作した。

「新宿署の深町です。すみません、別れたばかりなのに。実は、菅野陽平の父親に少し確認したいことができたのですが、まだお宅の署にいるでしょうか？」

電話の相手は、川崎東署の品川だった。いったん電話を切って待つと、すぐに折り返し連絡をくれた。しのぶは携帯を首筋に挟み、手慣れたしぐさで手帳にメモを取り、礼を述べて電話を切った。

「ちょっと前に署を出てしまったそうです。住所を教えてもらいました。同じ川崎市内です。重さんたちは、青山小夜子の話を直接聞いてます。一緒に来てください」

7

多摩川《たまがわ》緑地に面したマンションだった。部屋を訪ねても留守だったが、表に出たところで夜道を歩いてくる菅野剛の姿が見えた。蒸《む》し暑い夜で、空気がどんよりとしている。

菅野のほうでも早くから制服警官に目をとめており、何事かという顔で近づいて来た。

「私に用でしょうか？」

マンション前の明るいところに立つ浩介たちに、菅野のほうから訊いてきた。目は、主にしのぶのことを見ていた。

「新宿署の深町です。このふたりは、昼間、新宿で青山小夜子さんにいろいろお話を伺った重森と坂下と申します。お疲れのところ、誠に申し訳ないのですが、もう少しだけお時間をいただけますか？」

「ええ、それは構いませんけれど」

菅野はそう応じつつ、困ったようにマンションのほうへ顔を向けた。刑事や制服警官たちを気軽に部屋に上げたがる人間はいない。

「よければ、そこに上がりませんか」

しのぶが、道を隔《へだ》てた向かいにある多摩川の堤防を指さした。

「ああ、そうですね。そこがいい。そろそろ川風が気持ちよくなっている時刻ですよ」

だが、今年の猛暑は菅野のそんな発言を裏切り、堤防に上がっても川面《かわも》を吹いてくる風に涼しさはなく、湿った夜気《やき》が皮膚にまとわりついてきた。

「菅野さんは、平出悠という男を御存じですか？」

堤防上で向き合うとすぐ、しのぶが訊いた。菅野はその単刀直入な訊き方に対して、答えを躊躇うことはなかった。

「ええ、知っていますよ。小夜子が昔、つきあっていた男だ。そして、私とも友人でしたから」

「そうですか。平出のことを、直接御存じでしたか——」

「彼がどうしました？」

「静岡で刺されたことは御存じですね」

「ええ」

「亡くなった息子さんが、その容疑者になっていたことは？」

「——はい、先程、彼女から聞きましたし、警察のほかの方からもあれこれ質問されましたので」

「実は、ついさっき新たな事実が判明しまして、息子さんが遺体で発見されたプレス工場の建物に、平出悠が出入りしているんです」

「――それは、平出が息子を殺害した容疑者だということですか？」

「その嫌疑がかかっています。それで、あなたにちょっとお話を伺いたくて参りました」

「そんな……。あの男が陽平を殺害したなど、あり得ませんよ」

「なぜそう仰るのですか？　立ち入った質問で恐縮なのですが、陽平君は、本当に菅野さんと小夜子さんの間にできたお子さんなのでしょうか？」

あくまでも単刀直入に訊く深町しのぶに、菅野は今度は少し沈黙したが、やがて自分を納得させるように何度か小さくうなずいた。

「そうですか。もう、お察しでしたか。小夜子からは、誰にも言わないでほしいと、長いことずっと口止めされていましたし、つい最近にもそう念を押されたばかりでしたが、それならば私も話しやすい。確かに、御推察のように、亡くなった陽平は平出と小夜子の間にできた子です。私は、それを知っていて彼女と結婚しました。お腹《なか》の子供ごと自分の手で守ると、あの頃はそう心に決めていたんです」

「平出悠も、そのことは？」

「いえ、やつは長いことずっと知らずにいました」

「――と、いうことは？」

「私が教えました。一カ月ほど前、やつは私に会いに来たんです。陽平が誰の子なのかを、確かめに来たんですよ。小夜子は、ずっと隠し通していました。平出との過去に終止符を打つためには、そうする必要があったのだと思います。青山精機に乗っ取り騒動が起こって平出が現れ、小夜子のためにあれこれと奔走《ほんそう》したときにも、彼女は決してそのことを平出に告げなかった。そればかりか、わざわざ私に連絡をよこし、平出にも、陽平にも、真実は教えないでほしいと頼んできました。子供を盾《たて》に取って、平出に、会社を守るのを助けてほしいと頼みたくなかったのだと思います。あれは、そういう女ですよ」

「しかし、あなたは平出に教えた」

「友人でしたので」

「陽平君のほうは、どうです？ 平出が自分の本当の父親だと知っていたのでしょうか？」

「申し訳ない。それは、どうだかわかりません。あの子が死んでしまった今では、尋ねることもできません。親として恥ずかしいが、ここ最近、陽平とはほとんど会話らしい会話をしていなかったんです」

「あなたと小夜子さんが離婚したとき、あなたが陽平君を引き取ったんですね」

「小夜子がそう言ったんですか？」

「はい。違うんですか？」

「違うわけではありませんが、そんな単純な話ではなかったのも事実です。きっと、話しにくかったんでしょう。私は、どうしてもあれの父親と上手《うま》くやれませんでした。それは陽平も、一人娘だった小夜子ですらそうだったのかもしれません。青山泰造は、非常にワンマンな社長でした。娘の亭主である私のことも、自分の秘書だというぐらいにしか見ていなかった。私は大学で、機械工学を専攻してましてね。自分が得た専門知識を会社の役に立てられるはずだと、そう思っていたのですが、結局、あの人にとっては、それも邪魔なだけでした。最後には、ある製品の開発をめぐって、決定的に意見が対立してしまいまして、私は会社と縁を切りました。こっちに出て来て、友人とふたりで小さな会社を立ち上げたんです。大田《おおた》区や川崎などでモノづくりをしている中小の工場に向けて、複数の社が共同で開発できるプランを提案したり、大手との仲を取り持ったり、ときには新製品の開発に一緒になって一から携《たずさ》わったり、まあ、コンサルタントといえば聞こえはいいが、なんでも屋のようなことをやってますよ。

小夜子とは、私が青山精機を飛び出したときに別れました。彼女との仲は、もうすっかり冷え切ったものになってしまっていて、当時、私にはほかに女がいたんです。お尋ねの件ですが、離婚したとき、陽平が菅野の姓になったのは、青山泰造が強硬に主張したからですよ。あの頃、陽平はすごく荒れていて、ろくろく高校にも行かず、悪い仲間たちともつきあっていました。何度か暴力事件を起こしたことまであって、そのたびに私たちは夫婦で相手の親御《おやご》さんや警察や学校などに謝《あやま》って回りました。今、思い返すと、皮肉なことに、そうして陽平のために頭を下げて回ったことが、私たちの結婚生活の中で最も夫婦らしい行動だったような気がします。あのときだけは、私たちはふたりとも陽平のために必死だった。この子をなんとかしなくてはという気持ちが、私たちを夫婦として結びつけていた。たとえ血はつながっていなくても、やはり陽平は私の子だったんです……」

菅野剛は言葉に詰まり、こみ上げるものを必死で抑えつけた。青い夕闇が消えかけている川原に向き直り、呼吸が落ち着くまでじっと動かなかった。闇の底で、空を映した川が銀粉《ぎんぷん》をちりばめたみたいに光っていた。

「失礼しました。青山泰造のワンマンぶりは、年を経《へ》るごとにひどくなり、その頃にはもう大きな駄々《だだ》っ子《こ》のようでした。私と小夜子が離婚を決めたとき、あの男はそれならば陽平も一緒に連れて行けと言って聞きませんでした。平出の家は、元々青山精機とライバル関係にあって、平出の父親と青山泰造とは犬猿《けんえん》の仲でした。平出のことも、その血を引く陽平がグレて道を踏み外しかけていることも、あの男にはただただ腹立ちの材料だったんです。たとえおまえが一緒に連れて行かなくても、これ以上青山の家で陽平の面倒を見るつもりはないと、大声で堂々と宣言していましたよ。私は呆《あき》れ、あの男への反発もあって、陽平を我が子として育てることにしたんです。だが、結局、どうしてやることもできなかった。好きなものを見つけろと言い、あいつが入りたい専門学校を探して入れたりもしたのですが、そこも半年足らずで辞《や》めてしまいました。その後は、バイトを転々としながら、遊び歩いている日々でした。悪い仲間がますます増え、だんだんと家にも帰らないようになって、たまに帰っても、会話らしい会話は何もなかった……」

　菅野がもっと何か言うのをしばらく待ってから、しのぶが訊いた。

「もう一度お訊きします。あなたの考えをお聞かせいただけますか。陽平君は、自分の父親が誰だか気づいていたのではないでしょうか？」

「――私にはよくわかりません。でも、気づいていたのだとしたら、あの子はそれなのに平出を刺したんですか？」

　逆に問い返され、しのぶは沈黙を少し置くことでそれをやり過ごした。

「陽平君の、青山泰造や青山精機に対する感情は、やはりひどいものだったのでしょうね？　お祖父《じい》さんや、お祖父さんの作った会社を恨《うら》んでいた？」

「それはそう思います。あの子はきっと、祖父の会社に復讐《ふくしゅう》することを狙《ねら》っていたんです。青山泰造が亡くなったとき、ヤクザ者たちまで連れて静岡へ乗り込むなんて……。暴力団が介入すれば会社がどうなるか、いくらあの子にだって、わからなかったはずがありません。あの子は、青山精機を潰《つぶ》す気だったのかもしれません」

「ちょっといいですか」

　重森が、控えめに許可を求めた。菅野としのぶの両方を見ていた。

　しのぶが無言でうなずき、「何でしょう？」と菅野が訊いた。

「暴力団が介入する場合、予《あらかじ》め会社の情報を漏《も》らしている人間がいるケースが多いんです。私は事情を詳しくは知らないのですが、今日、青山小夜子さんから伺った話によると、青山精機に対する暴力団の乗っ取りは、だいぶ素早く行なわれた印象があります」

「ええ、ですからそれは、陽平が協力したからでしょう」

「しかし、あなたと小夜子さんは五年前に離婚し、そのときに陽平君はあなたが引き取ったとなると、青山精機の情報をたやすく入手できる立場にはなかったと思うんです。彼は、どうやって情報を得たんでしょうか?」

「ああ、そうですね」

菅野はうなずき、考えたが、それほど長いことではなかった。

「これはあくまでも私の考えに過ぎませんが」

と前置きしたのは、この男の慎重さ故《ゆえ》だろうが、口調自体には何か確信した者の響きがあった。

「青山悦矢《えつや》のことは御存じですか?」

「いえ、初めて聞きます」しのぶが答えた。

「陽平と一緒に育った従兄《いとこ》です。いや、青山泰造の弟の孫ですから、従兄とは言わないのか。はとことか、又従兄《またいとこ》でしょうか。この悦矢は陽平の二、三歳上で、年齢が近かったこともあって、子供の頃からずっと一緒につるんでました。陽平がこっちに出て来てからも、電話でやりとりをしてたのを私も聞いてますし、時には会ってもいたようです。もしも会社の情報が漏れていたのだとすれば、おそらくはこの悦矢からだったと思います。たとえ違うとしても、彼に訊けばきっと何か知ってますよ。青山泰造を憎むという意味では、悦矢も陽平と同じだったはずです。父親が昔、やはり泰造とぶつかって会社を辞めてるんです。その後、体を悪くして亡くなりました」

「陽平君の二、三歳上なら、二十代の後半ですね。仕事は、何をやってるんでしょう？」

「さあ、そういうことはわかりません。僕がこっちに出てきた頃には、まだ親の脛《すね》をかじってました。とにかく、悦矢の祖父というのは青山泰造の弟で、今でも確か会社のナンバー2《ツー》ですよ。だから、祖父のもとには、青山精機の情報は何でも入ってたはずです」

「その祖父というのは、青山幸司さんですか？」

「はい、そうです」

ついさっき、青山小夜子から連絡を受けて川崎東署に飛んできた男だった。

「貴重な情報を、ありがとうございました」

しのぶが礼を言って引き揚げようとすると、後ろから菅野が呼びとめた。

「刑事さん、さっき私は平出のことを友人でしたと言ったが、言い間違いでした。やつとは、今でも友人なんです。あなた方にとっては、彼はただのヤクザ者かもしれないが、何も生まれたときからヤクザだったわけじゃない。そうでしょ。俺とやつは、高校時代、一緒にラグビーをやってたんです。あいつのタックルは、強烈でしたよ。自分よりも体のでかいやつでさえ吹っ飛ばすんです」

言葉を探すしのぶの前で、菅野は頭を下げた。

「お引き留めして、申し訳ない。つまらないことをお伝えしました——」

8

青山小夜子と幸司のふたりは、新宿中央公園の近くに宿を取っていた。小夜子の携帯に電話をすると、すでに川崎東署を出て、タクシーでそのホテルに向かっているところだとのことだった。もう少し話を訊く時間を取ってもらいたいと申し出たしのぶは、青山幸司が彼女と一緒にいることをさり気《げ》なく確認してから電話を切った。

それと入れ替わるようにして別の電話を受け、やりとりした彼女は、携帯を切るとすぐに口を開いた。

「川崎東署の品川さんからでした。平出が刺される前、ブルー・サンダーの毒島伸治たちがファミレスにいたときに菅野陽平が携帯で話していた相手が、通話記録からわかったそうです。通話先は、青山悦矢の携帯でしたよ。向こうから電話が来て、ちょっとしてから陽平が折り返したと言ってましたでしょ。その時間帯に該当する通話記録はほかになかったので、間違いないそうです。静岡県警のほうでも、青山悦矢は何らかの関係ありと見て、行方を捜しているとも教えてもらいました」

「つまり、行方が知れないわけか」

重森が、チラッとしのぶを見て低い声で言った。

9

ホテルのロビーに入り、もう一度小夜子に連絡をすると、なぜだか青山小夜子も叔父の幸司も急に都合が悪くなってしまっていた。取引先との間でトラブルが持ち上がり、また出かけなければならなくなった。今は時間が取れないので、明日、自分たちのほうから警察に連絡をする。それまで待ってほしいとのことだった。しのぶが粘《ねば》り、少しだけでも時間をもらえないかと頼んだが、取りつく島がない感じで切られてしまった。

電話を切ったしのぶが、浩介たちに電話の内容をかいつまんで話した。浩介たち三人はロビーの端《はし》っこで、互いの顔を見合わせた。

そのうちに、浩介の脳裏《のうり》には、この春の出来事がよみがえってきた。北畑隆という少年の母親を拘束《こうそく》し、少年を義理の父である針沢新伍のもとへと送り届けたときのことだった。警察の先を越して秘密の話し合いを終えた西沖と平出のふたりが、しゃあしゃあと引き揚げてくるところに出くわしたのだ。

「――――」

嫌な予感が走り、浩介は深町しのぶに自分の意見を述べようとした。

だが、その必要はなく、しのぶはもうフロントデスクへと走っていた。フロントマンに警察手帳を提示し、デスクから上半身を乗り出すようにして何か小声でやりとりすると、走って戻ってきた。その途中で、手振りで浩介たちにエレベーターのほうへ向かうようにと示した。


「困ります。明日にしてくださいとお願いしたでしょ」

部屋のドアを開けた青山小夜子は、しのぶのことをきつく睨みつけた。ドア越しにやりとりし、同じことを述べたのだが、しのぶが聞かずにしつこく訴えたために仕方なくドアを開けたのだった。

「ほんの一分かそこらで結構なんです。お願いします」

しのぶは小夜子にそう頼みながら、しきりと部屋の奥の様子を窺っていた。浩介も彼女と同様にしていたが、ドアの先には短い廊下が伸び、部屋の大半は死角になっていた。だが、見えるところの壁に寄せて応接ソファがあり、そこには小夜子の叔父に当たる青山幸司が坐っていた。

「専務の青山さんもここにおいでなら、ちょうどいい。すぐに済みますので、部屋に入れていただけますか？」

　しのぶが言って動きかけると、小夜子があわててその前に立ち塞《ふさ》がり、叔父のほうもソファを起《た》って近づいて来た。

「警察の横暴ですよ。今は時間が取れないと言ってるのですから、明日にしてもらえませんか」

　目を三角にして主張する青山幸司にうなずいて見せたしのぶは、しかし次の瞬間、小夜子の横をすり抜けて奥へ向かった。

「ちょっと、きみ。刑事さん」

　恰幅がいい青山幸司の横を抜けようとすると腕を摑まれたが、構わずにそのまま突き進む。

「やっぱりこういうことね」

　部屋の死角が見渡せる場所にたどり着くと、ため息をつき、浩介たちに目配せする。部屋のドアを後ろ手に閉めた浩介は、重森とふたり、渋々と引き返す小夜子たちの後ろから部屋の奥へと向かった。

　部屋はスイートで別に寝室があり、ここは四十平米《へいべい》ぐらいの広さだった。新宿の夜景が見渡せる大きなガラス壁の窓辺《まどべ》に、西沖達哉と平出悠が並んで立っていた。ふたりとも、面倒臭そうにこっちを見ていた。

そのふたりのすぐ横に、二十代の痩せた男がひとり、もうへとへとに疲れ果てたかのような態《てい》でへたり込んでいた。ガラス壁に背中をつけて寄りかかり、片足を立て、もう一方の足はだらっと前方に投げ出している。

「捜したわよ。相変わらず、手間をかけさせてくれるわね」

しのぶが言った。冷たい横顔になっており、声も氷のように冷たかった。

「警察に手間をかけさせるような真似は、何もしてないがね」

西沖が言った。浩介に気づかないわけはないのに、視線を合わせようとはしなかった。

「ここで何の話をしていたの？　今度はまんまと出し抜かれたりはしないわよ。さあ、つづきをやってちょうだい」

しのぶは相変わらずの冷たい声で言葉を吐きつけつつ、部屋の中を見渡した。青山小夜子と幸司が気まずげに目を伏せるが、西沖たちのふてぶてしい顔は変わらない。

「その男は、青山悦矢ね」

しのぶがへたり込んだ男を顎で指すと、青山幸司が真ん中に割り込んできた。

「その子は、何もしていない。ただ、又従弟の陽平に誘われて、一緒に平出に会いに行っただけだ。平出を刺したのは、陽平です。悦矢はただ巻き込まれただけです。そうだよな、平出さん。あんたも証言してくれるだろ」

平出は何も答えなかった。春の事件で会ったときよりも窶《やつ》れて顔色が悪いのは、刺された傷のせいにちがいない。目の下に、薄い隈《くま》ができている。浩介は平出が着るポロシャツの腹部に、厚く巻かれた包帯が浮き上がって見えることに気がついた。いや、さらしなのかもしれない。

「こいつが喋るのは、あんたも正直に話してからだ。俺たちが菅野陽平の居所を突きとめて廃工場に行ったら、陽平はもう死んでいた。誰の仕業《しわざ》なんだ？」

西沖が言い、窓辺を離れた。一歩足を踏み出しただけだったが、青山幸司は見上げるほどの巨漢に眼前に立たれたかのように背後に退《しりぞ》き、呼吸を速くした。

緊張したのは明らかだった。だが、長年それなりの立場で多くの人間と接してきた経験から、上辺《うわべ》を繕《つくろ》う術《すべ》に長《た》けていた。

「そんなこと、知らんよ。いったい、私がどうしたと言うのかね。私も孫も無関係だ。悦矢は、ただ巻き込まれただけと言ったろ」

西沖の顔が、能面のように無表情になった。

「青山さん、のらくらやるのはやめようぜ。このガキからさっき、話を聞いた。陽平はこれからのことを相談したいと言って、このガキをあの廃工場に呼びつけたそうだ。だが、最後にはひとりじゃ何もできないこの悦矢ってガキは、祖父のあんたに頼んで一緒に行ってもらった。そうだな。その場で、何があったのか、俺は直接あんたの口から聞きたいのさ」

「――――」

「それとも、あんたの孫を、平出を刺し、菅野陽平を殺した容疑でこの刑事さんにしょっ引《ぴ》いてもらうか」

「その子は平出を刺したりしていない。刺したのは、陽平だ。そうだな、そうなんだろ、悦矢。平出、頼むから本当のことを言ってくれ」

「だから、それはあんたが本当のことを話してからだと言ってるだろ」

また口を開いて答えたのは、西沖だった。

「俺たちの世界のやり方で、このガキの口を割らせることもできた。しかし、必死になって誰かをかばってる感じがしたんでな。それで、こうしてこいつを連れてここに来たんだ。もういいだろ、青山さん。これ以上、手を焼かせんでくれ」

西沖の口調はあくまでも静かだったが、青山幸司は苦しげに顔を歪め、嘔吐《おうと》を堪えるような顔つきになった。怯《おび》えた目を落ち着きなく動かした末、しのぶのほうに向き直り、低いかすれ声を押し出した。

「刑事さん……」と呼びかけたが、喉元まで出かかった言葉が立ち往生《おうじょう》《た》している。

青山幸司は目を閉じ、深い呼吸をすることでみずからを奮《ふる》い立たせた。

「刑事さん、申し訳ない。陽平を殺してしまったのは、私です」

「そんな、嘘よ……、叔父さん……」

青山小夜子が、真っ青になった。

「すまない、小夜子……。殺すつもりなどなかったんだ。言い合いになり、もつれ合ううちに、気がつくと陽平を押してしまっていた。バランスを崩した彼は、中二階の手すりを越えて、下に落ちた。すまない、本当にすまない……。さっき、きみから連絡を受けて警察に駆けつけたとき、何もかも本当のことを言うつもりだった……。しかし、いざあの場に行ってみると、怖くて何も言えなくなってしまった……」

「なぜよ、叔父さん。どうしてそんなことに……」

「陽平は悦矢が平出を刺したと主張して譲らないので、ついカッとなってしまった。陽平は、警察に自首すると言ったんだ。それなのに、自分が刺したことは認めようとせず、悦矢がやったと言い張った。私には、それが許せなかった」

「青山さん、それは嘘じゃない。俺を刺したのは、ここにいるガキだぜ」

平出が、初めて口を開いて言った。低いかすれ声には感情が込められておらず、尋ねられた道を教えるような言い方だった。

青山幸司は、言葉を失った。

「嘘だ……。あんたは陽平に刺されたんだろ……。私は、孫からそう聞いている……」

平出は再び口を開きかけてやめ、唇の片端をふっと歪めた。皮肉な笑みが浮かんだが、両目はただ悲しげだった。

「ごめん、じいちゃん……。違うんだ……。ごめんよ、この人を刺してしまったのは、俺なんだ……。じいちゃんには悪いと思ったけれど、俺も陽平も青山精機に復讐するつもりだった。それなのに、この人はそれを邪魔したばかりか、じいちゃんが俺のためにしてくれたあのことにまで気づいてた。しょうがなかったんだよ。じいちゃんのためだったんだ」

「あ、あ、あのことって、何？」

しのぶが訊く。悦矢も祖父も答えられずにいると、平出がまた口を開いた。

「そのじいさんは、孫がつまらねえ投資やら博打《ばくち》やらで作った借金の埋め合わせをするために、幽霊会社を作って架空取引を繰り返し、会社の金を抜いてたんだ。その上、会社の乗っ取り騒動に乗じて、それをうやむやにしようとしてた」

「叔父さん。ほんとなの、それは……？」

青山幸司は、青い顔で問いかける小夜子の前で目を伏せた。無言のまま、微かにうなずいた。

「すまない、小夜子……」

しのぶが悦矢を向いた。

「菅野陽平は毒島たちブルー・サンダーの連中と一緒に平出と会うつもりでいたのに、あなたからの電話でそれをやめ、あなたとふたりきりで会いに行った。それはなぜ？　青山幸司の不正がばれるのを恐れたの？」

「それもあるが、陽平のやつは、自分がこの平出さんと母親の間にできた子供だと気づいたんだ。あの夜は、そのことをこの人にぶっつけたのさ。青山精機の社長がヤクザ者とつきあって子供を産んだことが世間に知れ渡れば、会社はきっとこのまま潰れちまう。そうなるのが嫌なら、青山精機から手を引けとな。最初、陽平は、半グレの仲間たちの前でそうするつもりだったんだけれど、俺がそれをやめさせた。半グレの連中から嘉多山興業にこのことが伝われば、そっちだってそれをネタに脅しをかけるかもしれない。そしたら、同じことだろ。それに、俺と陽平とでこの人に会って話せば、手を引かせられると思ったんだ。ちきしょう……、だけど、そうならなかった……」

「それでカッとなって刺したの？」

「そうだよ。俺がやった」

「菅野陽平は、自分の本当の父親が平出であることをどうやって知ったの？」

「それは、私が教えたんだ」答えたのは、青山幸司だった。「平出の影響を、会社から排除したかったが、どうすればいいのかわからない。苦し紛《まぎ》れに、この事実を陽平に教え、やつから平出に手を引くように言わせたらどうにかなるかと思ったんだ……。なんてことだ。私の浅はかな考えのために、結局、孫の手を血で汚し、そして、陽平の命を奪うことにもなってしまった……」

青山幸司は頭を抱えて椅子にしゃがみ込んだ。

「さあ、これぐらいでもういいだろ。この先は、警察の取調室でやってくれ」

西沖が面倒臭そうに言い、平出に顎をしゃくって部屋を横切る。

だが、出口を目指すふたりの前に、深町しのぶが立ち塞がった。

「まだよ。このまま帰れると思ってるの。警察を甘く見ないでちょうだい。あなたたちふたりにも来てもらうわよ。署で、じっくりと話を聞く。釈放するかどうかは、それからの話よ」

西沖は女刑事の顔を睨みつけたが、やがてふっと息を吐いて苦笑した。

「敵わねえな」

しのぶが小型無線機を出し、容疑者を確保した旨《むね》を告げて応援を要請した。みずからの手錠を青山幸司にはめ、重森と浩介に言って悦矢にも手錠をかけさせた。

「待って。悠さん――」

小夜子が平出に縋《すが》りつくようにしてとめた。

「体は大丈夫――?」

「大丈夫さ。心配するな。そんなにヤワにはできてないよ」

平出は彼女をろくろく見ないで答えた。優しさが滲《にじ》んでくるのを、無理に押し込めているような口調だった。

「陽平には……、自分が私とあなたの子だと世間に知らせて騒ぎ立てると言われたとき、あなたは陽平には、何と答えたの――？」

平出は、はっとして黙り込んだ。そのまま歩き出そうとするが、小夜子は握った腕を放さなかった。

「悠さん、私、待ってるから……、だから、お願い、帰って来て――」

彼女の唇から、絞り出すような声が漏れた。平出は目をそらしたままでいる。

10

「もうひとつ答えてもらわなければならないことがあるわ」

ホテルの正面には、すでに警察車両が何台も乗りつけていた。表玄関を出て、部下たちに青山幸司と悦矢を引き渡したしのぶは、同じくパトカーへと連れられて行く西沖と平出のふたりを呼びとめて言った。

「気づいてるでしょうけれど、新宿は今、仁英会と嘉多山興業の間に何か起こったときのために、厳戒態勢にあるわ。組の人間だって、これじゃ不便でしょうがないでしょ。答えてちょうだい。ふたつの組織の間は今、どうなってるの？」

西沖はパトカーの傍《かたわ》らでしのぶのほうに向き直ると、ふてぶてしい笑みを浮かべた。

「心配は要《い》らないよ。警察が恐れているようなことにはならない」

「それは、話がまとまったということだと理解していいのね？　毒島誠一とは会ったのね？」

西沖は、片方の眉をぴくりと動かした。毒島との動きを警察に知られていたことが気に入らないらしい。

「そういうことさ。今度の一件は、組同士が切った張ったをやるようなことじゃない。お互い、それで納得した」

しのぶの表情がわずかに緩んだ。

「ここをお願い」

重森と浩介に言い置くと、少し離れてこちらに背を向け、無線で報告を始めた。その間、西沖は相変わらず浩介をちらっとも見なかったし、浩介のほうでも何か意地を張るような気分で目をそらしていた。

「さあ、行きましょう。それじゃ、署でゆっくりと話を聞かせてもらうわよ」

戻ってきたしのぶが言い、パトカーの後部ドアを開けて乗るようにと示した。西沖が平出に顎をしゃくる。だが、平出は西沖を見てはいなかった。虚空《こくう》に向けた虚《うつ》ろな目が、どこか違う世界を覗く暗い小さな穴のようだ。街灯の明かりのせいもあるのだろうが、顔色が死人のように真っ青で、額に脂汗《あぶらあせ》が浮いている。

重森が真っ先に反応した。

「おい、平出、大丈夫か――？」

そう呼びかける声も、本人の耳には入っていなかったのかもしれない。小柄ではあるががっしりとした上半身がぐらっとし、両足から力が抜けて腰が砕けた。だが、倒れる直前に重森がその体を受けとめ、そっと抱え込んで横たえた。

「馬鹿野郎め。傷口が開いてしまったのを、さらしで押さえ込んでたな」

重森が言う。平出のシャツの腹の辺りに、うっすらと血の染みが広がり出していた。しのぶが無線で救急車を要請する。

「くそ、馬鹿野郎が。無理をしやがって」

西沖はそう吐き捨てるように言ってから、膝《ひざ》を折って平出の傍にしゃがんだ。

「しっかりしろ。すぐに救急車が来る」と、手を握る。

「兄貴……、迷惑をかけてすまなかった……」

「なあんも、そんなことがあるか」

西沖は、握った手に力を込めた。

救急車は四、五分足らずで到着したが、そのときには平出の呼吸はすっかり小刻《こきざ》みで忙《せわ》しないものになっていた。救急隊員が体をストレッチャーに載せ、手際《てぎわ》よく車内に運び入れる。

「あんたは駄目よ。わかってるでしょ。一緒に署まで来てもらうわ」

そのすぐ傍までつき添い、心配そうに見つめる西沖の肩に軽く触れたしのぶが、囁《ささや》くように告げた。二名の警官に対して、救急車とともに病院へ向かうようにと命じた上で、平出からは決して目を離さないようにしろとつけ加えることを忘れなかった。

深町しのぶにうながされてパトカーの後部座席に乗り込みかけた西沖は、いったん曲げた腰を伸ばして、振り向いた。

「浩介」と呼びかけてから一瞬口を噤んだのは、ほかの呼び方をすべきだったと思ったのかもしれない。

「おまえに頼みがある。伝言を、青山小夜子に伝えてくれ」

「どんな伝言です――？」

「さっきの彼女の質問に対する答えさ。菅野陽平が、平出と母親の関係を世間に知らせて騒ぎ立てると言ったとき、やつは陽平を平手打ちにし、お袋を大事にしろと言ったそうだ。本人から聞いた話だ。彼女に伝えてくれ」

「わかりました」と応じかけ、違う言葉が口をついて飛び出した。

「――自分で伝えたらどうなんです？　いや、平出が自分で言えばいい」

西沖は浩介を睨みつけたが、つっと目をそらし、ポケットから出した黒いサングラスをかけた。

「俺たちはもう、青山精機とは関わらないほうがいいんだよ」

11

夏の夜明けは早い。浩介が花園裏交番に戻ったとき、すでに空は明るくなっていた。青山小夜子が滞在する部屋に取って返して、西沖からの伝言を伝え、平出悠が病院に搬送されたことを告げたところ、彼女はどこの病院かを知りたがった。そして、どうしても駆けつけたいと切望したため、パトカーで送ってやったのだ。平出は、まだ手術中だった。しばらく一緒に経過を見守ったのち、重森は交番に引き揚げたが、その場を離れがたかった浩介はみずから志願し、小夜子の傍に残ったのだった。

幸い、明け方には、平出悠の容態《ようだい》は落ち着いていた。

「そういえば、ゴールデン街で今度店を開くという子が、挨拶代わりの差し入れだって言っておはぎを持ってきたぞ」

主任の山口が、休憩室の洗面台でうがいをして手を洗う浩介に言い、ラップをかぶせた皿を冷蔵庫から取り出した。

「ほら、これだ。皆さんで、と言うので、俺たちは先にもらっちまった。冷蔵庫に入れといたから、ちょっと硬くなってしまったかもしれんがな」

「でっかくて、美味《うま》かったぞ」と、重森が目を細めた。

「浩介、その子から、これをおまえにって預かってる」

山口が、可愛《かわい》らしい封筒を浩介に差し出した。

「おまえの彼女か？」

顔を覗き込んでくる山口に、そんなことはないと強く否定したら、おまえ、赤くなって怪しいぞ、と追い打ちをかけられてしまった。

浩介は、一番下《した》っ端《ぱ》の内藤が淹《い》れてくれた茶をすすりながら、一息ついた。

周囲の目を盗んでそっと封筒を開いてみると、中には可愛らしい便箋《びんせん》が入っていて昼間のことが詫びてあり、こんなふうに書かれて終わっていた。

『――やっぱり、お店を開けたらぜひ来てね。ツルちゃんも、西沖さんも、呼ぶつもりよ。警察官だって、ヤクザだって、お酒を飲む分には関係ないでしょ。

私、そういう店をやりたいの。』

おはぎを口にした浩介は、胸の中に温かなものが広がるのを感じた。

12

数日後の夕暮れどき、新宿と大久保の間にあるラブホ街のアオギリに、今日もまたたくさんの鳥が集まっていた。浩介は巡回用の自転車を下りてその木を見上げ、騒々《そうぞう》しい鳥の声に耳を傾《かたむ》けた。

今日は日勤なので、もうすぐ勤務が終わる。その後、後輩の内藤章助を連れて飲みに行くことになっていた。今夜は、早苗とマリのふたりがゴールデン街に開ける「ふたり庵」のオープニング・パーティーなのだ。パーティーとはいえ、わずか四坪半にも満たない店なのだから、馴染み客が入れ代わり立ち代わり訪れるだけだろうが、そこに顔を出すつもりだった。

上司の重森に相談し、きちんと承諾も取っていた。去年のクリスマスに大金の盗難に遭《あ》った被害者とその友人の生活ぶりを見届けに行くのだ。大手を振って行ってこい。重森はそう答えると、おはぎの礼も忘れずに伝えるようにと言い足した。

鳥の声に耳を傾ける浩介は、やがてその中に西沖達哉の声を聞いた気がした。あの夜、西沖が口にした言葉が、今なお浩介の耳に鮮明に残っていた。

「なあんも、そんなことがあるか」

いや、それは十年前、あの人が野球部の監督だったときからずっと耳にこびりつき、そして、胸の奥深く眠りつづけていた声だった。今の浩介には、去年のクリスマスに西沖達哉と再会したときからずっと、この声が聞こえつづけていたような気がした。ただ、最初はあまりに遠く小さな声だったので、それと気づかなかっただけだ。

「なあんも、気にするな」

「なあんも、まだまだ。ドンマイ、ドンマイ」

「なあんも、浩介。これからだ！」

あの頃、西沖のそんな言葉に、どれほど励《はげ》まされたことだろう。

「浩介――」

呼ばれて振り向き、驚いた。カップルの数が増え始めた薄暮《はくぼ》のラブホ街に、まったく不似合な男がふたり並んで立っていた。西沖達哉と平出悠だった。西沖は相変わらず黒いサングラスで両目を覆《おお》い隠していたが、平出は違った。しかも、それだけではなくどこか印象が違う。

「こいつは、新宿を離れることになった。その前に、おまえに会っておきたいと言うのでな。まさか、交番を訪ねるわけにもいかんだろ」

西沖が言い、平出が照れ臭げに小さく頭を下げた。どうやら浩介が巡回に出るのを待ち、こっそりと先回りしていたということらしい。

「小夜子についてってくれたそうだな。礼を言う。ありがとうよ、おまわりさん」

「いや、そんなことはいいんだが。新宿を離れるってのは――」

「静岡に帰る」

「それは、つまり……」

浩介は、平出の印象がどことなく変わった理由を知った。

「足を洗うのか？」

と確かめると、平出はいっそう照れくさそうな顔になり、伏し目がちに微笑んだ。

「よかったな。ほんとによかった」

浩介は平出に走り寄ってその手を握り締めたい衝動に駆られたが、同時に不安がこみ上げた。

「組に対しては、何の問題もなかったんですか？」

敬語になったのは、質問が半ば以上は西沖に向けられたものだったからだ。

「指を詰める時代じゃないよ。それなりのことはする必要があったがな」

西沖が言うのに覆いかぶせるようにして、平出がつづけた。

「兄貴がやってくれたのさ」

「青山精機は、倒産を免《まぬが》れた。これからは、こいつが彼女を守り立てていくんだろうさ」

西沖のそっけない態度は、この新宿という街ではもう見慣れたものになりつつあったが、今はその表情にかつての面影の片鱗《へんりん》が窺えた。十年前、いかにも人間臭いこの人は、そっけない態度を取ったことなどなかったのだ。

「西沖さんも、足を洗うわけにはいかないんですか？」

西沖は浩介の問いかけに、小馬鹿にしたように唇の片端を歪めただけだった。

自転車でまた走り出して間もなく、坂下浩介は悲鳴を聞いた。ブレーキを踏んで体をひねると、カップルが数組、互いに抱き合ったり男が女をかばうように身構えたりしながら道の端へと寄っており、真ん中に、男がふたり、間近で睨み合っていた。その片方は西沖で、もう一方の男の右手には鋭利な刃物が握られていた。刃渡りの長い柳刃包丁《やなぎばぼうちよう》だった。

さらには、ふたりの間の夕闇を吸った黒いアスファルトに倒れた男の姿を見つけるに及び、浩介は頭がぽおっとなった。あれは、平出だ……。たった今、別れたばかりの平出じゃないか……。

気がつくと股の間にあった自転車が倒れ、浩介はバランスを崩してよろめいた。無我夢中で無線を出し、所属と現在地を告げ、凶器を所持した暴漢が人を刺傷した旨を告げた。

「大至急、応援と救急車をお願いします」

そう言って無線を切りかけたが、半ば無意識につけ足した。

「被害者は暴力団員。加害者はまだ不明ですが、やはり暴力団員の可能性があります」

だが、頭の片隅では、言う傍から自分の言葉を打ち消していた。

――違う。

――俺は間違っている。

――刺されたのは、暴力団員なんかじゃなく、新しい一歩を踏み出そうとしていた元暴力団員の一般市民なのだ！

浩介は、よろけながら走り出した。体が相変わらずふわふわしており、自分が走っているのではなく、景色のほうが向こうから接近してくるみたいに感じられる。

気がついた。刃物を握る男には見覚えがあるぞ。五分《ぶ》刈りの頭髪、濃い眉、えらがいくらか張った四角い顔――。

毒島誠一の名が、炙《あぶ》り出しの絵のように浮かんできた。だが、理由がわからなかった。なぜなのだ。なぜ、毒島が平出のことを……。ふたつの組の間では、もう決着がついたのではなかったのか……。

浩介は警棒を抜いた。

「警察だ。凶器を捨てろ！　下がってください。通行の皆さんは、危ないから下がって！近づかないで！」

無我夢中で叫んでいた。

西沖が、じりっと毒島に近づいた。西沖はいつの間にか上着を脱ぎ、それを自分の左腕に巻いて身構えていた。毒島の刃物が、次におのれに向けられたときの防御に使うのだ。

だが、毒島は動かなかった。唇を薄く開き、目を虚ろに見開いた顔には、まるで生気が感じられない。肩を落とし、見えない糸で上から各部を吊《つ》られた人形みたいな格好で立ち、だらっと垂れた右手の先に柳刃包丁があることすらわかっていないように見える。その包丁の刃先からは、一滴、また一滴と、大粒の鮮血がしたたっていた。

西沖が前に出た。毒島は顔を殴られ、腹を真正面から蹴《け》りつけられてよろめいた。正《まさ》に糸の切れた人形の如《ごと》く背後に倒れた拍子に、その手を離れた包丁が道を滑った。

西沖が吠《ほ》えた。道に倒れた毒島を、腹といわず腰といわず蹴りつけ始めた。毒島は両手で頭を守り、爪先《つまさき》が急所に入らないようにと体をよじって逃げるが、西沖は決して蹴るのをやめようとしなかった。毒島が痛みに呻き声を上げ、やがてそれがすすり泣くような声に変わった。

「やめてくれ、西沖さん！　もうやめろ！　もう、充分だ！」

我に返った浩介は、西沖を羽交《はが》い絞《じ》めにしてとめた。それでなお西沖は猛《たけ》り狂い、毒島を蹴りつづけていたが、やがてふっと体の力を抜いた。体から、何かが抜け落ちたのだ。

「放せ。わかったから、もう放せ」

西沖は低い声で告げ、浩介の腕を振り払った。驚くほどに静かな声だった。サングラスの奥からちらっとこっちを見たのがわかったが、すぐに顔を背《そむ》けてしまった。急に老《ふ》け込んでしまったみたいなゆっくりとした動作で体の向きを変え、アスファルトに横たわる平出を見下ろす。太陽がビルの陰《かげ》へと没する時刻で、辺りは刻一刻と闇を濃くしており、空はもう大半が日暮れの群青《ぐんじょう》色を消し去っていた。ビルの頭に届きそうな低いところを、斑《まだら》な雲が流れていた。

街の底では、街灯の明かりが夜の闇を追い払い、仰向《あおむ》けに横たわる平出の姿を浮かび上がらせていた。薄く開いた唇が、ほんのわずかに動いていた。両目もまた微かに動いていたが、それらはともにもう生の名残《なご》りを留《とど》めてはいなかった。西沖が傍らに片膝をつき、平出の右手を両手で握った。しかし、はたしてそれがわかったのかどうか、唇からどこかの隙間《すきま》を風が抜けるような音が漏れて、やがて途絶えた。平出悠は、死んだのだ。

放心した顔でしゃがみ込んでいる毒島誠一の前に、浩介は立った。その両肩を握り、強く揺すった。

「なんでだ？　なんでなんだ、毒島？」

ショックと混乱で、そう問うしかできなかった。

「しょうがねえんだよ……。しょうがねえんだ……」

毒島は口の中でつぶやくように繰り返しながら、逆に何か問いたそうな顔で浩介を見つめ返した。

「何がしょうがないんだ——？　抗争はしないと、おまえが自分で話し合ったんじゃないのか？　答えろ、毒島！」

毒島はかぶりを振った。

「話し合ったさ。だけど、うちは青山精機で儲《もう》けそこなったんだぞ。しかも、仁英会の平出が組を抜けて、足を洗い、青山精機の社長に収まるかもしれんとなれば、それで終わりってわけにはいかないだろ」

「馬鹿な……。それが理由なのか……。そんなことが、理由なのか……」

「俺じゃねえ。そう考えた人間がいるってことだよ。さあ、警察へ連れて行ってくれ。言っておくが、俺はもう組とは関係ねえんだ。平出だってそうさ。これは、一般民間人同士の喧嘩だぜ。このあとも、組同士の争いにはならねえ。これで終わりなんだよ。これが、今度の騒動の決着点ってことだ。な、そうだろ、西沖さん」

浩介は、毒島の肩を摑んだままで振り向いた。西沖が毒島に殴りかかることを恐れたのだ。

しかし、西沖は動かなかった。平出の両目をそっと閉じてやると腰を上げ、こちらに背中を向けて歩き出した。こうして遠ざかる西沖の姿を、浩介はもうこの新宿という街で何度となく見てきたような気がした。

「待ってくれ、西沖さん」

浩介は毒島に手錠をはめ、西沖を呼びとめた。

「来るな！」

そのあとを追おうとすると、西沖は首だけこっちにひねり、激しい言葉をぶつけて来た。

「来ないでくれ」

浩介は、ショックを受けて立ちどまった。西沖は命令しているのではなかった。

（なんてことだ……。この人は今、俺に向かって頼んでいるのだ……）

「必要なら、あとでこっちから警察へ出向く。そう、深町さんに伝えておいてくれ」

「――――」

言葉が出ない浩介を前に、西沖は目をそらしたまま、ちょっと顎の先を動かして毒島を指した。

「あいつの言ったとおりさ。これが、今度の騒動の決着点だ。俺も、この平出も、そう気づかずにいただけだ」

13

あっという間に見物人は遠ざけられ、現場保存がなされ、平出悠の遺体の周辺には視界を遮《さえぎ》るためのブルーシートが張りめぐらされた。捜査員と鑑識課員たちがそれぞれの仕事に精を出し、犯人である毒島誠一は捜査員たちによって連行されて行った。

制服警官の仕事は、現場保持だ。彼らはみな忙しく駆けずり回ったり、規制線を守って野次馬をさばいたりしていた。浩介は、そうした同僚たちの姿にぼんやりと視線をやっていた。たった今まで、四谷中央署の刑事ふたりからあれこれと質問を受けつづけ、事件の状況を丁寧《ていねい》に説明していたのだった。

「大丈夫か――?」

刑事たちとの話が終わるのを少し離れたところで待っていた重森が、入れ違いに近づき声をかけてきた。主任の山口も一緒だった。

「大丈夫です」

と答える自分の声が、自分のものではないようだった。刑事たちから質問を受ける間もどこか上の空で、周囲のものが何もかもよそよそしく感じられてならなかった。

「大変だったな。だが、殺人犯を捕らえたんだ。大手柄だぞ」

山口の言葉が、右から左の耳へと素通りしていくような感覚を覚えつつ、浩介は曖昧《あいまい》にうなずいた。

「しかし、防げませんでした……。俺が、もう少し早く気づいてさえいたら……」

浩介は急に言葉に詰まり、唇を嚙んだ。たぶん、重森や山口の顔を見てほっとしたのだ。――胸の中でそうつぶやくが、涙が込み上げそうになった不甲斐《ふがい》ない自分への嫌悪感は和《やわ》らがなかった。

「こんなことがあるなんて……。平出はただ、足を洗おうとしてただけなんです……。いえ、西沖さんが骨を折って、もう足を洗ってたんです。なんでそれが、殺される理由になるんでしょう……。なぜやつは、殺されなければならなかったんでしょう……」

浩介は、問いかけが口をついて出るのをとめられなかった。山口が困ったような顔でこっちを見ている。さすがの重森だって、顔には出さないだけで、内心では困っているにちがいない。誰に訊いたって答えられるわけなどないのだと、浩介は思った。目に見えない何か大きなものに向かって問いかけている気がした。

「深刻に考えすぎるなよ。今夜は、もう上がれ」

山口が労《ねぎら》うような仕草で浩介の肩に手を置き、

「いいですよね、そういうことで？」

と重森に同意を求めた。重森は、即座にうなずいた。

「それがいい。ヤマさん、ここは俺が見るから、おまえはいったんこいつと一緒に交番へ戻ってくれ」

浩介は、重森がそう言うのに押しかぶせるようにして口を開いた。

「自分は大丈夫ですから、ここで任務に就《つ》かせてください。何をしたらいいのか、命令してください。お願いします」

重森が首を振った。

「駄目だ。交番へ帰れ。そして、今日はこれで上がるんだ。それが命令だ」

「――――」

頭が混乱し、きちんとした判断ができなかった。今までずっと重森の命令は絶対だと思ってきたのに、今度だけはどうしても従いたくなかった。勤務を終え、ひとりになって私服に着替えたら、その瞬間からきっと様々な思いに取り憑《つ》かれてしまう。

重森は何か考え込むような顔をしていたが、やがて「ちょっと来い」と浩介をあのアオギリのほうへといざなった。

「なんでこの木がここにあるか、おまえは知ってるか？」

「いいえ――。あのアオギリがどうかしたんですか？」

「そうか、これはアオギリって言うのかい。どうもいかんな、東京育ちはそういうことがわからなくて。周《まわ》りはラブホばっかりなのに、おかしいだろ、ここにぽつりとこの木があるのは」

重森が何を言いたいのかわからないまま、浩介は黙ってうなずいた。

「この土地は右と左、どっちのラブホテルのものだと思う？」

「わかりませんけど……」

「これはな、どっちのもんでもないんだ。塩漬《しおづ》けになってるのさ。この土地のために、すでに何人もの人間の血が流れてる。その中にはヤクザだけじゃなく、それ以外のいわゆる一般人も入っている。この土地が今も誰かの持ち物であることは間違いないが、売ろうにも売れないのさ。そんなことをすれば、きっとまた誰かが死ぬ」

「それって、まさか……」

「ああ、そういうことだ。仁英会と嘉多山興業の間には、因縁《いんねん》があると言ったろ。暴力団同士ってのは、最後は意地の張り合いなのさ。ちょっとボタンを掛け違えると、死人が出ても収まらない。こんな猫の額ほどの広さしかない土地だぞ。新宿の土地価格がいくら高いとはいえ、連中のシノギにとっちゃあ、それこそ屁でもないだろうさ。だがな、そんなことはもう関係ない。このアオギリがある土地は、連中のプライドとか組織のメンツとか、そういうものになっちまってるのさ」

「――――」

　重森が、浩介の肩を叩《たた》いた。

「さあ、今日は帰って、ゆっくりしろ。そして、次の勤務になったら、また元気に出て来るんだ」

秋

警視庁では、小笠原《おがさわら》諸島を除く全域に於《お》いて、十月の一日に夏服から合服《あいふく》へと衣替《ころもが》えを行なう。水色の夏服から白いワイシャツへと着替え、上に紺色の合服を着るのだ。帽子、靴下、ネクタイも、すべて季節専用のものが存在し、制服警官は衣替えで秋を感じるものだった。

十月の半《なか》ば、自転車で担当地域を巡回中の坂下浩介は、花屋に立ち寄ってからラブホ街に向かった。

夜の闇が訪れる前の人通りが少ないラブホ街を進んでアオギリの木が近づくと、黒い服を着た女性がひとりその根元にしゃがみ、花をたむけて手を合わせているのが見えた。

浩介はその女性の姿形《すがたかたち》に見覚えがあることに気づき、自転車を下りて近づいた。腰を上げた彼女が、浩介の気配に気がついて振り向いた。青山小夜子だった。

「ああ、おまわりさん――」

小夜子は浩介を見て顔をほころばせ、何か言おうとしたらしいが、そこで一度力が尽《つ》きた。

「あの折は、いろいろとお世話になりました」

そう言葉を継《つ》いだときには、表情も口調もどこか中途半端であいまいなものに変わってしまっていた。小夜子は、礼儀正しく頭を下げた。浩介の手元に目をやり、ちょっと驚き、微笑《ほほえ》んだ。

「おまわりさんも、お花を持って来てくれたんですか？」

今日は、平出悠の月命日《つきめいにち》なのだ。アオギリの根元には、先月や先々月と同様に、花束やカップ酒、それにタバコのパックなどが供《そな》えられていた。決して数は多くはなかったが、ヤクザから足を洗ってすぐに殺された男の死を悼《いた》む人間がいるということだ。

浩介はうなずき、お花を上げさせていただきますと断わって供え、手を合わせた。目を閉じると、今なお瞼《まぶた》の裏に、静岡に帰ると答えて照れ臭そうにしていた平出の顔が浮かんでならなかった。そして、浩介の胸を内側から掻《か》きむしる。

合掌《がっしょう》を終えた浩介を前に、会社は大幅な人員整理が必要だったが、なんとかつづけているといった話を小夜子は問わず語りに語った。

「私、意地でも潰《つぶ》しません。そんなことになったら、悠さんに顔向けできないもの」

「そうですね。頑張《がんば》ってください」

「おまわりさんも」

そんな言葉を交《か》わして別れかけたが、小夜子がふと思い直したように訊《き》いてきた。

「西沖さんとは、その後は――？」

「いえ」

浩介は首を振った。

「あの人はもう、新宿にはいないみたいです」

あれから三カ月、西沖達哉は消えてしまった。かつてのように、巡回中などにチラッと見かけることすらなかった。仁英会が組織間の火種《ひだね》になることを嫌い、警察からの追及を避けるため、身柄をどこか外の組織に預けたらしいとの噂《うわさ》を耳にしたこともあったが、真偽《しんぎ》のほどはわからない。

西沖が懇意《こんい》にしていたあの雀荘《ジャンそう》も、夏の終わりに取り壊されてなくなっていた。同じエリアにあった数軒が一遍《いっぺん》に取り壊され、整地され、現在は囲いで覆《おお》われている。そこに掲《かか》げられた工事計画表によれば、四階建てのマンションが建つらしい。ツルは執行猶予《ゆうよ》中に公務執行妨害を犯したために現在服役中だった。マリと早苗が開けたゴールデン街の店には、浩介は未《いま》だに足を運んでいなかった。

「そうですか――。あの人、悠さんがヤクザをやめて静岡に帰るのを、自分のことのように喜んでくれたんです……」

小夜子は涙声になって息をついた。心はまだ、少しも癒《い》えていないのだ。

「それじゃあ、私、これで失礼します」

頭を下げて、背中を向ける。浩介は青山小夜子をしばらく見送ってから、巡回のつづきに戻るために自転車にまたがろうとした。

だが、ペダルに乗せた足をとめてアオギリを見上げた。鳥が一羽、ねぐらに戻ってきたところだった。そうして一羽が空から帰ると、すぐにまた一羽、次の一羽と姿を現し、あっという間に騒がしくなった。ここは自分たちの生きる街だと、力強く鳴いている。

いつしか鳥の声に耳を傾けていた坂下浩介は、誰かに呼ばれた気がして振り向いた。

「なあんも、浩介。これからだ！」

そう呼びかける西沖達哉の声を、耳の奥深く確かに聞いた。

注　本書はフィクションであり、登場する人物、および団体名は、実在するものといっさい関係ありません。月刊『小説NON』（祥伝社発行）平成三〇年八月号から一二月号まで連載され、著者が加筆、訂正し、平成三一年三月に単行本として刊行された作品です。

――編集部

一〇〇字書評

新宿花園裏交番　坂下巡査

切・り・取・り・線

購買動機（新聞、雑誌名を記入するか、あるいは○をつけてください）

□（　　　　）の広告を見て	
□（　　　　）の書評を見て	
□ 知人のすすめで	□ タイトルに惹かれて
□ カバーが良かったから	□ 内容が面白そうだから
□ 好きな作家だから	□ 好きな分野の本だから

・最近、最も感銘を受けた作品名をお書き下さい

・あなたのお好きな作家名をお書き下さい

・その他、ご要望がありましたらお書き下さい

住所	〒				
氏名		職業		年齢	
Eメール	※携帯には配信できません	新刊情報等のメール配信を 希望する・しない			

この本の感想を、編集部までお寄せいただけたらありがたく存じます。今後の企画の参考にさせていただきます。Eメールでも結構です。

いただいた「一〇〇字書評」は、新聞・雑誌等に紹介させていただくことがあります。その場合はお礼として特製図書カードを差し上げます。

前ページの原稿用紙に書評をお書きの上、切り取り、左記までお送り下さい。宛先の住所は不要です。

なお、ご記入いただいたお名前、ご住所等は、書評紹介の事前了解、謝礼のお届けのためだけに利用し、そのほかの目的のために利用することはありません。

〒一〇一-八七〇一
祥伝社文庫編集長　清水寿明
電話　〇三（三二六五）二〇八〇

祥伝社ホームページの「ブックレビュー」からも、書き込めます。
www.shodensha.co.jp/bookreview

祥伝社文庫

新宿《しんじゅく》花園裏交番《はなぞのうらこうばん》 坂下巡査《さかしたじゅんさ》

令和 4 年 7 月 20 日　初版第 1 刷発行

著　者　香納諒一《かのうりよういち》

発行者　辻　浩明

発行所　祥伝社《しょうでんしゃ》

東京都千代田区神田神保町 3-3
〒 101-8701
電話　03（3265）2081（販売部）
電話　03（3265）2080（編集部）
電話　03（3265）3622（業務部）
www.shodensha.co.jp

印刷所　錦明印刷
製本所　ナショナル製本
カバーフォーマットデザイン　芥　陽子

Printed in Japan ©2022, Ryouichi Kanou　ISBN978-4-396-34822-9 C0193